淡淡的木樨香

陈志国 著

河南文艺出版社
·郑州·

图书在版编目（CIP）数据

淡淡的木樨香/陈志国著. —郑州:河南文艺出版社,2019.12(2022.5 重印)

ISBN 978-7-5559-0901-9

Ⅰ.①淡…　Ⅱ.①陈…　Ⅲ.①故事-作品集-中国-当代　Ⅳ.①I247.81

中国版本图书馆 CIP 数据核字(2019)第 264762 号

出版发行　河南文艺出版社
本社地址　郑州市郑东新区祥盛街 27 号 C 座 5 楼
邮政编码　450018
承印单位　河南龙华印务有限公司
经销单位　新华书店
纸张规格　700 毫米×1000 毫米　1/16
印　　张　18.5
字　　数　249 000
版　　次　2019 年 12 月第 1 版
印　　次　2022 年 5 月第 2 次印刷
定　　价　68.00 元

目录

第二辑　当代传奇

第三辑　传闻逸事

第一辑　桑梓恋歌

佛仙缘

明朝万历年间，南阳府西北任家庄任老汉两口子信佛，早晚焚香拜祭，一生积德行善。老两口晚年得子，高兴得不得了，给儿子取名任善，巴望着儿子也能积福行善当个好人。

任善十七岁那年，家里遭遇横祸，爹娘同时得了重病，百般医治无效，相继归天。任善只觉得天塌地陷，在众乡邻的帮助下，草草埋葬了爹娘。

孤苦伶仃的任善心想：都说好人有好报，我家祖祖辈辈积德行善，咋就落得了这样的下场，难道佛爷、神灵都睡着了？也有人说闲话：甭看任善的老子积德，说不定这小子前生作了什么孽，当下遭了报应！听了这些话，任善心里愤愤难平。他猛地记起爹爹在世时曾说过，东海蓬莱仙岛有个活佛，遍知人间天上事。何不到蓬莱去问问活佛，自己前生到底作了什么孽，致使家境如此落败，自己也好知错修德。说走就走，任善简单收拾行装就上路了。

任善一路上披星戴月，露宿风餐，急急往蓬莱仙岛赶。这天，他来到一家路边小店，店主见他满身灰尘，鞋子破烂，知道他定是远行客人，就问他到哪儿去。任善如实道来，店主长叹一声："唉，人世间有多少事说不清道不明啊！"接着，店主对任善说："我一家也敬佛行善，只有一个独生女，年方二八，虽说长得聪明伶俐，可就是不会说话！"他央求任善见了活佛，问问咋回事。任善满口答应。第二天早晨，店主送给任善一双鞋子、一袋干粮，并亲自送他上路。

任善走啊走，来到一个前不着村、后不着店的土地庙，只好在土地庙里住下。土地爷知道了任善去蓬莱仙岛求活佛的事，哭丧着脸央求任善："可怜我老头子在此地苦苦守候了数百年，一直没有等到升为上仙的机会，麻烦小兄弟问问活佛咋回事儿！"任善爽快地答应了。

任善辞别土地爷继续赶路，一条大江横在面前。任善没有办法过江，正在焦急中，一条大鲤鱼游了过来，要送他过江。任善骑在鲤鱼背上顺利地渡过大江。临别前大鲤鱼对任善说："我在江中已经修炼千年，就是不能成龙，麻烦你问问活佛，我如何才能变成龙。"任善不住地点头应允。

任善告别鲤鱼，翻过七七四十九座山，蹚过九九八十一条河，走了三百零三天，终于来到了蓬莱仙岛。他顾不得欣赏蓬莱美景，直接爬到烟雾缭绕的大佛寺，见到了活佛。

活佛微微睁开一双慧眼，对任善说："施主千辛万苦远道而来，老衲理当有求必应，可是，按本寺多年的规矩，施主最多只能问三件事，请施主见谅！"

任善傻眼了，他想到店主人、土地爷、大鲤鱼所托付的事，再加上自己的事刚好是四件，这咋办哩？正在为难，他忽然想到爹娘一辈子积德行善，乐于助人，常嘱托他不存私心、救人危难的话，就把牙一咬心一横，只向活佛询问了别人的三件事，然后拜别活佛匆匆往回赶。

任善来到大江边，大鲤鱼游过来问："小哥呀，你辛苦啦！快说说我咋样才能变成龙？"任善说："活佛说，你把嘴里那颗珠子吐出来留在人间，你立马就能成龙。"大鲤鱼高兴极了，急忙吐出珠子交给任善。奇了怪了，只见大鲤鱼身上的鳞甲"呼呼啦啦"往下掉，龙角、龙爪也长了出来，活脱脱一条大青龙！青龙一边高兴地驮着任善过江，一边给任善介绍珠子："这是一颗避水珠，能避开滔滔洪水，就送给小哥做个记念吧！"任善正要推辞，青龙忽地飞离地面，腾云驾雾摇头摆尾上天去了。

任善走到土地庙前，土地爷迎上来问："小伙子，活佛有何旨意？"任善对他说："活佛说只要你交出脚下蹬的两缸金银，就可位列仙班！"土地爷脸"唰"地红到脖子跟儿，乖乖交出多年来受贿舍不得花的两缸金银，一定要送给任善作酬金。任善哪里肯受，土地爷说："这都是乡亲们的血汗钱，就麻烦你散给乡亲们吧。"说着化作一阵清风，也上天去了。

这天晌午，任善赶到路边客店，店主热情地招待他。席间店主怯生生地问："客官一路辛苦，也不知老汉所托之事，佛爷咋说？"任善笑着说："佛爷说，不妨事，你家姑娘见了自己的丈夫就会张口说话了。"

店主一听就蒙了："天宽地阔，人海茫茫，谁该是女儿的丈夫呢？"正说话间，任善忽然闻到满屋兰麝熏香，只见珠帘一掀，店主女儿袅袅娜娜地走了出来，呀，真是一个天仙似的美人儿！店主女儿先对客人深施一礼，接着对店主猛地张了张嘴，突然说话："爹，爹！我舌头发麻，我会说话了，我会说话啦！"店主高兴地流下老泪，猛想起任善转述活佛说过的话，就一定要招任善为婿。任善见店主真诚，店主女儿美丽，就满意地点了点头。店主连忙唤出老伴，要任善拜见岳父岳母。接着店主又找人选定黄道吉日，请来亲朋好友，为女儿操办了喜事。婚后任善拿出土地爷留下的金银，全部散给乡亲们，大家无不夸奖任善是个正直善良的好后生。

这年夏天，大雨接连下了六六三十六天，下得沟满河平，庄稼地里一片汪洋，眼看村庄就要保不住了。任善着急得吃不下饭睡不着觉。这天，他梦见有一个白胡子老头来到面前，定睛一看，原来是已经位列仙班的土地爷！土地爷告诉任善：举国上下闹洪灾，皇上已经下旨，谁能治住洪灾，就封谁为朝中一品大员。他又告诉任善，许是本朝合该免去这一劫难，在兴云布雨的众神中，就有与你情分不薄的大青龙，他正等着报答你的恩德哩！说着，土地爷附在任善耳朵上，对他如此这般地进行了一番交代。

任善听了土地爷的话，不敢怠慢，火速进京，向皇上献出大青龙赠给自己的避水珠，并说明自己有办法止雨退水。皇帝连忙下旨，命钦天监派人与任善一起带上宝珠，前去治水。

任善与众人一起来到旷野里。旷野洪水滔滔，天空雷鸣电闪。任善冒着倾盆大雨，按照土地爷的吩咐，面向长空高喊三声："青龙、青龙，可怜天下苍生！"喊第一声，雷电止息；喊第二声，云消雨住；第三声刚刚喊过，一轮艳阳高挂天空！接着，任善把避水珠放在面前水中，说也奇怪，滔滔洪水很快地消退下去！

万历皇帝大喜，要封任善为献宝状元。任善再三推辞，说自己不愿在朝为官。皇帝无奈，赏赐任善金银财宝无数，任善推辞不过，只好恳求皇上，把赏给自己的金银财宝转赐给天下灾民。皇帝十分敬佩，详细询问避水珠的来历，任善向皇上讲述自己蓬莱求佛的经过。恰好万历皇帝也很信佛，他感慨万千，有感而发，亲自撰写一副对联赐予任善，并隆重地送他回乡。御书对联写道：

莫道行善无善果，
应知敬佛有佛缘。

任善回到家中后，把皇上御书对联耐心地装裱，恭敬地张挂在客厅里，一天到晚细细揣摩。他想，大千世界，滚滚红尘，究竟佛在何处？后来他终于明白：佛在人心里，众生即是佛。要敬佛首先就要敬自己周边之人，再敬天下众生！从此，他和媳妇更加尊老爱幼，乐于助人，一生行善积德、扶危济贫。两口子过着甜甜蜜蜜、和和美美的日子。活到百岁时，夫妻俩仍是面如桃花，一点儿也不见老相。后来两人一起进山采药不见归来，人们都说，他们老两口成佛成仙了。

（选自《三月三》2014年第9期）

山南一枝花

一

云姑是五朵山前有名的大美人，人称"山南一枝花"。她十八岁嫁到山前赵家，赵家是小康户，日子过得美满幸福。可是红颜薄命，丈夫二十几岁得肺痨死了，把一大家子老老少少留给了云姑。

戴孝的云姑更加楚楚动人，许多年轻后生趋之若鹜，想方设法与云姑套磁。

1935年，镇平县政府的阚县长正在推行"新生活运动"，大力提倡寡妇改嫁。为了实践这"新生活运动"，阚县长要纳云姑为二姨太，并保证结婚后把云姑一家人接到县里享福。云姑誓死不嫁！令人震惊的是，没等阚县长迎来"新生活"，他老人家竟在本县侯集"以身殉职"！当时阚县长骑在马上，正在美滋滋地想着与"山南一枝花"的新生活，忽听"砰"的一声，高粱地里飞来一颗"汉阳造"子弹，阚县长被撂落马下，到另一个世界推广"新生活运动"去了。

阚县长死的那年冬天，一个月黑风高的夜晚，一群"刀客"杀进了赵家湾。半夜里狗叫声、砸门声、刀客叫骂声响成一片。刀客一边砸门，一边嚷嚷："开门，快开门！山南一枝花，恭喜呀，我们'大拇指'看上你啦！……"全家人都吓得魂飞天外，老老少少十几口人缩在一堆打哆嗦，等待着灾难的降临。

云姑是全家老小中唯一"身强力壮"的年轻人。她起初也吓得牙齿打战，后来她咬紧银牙，手握菜刀，守在大门后面，要和刀客拼个鱼死网破。

大门在刀客的猛烈撞击之下，发出"咯吱咯吱"的响声，刀客在门外号叫着："快开门！顺顺溜溜交出'一枝花'，就饶了你们全家；等到爷们破门，就杀你个鸡犬不留！"云姑用柔弱的肩背死死顶住大门，门框上的灰土"簌簌"落在她的秀发上，她把散落下来的发辫又盘在脖子里，手握菜刀，双目紧闭，等待着门破后与刀客做最后的一搏。

正在万分危急之时，忽听"砰"的一声快枪响过，大门的门板也"咣"的一声剧烈震动了一下。门外暂时静寂了片刻，手拿砍刀、梭镖的刀客做梦也想不到，本村还有这等厉害的家伙！他们自知不是对手，吓得扑扑腾腾逃走了。

村里又安静了下来。过了一会儿，有人在门外小声吆喝："没事了，都睡吧。"

云姑壮起胆子问："谁？"

门外人已经走远，只听到模模糊糊的三个字："倚帝客"！

全家人都搞不明白"倚帝客"是何方神圣。第二天，大家惊异地发现，一颗"汉阳造"子弹头深深嵌在楼门的门板上！全家人刚刚逃过这一劫，更加惊异的事情发生了：嵌在门板上的子弹头不知何时竟然不翼而飞了，门板上只留下一个深深的弹洞。人们说，刀客是有仇必报，他们挖走了弹头，说不定啥时候子弹还会飞过来！

这惊吓非同小可，全家人惶惶不可终日，提心吊胆地等着刀客前来报复，可是刀客好像是忘了"山南一枝花"，一直没有光临赵家。后又传来令人震惊的消息：匪首"大拇指"也同样被"汉阳造"子弹射穿太阳穴，到阴间找阚县长去了。

从此，云姑就变成了"红颜祸水"：三个男人为她送命，这"山南一枝花"确实有刺，哪个男人还敢再亲近呢?

二

劫难过后，云姑病了一个多月，病好后精神恍惚，口中经常念念有词，不知道呢喃些什么。云姑从此落下病根，犯病时两眼痴呆，若有所思，一个动作反反复复能做十多次。比如晚上去闩门，她要先抽掉门闩反复端详，好像在检视门闩是否结实，然后插上门闩，再抽掉，再闩上……不知重复多少遍！在做这些动作的同时，口中还念念有词，但谁也听不清她哼哼些什么。直到她的公婆相继下世后，云姑"三十年媳妇熬成婆"，成了一家之主，这才敢肆无忌惮，放开喉咙唱起来。直到这时，人们才终于听清了云姑的歌词：

"倚帝客，倚帝客，倚帝花开已是八十一……"

这歌词简直就像天书，众乡邻谁也听不懂意思，认为是云姑的疯言疯语，大家权当是听乱弹、看猴戏，大人小孩跟着乱嘲笑、瞎起哄。只有村北头同样疯癫的四爷听得入迷，往往是云姑一唱歌，四爷就凝神聆听，忘记了一切。四爷是村里的孤寡老头，年轻时上无片瓦、下无寸土，春二三月是叫花子，秋七八月是贼娃子，到老还是一个人。云姑把人人厌烦的四爷引为"知音"，常常把家里吃的穿的偷偷拿给住在破庙里的四爷。

奇怪的是，云姑除了经常犯这种毛病之外，长年无病无灾，身体结实。更奇怪的是，她唱过一阵后，马上恢复常态，不疯不傻，手脚麻利，家里地里的活儿，干得滴水不漏。

转眼几十年过去了，云姑已是儿孙成行，人丁兴旺。令云姑自豪的是，她的长房长孙成了小有名气的作家，长孙媳妇也长得水灵俊秀，俨然又是一代"山南一枝花"。

作家长孙对旧事旧物极感兴趣，挖空心思研究奶奶的歌词，研究多年竟毫无成果。首先这关键词"倚帝客""倚帝花"就叫人一头雾水，他甚至翻查了李时珍老先生的《本草纲目》，也没有查到有关"倚帝花"的条目。作家只能妄猜"已是八十一"，大概有九九归一，圆满、完美的意思；而那些什么"倚帝客"，却使他晕头转向，找不着北。作家有时趁着奶奶高兴，就逮住机会试着问她"倚帝客"到底是啥意思。云姑经常是瞪起眼睛吼道："滚一边儿去！"骂得作家灰头灰脸。

谁也想不到的是，云姑"创作"的"天书"，竟然被新一代"山南一枝花"给破解了；不仅如此，长孙媳妇还轻而易举地治好了奶奶多年不愈的疯癫病！

两代"山南一枝花"非常投缘，亲密无间，经常在一起叽叽咕咕说私房话。奶奶得了小小的感冒，长孙媳妇就干脆搬到奶奶卧室去住，没日没夜地照料奶奶。更加令人惊异的是，随着两代"山南一枝花"的关系越来越亲密，云姑的疯癫歌声也越来越少，最后干脆不唱了，精神完全正常了，多年的顽疾竟然不治而愈了！

三

家族里终于有了闲话，说云姑这个"老佛爷"是个偏心眼，偷偷把一个红布包包交给了老大家的。几个叔伯弟媳经常背地里在一起嘀咕，说赵家祖上是殷实人家，红布包包里肯定是传家宝，不是金钗银簪就是珠宝玉器，至少也是几块银圆！作家急了，向媳妇追问红布包包的事，媳妇总是笑而不答。

大概是暗合了云姑"倚帝花开已是八十一"的歌词，她正好在八十一岁那年无疾而终。入殓时众人哭天抢地，唯独长孙媳妇没有哭，说奶奶是喜丧。

盖棺时长孙媳妇站了出来，让等一下。大家正在纳闷，云姑的娘家人正要动怒，只见她拿出一个红布包包，当众一层一层地打开，大家都伸长脖子凑上前去，一看全都惊呆了。啊，哪里有什么金光闪闪的金钗银簪？哪里有什么价值连城的珠宝玉器？红布包包里竟是一颗锈迹斑斑的"汉阳造"子弹头！

长孙媳妇庄重地告诉大家："当年闹刀客时，是村北头的四爷手持快枪，躲在麦场草垛后面向刀客射击，一声枪响赶走了刀客，救了一大家子人。为保护奶奶，四爷躲在高粱地枪杀了作威作福的阚县长，又冒死进山，射杀了无恶不作的刀客头子！四爷坚决不让奶奶把这些事告诉旁人，说是怕招灾惹祸。为了记住四爷对全家人的恩情，奶奶特别嘱咐我在她去世后，把这颗"汉阳造"子弹头放进她的棺材里，并让子子孙孙都要晓得为人处世要与人为善、扶危济贫、知恩图报、讲诚重义。"

到此，人们才明白，云姑生前为什么对四爷照顾有加，不顾家人极力反对把他埋进自家祖坟，并要求子孙们世世代代都要祭奠四爷……

事后，长孙媳妇告诉丈夫一个天大的秘密：奶奶年轻守寡，四爷仰慕奶奶温顺美貌、贤惠能干，成了奶奶的地下"铁杆粉丝"，他发誓一辈子非奶奶不娶。奶奶虽然对四爷也有意思，可是守着公婆子女一大家子人，又能咋样？可怜一对有情人，硬是苦熬了一辈子，什么事也没有发生过！

作家更为好奇，猛然想到奶奶的歌词，忙问媳妇"倚帝客"到底是什么意思。媳妇破涕为笑，捣着作家的脑袋说："你呀，可惜你还是耍笔杆子的，你不知道咱北边的五朵山又叫倚帝山吗？四爷年轻时被生活所逼，在倚帝山当过刀客，后来受奶奶感化洗手回家，全村就奶奶一个人知道四爷曾是个'倚帝客'。"

作家恍然大悟，完全明白了奶奶所唱歌词的含义。

"倚帝客，倚帝客，倚帝花开已是八十一……"作家只觉得鼻子酸酸，有一种想要大哭一场的感觉。

（选自《小小说月刊》2016年6月上半月刊）

校园东北角的那些事儿

　　我们学校是明清旧察院改建的。相传，校园的东北角曾是刑场，知根知底的教师夜晚不敢单独到校园东北角去，觉得有点瘆人。现在这里成了操场，是学生活动的主要空间，在这里摔断胳膊摔破腿的事时有发生。也邪门了，有一个一年级的小女孩几天前在这里掉进石灰坑里，一只脚烧得像坏红薯。这下校长可急坏了，生怕家长来闹。

　　棘手的事儿没等到，却传来了好消息：学校六（8）班的刘守仁受到了教育局的通报表彰，说他是全县留守儿童的优秀代表，父母在南方打工，他在校品学兼优，在家咬紧牙关承担起繁重的家务，自己洗衣做饭，伺候有病的爷爷，等等，电视台还要跟踪报道哩。校长这回要露脸了，说不定还能上电视，想到这里，校长得意地哼哼起来："蓝蓝的天上彩云飘，彩云……"天上彩云没见着，倒是下起了毛毛细雨。

　　下午课外活动开始了，校园里各个角落都是活蹦乱跳的学生。这可是校长、老师最头疼的时候，生怕学生出安全事故：几千号毛孩子，追逐打闹、爬高摸低、磕磕碰碰，"流血事件"时有发生。校长一边忙得团团转，一边乐滋滋地想：六（8）班的刘守仁真是牛啊，这么典型的优秀学生我这个校长竟然还不认识。校长来到了校园东北角的"事故多发段"，看看有什么"紧急情况"，他想看完后顺便去见见优秀学生刘守仁。

校园东北角正在搞基建，堆满了钢筋、水泥、砖垛，更危险的是有一个大大的石灰坑，那个小女孩就是在这里"失足"的。虽然学校三令五申，不准学生到建筑工地玩耍，但总有一些好奇的小不点儿冒险在这里玩老鹰捉小鸡、捉迷藏，屡禁不止。唉……六千人的学校啊，林子大了，什么鸟没有？校长想想心里就害怕了，赶紧来到校园东北角，这不，怕啥有啥，恰恰就有个"勇敢分子"正在那里捣鼓什么呢！

在两个砖垛之间的五米长短的空间里，一个男生正在捣鼓着，只见他摸摸这，看看那，然后又背着手，慢吞吞地迈着四方步子，仿佛正在策划一场大战哩。而他身子的另一侧，就是危险的石灰坑。校长看在眼里急在心里，要是他脚下一滑，后果将不堪设想！

校长急坏了，可又不敢惊动他，只好蹑手蹑脚走过去，一手把他揪了过来。这男生可吓呆了，像一只受惊的小白兔，睁大了一双惊恐的眼睛看着校长。他个儿不高，头发稀疏，高额头、深眼窝，两颗黄黄的大板牙露了出来。校长皱皱眉头，心里犯嘀咕：凭着经验就看出这男生可不是什么好瓷器！校长让他像俘虏兵那样立正，劈头盖脸地开始审问："不想要命了，你在干什么？"

"没……没干什么。"他低着头不看校长一眼。

校长放缓了口气问："哪一班的？"

"六（8）班的。"

一听说是六（8）班的，校长马上想起了刘守仁："六（8）班的，好啊，想给先进班集体抹黑呀！你们班的刘守仁同学知道不？品学兼优，全县同学的榜样，马上就要上电视了！看看人家，比比自己，你就不能向他学习学习？"

"他……他没有什么了不起的。"不料这学生打断了校长的谆谆教导，那口气大的呦，真叫人咽不下那口气。

这还了得，瞧这小子傲气着呢，简直是油盐不进，软硬不吃啊！校长多没面子，心里是又窝火又无计可施，猛然间想起了自己发明的教育宝典：对待违纪学生要用"接力顶替法"。校长就对他说："你公然违反学校规定，学校要进一步研究处理，当然也要看你改正错误的态度，现在你要先守在这里，如果有谁违反校规，被你逮住，就立刻把你替换下来，记住了没有？"

男生顺从地点点头。这学生还算乖。校长口气软了下来，给他一一安排好注意事项，就放心地离开了校园东北角这个"是非之地"。他准备去找六（8）班的刘守仁。冷不防值日生报告说五年级几个孩子打架，已经被揪到教务处。唉……校长无奈地叹了口气，瞧瞧，真是"摁下葫芦浮起瓢"啊！校长就这样一连处理了几宗"大案要案"，被折腾得焦头烂额。

课外活动结束了，要放学了，恰好这时雨也下大了。给"小皇帝"送伞的家长涌进了校园。校园里简直成了"花"的海洋，红黄蓝绿各种花色的雨伞像朵朵盛开的鲜花，在校园的各个角落绽放，壮观极了。校长组织全部人马，协助门卫阻挡接学生的电动车、摩托车、各种型号的豪华小轿车进入校园，疏导学生离校，忙得脸上分不清是雨水还是汗水。末了，校长才想起他抓的"俘虏"还在校园东北角呢。"哎呀，不好！"他赶忙向东北角建筑工地走去。

嘿，你看呢，在校园的东北角，在黑黑的天穹下，那个"倒霉蛋"还在砖垛旁像忠诚的卫兵那样傻愣愣地站着呢！校长心里一阵激动，暗暗赞赏自己发明的"接力顶替法"真灵验。同时心里也有些过意不去，和气地问："你家长咋不给你送伞哩？你为什么还不回家？"

那个男生用手在脸上抹了一把雨水，真诚地说："报告校长，我没有逮住其他同学。"

校长心里有点好笑，这个学生还真较真啊，嘴里却说："可以了，今天下午你表现不错。叫什么名字呢？"

"刘守仁。"

"啊，你就是刘守仁！"校长失声地叫了起来，手中的雨伞也掉在地上，"那……那你刚才到工地干什么来了？"

"我刚才丈量了砖垛之间的距离，这不，我和同学们还拉起了一道警示线。"

这时，校长才发现在两座砖垛之间，拉起了一条绳子，中间系了一条鲜艳的红领巾，红领巾下还挂着一块纸牌牌，上面歪歪斜斜地写着"施工重地，禁止进入"。

校长一把拉过刘守仁，定定地望着他，难道这就是那个每天清晨五点起床、晚上十点睡觉的小男孩，这就是那个每天洗衣、做饭、熬药、刷碗的刘守仁？怪不得没有家长给他送伞！

雨越下越大，校长和刘守仁在秋雨中默默地站着，对望着，脸上分不清是雨水还是泪水。校长口中喃喃地说："刘守仁同学，做得好……好，现在你可以回家了！"

"不，三（10）班还没有放学，绝不能让小弟弟、小妹妹们像我妹妹那样再受伤！"

校长急不可待地问："你妹妹怎么了？"

"我妹妹就是上星期掉石灰坑被烧伤的那个一年级小女孩。"

"啊！这……这，你……你们为什么不跟学校联系？"到现在校长才如梦方醒。学生在学校的石灰坑里烧伤了脚，遇着难缠的家长，那还了得！谁知道这可怜的小姑娘竟然是刘守仁的妹妹！

校长心里咯噔一下子，鼻子酸酸的，不由自主地像刘守仁那样用手在脸上抹了一把，声音有点哽咽地说："好了，刘守仁同学，现在同学们已经全部放学了，走吧，到我办公室找身衣服换上，再拿上我的伞回家吧，不然会感冒的。"

刘守仁又用手抹了一把雨水，感激地说："谢谢校长，我经常淋雨，已经习惯了，没事。我还得赶紧回去为妹妹熬药洗脚，还得给爷爷做饭喂药呢。校长，再见！"说着就撒开腿飞快地跑了。

校长望着秋雨中孩子远去的背影，在校园东北角呆呆地站着，任凭秋雨打在自己的头上身上，心中像打翻了五味瓶：作为一校之长，我究竟对孩子的生活世界了解多少呢？校长不住地用手拍打自己的脑袋："哎呀呀，我这个校长竟是这么干的！对！我要排定明天最重要的工作日程：第一，在工地旁建起一条隔离网；第二，要赶在电视台采访之前，走访刘守仁的家庭，看望他妹妹的伤情；第三，学校研究出关心留守儿童的方案。"

校长像醉汉那样在校园东北角漫步，他想了很多很多……

（选自《故事大王》2014年第 Z1期）

元好问智断风流案

金朝正大三年，大诗人元好问被委任为镇平县令。上任一个月，县里发生了一桩离奇的案件：先是杏花山村民蒋二被杀，再是衙役捉拿凶犯时，捉住了准备月下私奔的本县蒋秀才与迎风庵尼姑了缘，接着又有菩提寺和尚随悟来到县衙索要自己的情人——尼姑了缘。

被害的蒋二、私奔的蒋秀才与尼姑、大闹公堂的和尚，好一桩佛门风流凶杀案，这可难住了上任伊始的元知县！

一、风流秀才

这天升堂问案，元好问见深夜携尼姑私奔的蒋秀才眉清目秀，一表人才，便认定是风流才子爱佳人，是俊秀才拐走俏尼姑，杀害了知情的蒋二，便厉声问道："大胆秀才，你身为读书之人，竟敢与尼姑私通，干出伤风败俗、杀人灭口的勾当，快从实招来！"

蒋秀才大呼冤枉，他申辩说，自己虽然读诗书、遵圣贤，但长期仰慕迎风庵才貌双全的了缘，昼思夜想，不能自已。因此，才托在迎风庵打杂的本家蒋二鸿雁传书，表达思慕之情。二人两情相悦、情投意合，约相约私奔，恰好被官府拿住。蒋二是自己的本家，为他们穿针引线，自己对蒋二感激还来不及，岂有杀害蒋二之理？望县令大人明察。

蒋秀才一番话说得入情入理，元好问也暗自称许。他转眼来看尼姑，但见尼姑了缘长得俊秀清丽，有闭月羞花之貌。了缘也红着脸点头承认与蒋秀才有联对唱和、暗约私奔之事。看来蒋秀才与了缘真是郎才女貌的一对"冤家"，两人苟且私奔，虽有辱圣贤之礼，但因少男少女情之所至，亦有可恕。蒋二为他们穿针引线，有恩于他们，再加上蒋秀才是文弱书生，尼姑为孱弱女子，他们不可能杀害蒋二，那么杀害蒋二的真凶会是谁呢？

元好问正要询问随悟，不料他一下跳将起来，指着蒋秀才的鼻子，怒气冲冲地说一定是蒋秀才杀害了蒋二，想拐走自己的情人了缘。随悟道，蒋二是为他和了缘通风报信，被蒋秀才发现，蒋秀才窥得书信，想拐走了缘，于是杀蒋二灭口，真是天理难容！

元好问询问随悟，说蒋秀才杀人灭口，可有证据？随悟尴尬地摇摇头。元好问转而问了缘，了缘对随悟"不感冒"，说过去经常有菩提寺和尚到迎风庵拈花惹草。元好问大怒，厉声喝道："大胆随悟，竟敢颠倒黑白，咆哮公堂，诬陷好人，来人，拉下去！"

可是，任凭随悟被打得皮开肉绽，死去活来，仍不住地大呼冤枉。元好问纳闷了：唯一的知情人蒋二已死，死无对证，这可如何是好？他眉头一皱，计上心来，命衙役把随悟打入大牢，改日再审，蒋秀才取保候审，单单留下了了缘。

蒋秀才谢过县令大人，无限深情地望着被衙役带走的了缘，依依不舍地回家了。那么，被单独留下的了缘会说出什么隐情呢？

二、俊俏尼姑

在后堂，了缘只是不住地啼哭。元好问无奈，只好唤自己的夫人来询问她，要她把事情的经过详细说一遍。了缘还是忸忸怩怩、不言不语。直到元好问借故离开，她才红着脸说出了事情的经过。

原来了缘出生于贫困之家，小时候被送入迎风庵当了尼姑。她饱读经书，能诗能文，虽然法名了缘，却尘缘未了，终日面对黄卷青灯，苦寂难耐，经常想念家人，憧憬红尘世界。这一晚夜深人静，月明花暗，了缘对月伤情，忍不住在迎风庵内吟出一句上联：

冷月寒光照泪面，徒增愁绪。

冷不防墙外有人朗声对曰：

热肠温语答深情，可慰芳心。

了缘羞得面红耳赤，急忙跑回斋堂。不料第二天，在迎风庵打杂的蒋二送来了一个纸条，说是"月下墙外之人"给她的信。了缘展开一看，竟是一副上联：

春风乍起，掀动爱波无静时。

了缘读后心潮起伏，一夜无眠。次日，她让蒋二把自己回复的下联带给"月下墙外之人"。了缘对的下联是：

秋雨可望，滋润情缘有佳期。

从此以后，两人靠蒋二传书，联对往来，感情日深，到了难分难舍的地步。终于有一天，了缘按捺不住，托蒋二给自己的月下墙外之人捎去一联：

子时夜深沉，梧桐树下会。

蒋二随后又捎来回联：

三更人酣睡，凤凰天上飞。

了缘一看这是想要与自己私奔，十分激动。孰料就在她与蒋秀才相会梧桐树下，正欲远走高飞之时，却被搜寻凶犯的衙役拿住……

三、情种和尚

第二天，元好问升堂，将蒋秀才、了缘、随悟一干人全部唤入大堂。元好问先平和地说："蒋秀才与了缘乃才子佳人，长期联对往来，情深意笃，看来确实与蒋二之死无关，本官意欲成全，当堂释放，不知众位意下如何？"蒋秀才、了缘面露喜色，正要叩头谢恩，随悟又跳将起来，指着元好问的鼻子大声斥责："听人说元县令乃博学鸿儒，诗文名满天下，今日看来，不过也是糊涂官一个！"

元好问也不发火，微微一笑，对随悟说："这位师父既说本县昏庸，本县愿闻其详！"

接着，随悟在公堂上侃侃而谈，诉说自己所受的冤屈。原来，和尚随悟也是自小因为家贫被送入菩提寺出家的。他跟着方丈大师熟读经书，诗词歌赋都有涉猎，深得方丈器重。在菩提寺里常听师兄弟们私下谈论迎风庵的了缘，说她不但长得像西施，而且文采出众，随悟因此动了凡心。他接着说："我日夜思慕了缘，经常有事无事在迎风庵一带转悠，希望能一睹了缘的容颜，无奈佛规森严，始终未能见到心上人一面。那一日夜晚，方丈带我外出做法事，回来时经过迎风庵。恰逢皓月当空，夜色迷人，不禁触景生情，心想见不到心上人，看看迎风庵的青瓦红墙，也有所安慰。故而久久站立在迎风庵的红墙之外，对月思人。忽然喜从天降，墙内传来了缘对月吟咏之句。我仿佛听到了瑶池仙音，就满含深情地酬答。此后便托蒋二鸿雁传书，与了缘酬答唱和。日子久了，我二人渐渐情投意合，遂相约私奔，谁知半路杀出个蒋秀才，搅黄了我与了缘的佳期不说，还把我们都搅进了人命官司里。元大人你不分青红皂白，将我打得皮开肉绽，不是糊涂官是什么？"

四、聪慧县令

听完随悟的一番话，元好问哈哈大笑："看来本官与蒋秀才及两位师父皆是读书之人，也是性情中人，也算有缘。今日本官颇有兴致，暂不审案，也来凑个热闹，附庸风雅。咱四人来对对子，以春夏秋冬为首字，说出各自的行状，我先来抛砖引玉。"说着元好问便吟出首句：

春光融融，县令窗前吟《诗经》。

随悟立即对道：

夏日炎炎，僧人室外撞晚钟。

了缘面色凄楚地对出：

秋风瑟瑟，尼姑灯下诵梵文。

蒋秀才略一思索，对出了最后一句：

冬雪飘飘，秀才屋里煨火盆。

听完蒋秀才的最后一句，元好问略略皱了一下眉头，向蒋秀才问道："蒋秀才可还记得你与了缘的来往联对内容吗？"

蒋秀才立马背出了与了缘的最后酬答联对："子时夜深沉，梧桐树下会……"了缘也红着脸不住地点头称是。

元好问继续问蒋秀才："蒋秀才可还记得月下墙外第一次酬答了缘的联句？"蒋秀才一愣，推说日子久远，记不清了。元好问微微一笑："你既为'月下墙外之人'，对了缘一往情深，二人来往联对，必然刻骨铭心，如何会忘记？"他转身问随悟可还记得？随悟说自己时刻铭记在心，不曾忘怀。随即当众把他与了缘的所有往来联对倒背如流，引得公堂上下一片赞叹。了缘惊得睁大双眼看着随悟。随悟说，最后的联对，是自己亲笔所写，愿与蒋秀才当堂核对笔迹。这时蒋秀才早像瘟鸡一样，抬不起头来了。

元好问一拍惊堂木喝道："大胆蒋秀才，本县已明查暗访，查实你长期坑蒙拐骗，欺男霸女，为害乡里。速速交代你的罪行，免得受皮肉之苦！"

蒋秀才顿时瘫倒在地，连连叩头认罪。原来，他出身富家，从小不学无术，靠贿赂官府，换取了秀才功名。有了功名后，他更加游手好闲，终日寻花问柳。这天他游荡到迎风庵，本想偷看漂亮尼姑，不料却撞见送信的蒋二。蒋秀才对蒋二威逼利诱，逼蒋二说出了随悟与了缘之间的风流韵事，背熟了二人相约私奔的联对，后又怕蒋二泄密，坏了自己的好事，便一不做二不休，待蒋二送完信后，将蒋二灭口。后来蒋秀才提前来到梧桐树下与了缘相会，准备带了缘私奔。本想着元好问刚刚到任，不知县情，难破此案，自己从此可与了缘成就好事，不料却被元好问机智地识破了机关。

元好问将凶犯蒋秀才打入大牢，待秋后问斩。然后问了缘此事该如何了断。了缘深悔自己为情所困，糊里糊涂地与无赖蒋秀才走到了一起，她感到对不起对自己一往情深的随悟，羞愧得在大堂上掩面而泣。

随悟深情地对了缘说："了缘，你我情深，天日可鉴，我为你就是赴汤蹈火、粉身碎骨也无怨无悔！"说着，两人在大堂上抱头痛哭。

见此情景，元好问当堂宣判："古人曰：食色，性也。随悟与了缘爱笃情深，准你二人返俗成婚，以全理性！"两人一听，纳头便拜，叩谢元大人。从此，元好问智断佛门风流案，成就一对另类鸳鸯的佳话，就在南阳一带流传开来。

（选自《民间文学》2014年第9期）

老三的奇遇

厂里发生粉尘爆炸，炸翻了好多弟兄，也炸飞了老三的"饭碗"。老三连着二十多天奔走在火化场和医院之间，头发胡须老长，两眼布满血丝。安定之后，他才想起：厂子完蛋了，银子花完了，得赶紧挣钱了。

老三走在街头，准备先喝一碗豆腐脑再找饭辙。邻座一个美女见老三胡子拉碴、邋里邋遢，就皱起了眉头。就在老三伸手接豆腐脑的一刹那，美女突然惊叫一声，起身钻进车里逃走了。原来是老三在伸手接碗时，露出了胳膊肘上狰狞的疤痕。

老三正不好意思，突然发现美女坐过的位置上，放着一个玫瑰金苹果手机。老三下意识地把手机揣进口袋，急忙"得财下街"，上路寻找饭辙。老三走着走着，突然扇了自己一巴掌："老三啊老三，你这算什么！"接着他打开美女的手机，准备拨打美女手机里备注为老公的电话。

一辆保时捷"呼"地驶过，溅了老三一身泥水。老三还没出声，保时捷"吱"的一声停了下来，一颗光溜溜的脑袋从车窗探出来，对老三吼道："找死啊，想碰瓷啊！"老三一愣，原来自己只顾摆弄手机，已经偏离了人行道，走到机动车道上去了。"光脑袋"还在不依不饶："见鬼，这年头连猴子都在玩高端手机，简直影响市容市貌！"老三气得浑身发抖。这时，苹果机里传来甜美柔和的女声，好像在抚慰老三："对不起，您拨打的电话暂时无人接听，请稍后再拨。"唉，要是人人说话都像客服小姐那样温柔，该多好啊！

老三一上午跑了好几家厂子都没找到工作。在一家工厂门口，一个保安对老三吼道："喂，老……老头儿，捡……捡垃圾到别处去中不中？起……起开！"老三一听这结巴哥儿们操着河南口音，急忙上前攀老乡，并说明来意。那保安听到乡音，热情地指点老三找人力资源部的裴部长。一见到裴部长，老三大吃一惊，原来裴部长正是早上丢手机的美女。老三连忙掏出手机："这是不是您落下的？"裴部长接过手机一看，没错！她这才想起手机落下了。她以为老三是专程来还手机的，不住地夸老大爷拾金不昧！老三连忙声明自己才44岁，当不起老大爷，他是找裴部长来应聘的。裴部长笑弯了柳叶眉，她爽快地答应一定聘用老三，接着就带老三去见公司的高总。在走廊里，老三告诉裴部长，跟她老公联系，可不知为啥对方就是不接。裴部长一听就发飙了："好啊，连我的手机都敢不接！"

裴部长"嘭"的一声踢开一扇门，高声嚷嚷："总经理，我聘用了一名新员工，请您批准！"老三又吃了一惊：这个世界真是太小了！那高总不是别人，正是开保时捷的"光脑袋"。他对裴部长说："我的姑奶奶，你咋会领来个老大爷，要办敬老院？"裴部长说："什么老大爷？他才44岁，你顶天该叫他叔叔！"她又两眼眯着天花板反问高总："行啊，长本事了你，连我的手机都敢不接？"高总急忙翻看来电显示："哎呀，八点四十五！冤枉啊老婆！当时我正与这位老大爷在路边纠缠着呢！"老三又一愣：原来这俩人竟是两口子！

高总勉强答应聘任老三，裴部长接过老三的身份证递给高总。看到身份证上的名字，夫妇俩又惊呼道："啊，你就是邹令冬！"高总紧紧握住老三的手："哎呀，原来您就是全国闻名的'板车哥'邹令冬！是用板车冒死救出二十多人的英雄！老婆，快快给邹大哥倒水！"老三觉得有点晕，又感到辈分有点乱！他淡淡地说："高总，俺是农民，庄稼人有句老话：'谁没有蹚过些麦茬儿？谁没有捡过些麦穗儿？'救人的事，无论谁撞见，都会上前的。"

高总拍着胸脯表示要任命老三为保卫科科长，不能让英雄流血再流泪。可是，高总一见到老三胳膊上的疤痕，脸色唰地变了！他吞吞吐吐地说："邹大哥，对不起！我又想了，咱是小厂子，您是大英雄，让您守大门，恐怕全国人民都不答应！请原谅，咱后会有期吧！"老三无奈，提上破包走了。他望着胳膊上的疤痕抱怨：伙计呀，你这家伙给我找了多少麻烦啊？他不由自主地想起了疤痕的来历——

粉尘爆炸那天，老三与工友们不停地用板车向外运送伤员，都被烟熏火燎得像非洲黑人。突然"嗵"的一声巨响，二楼一个大火球向人群砸过来！这时，一个长着酒糟鼻子的长发青年正好路过，这小子好像吓傻了，呆立着不动。老三像一个足球健将那样，先一脚踹翻了"酒糟鼻子"，然后借着反冲力一跃而起，伸臂挡住了飞来的火球。大家都安然无恙，老三的手臂却被烧得冒烟流血。想到这里，老三突然打个激灵，那"酒糟鼻子"就是高总啊！长发虽然被刮掉了，但是酒糟鼻子是刮不掉的！

老三饿得肚子咕咕叫，往破包里摸索剩馒头，想不到竟摸出了一沓钞票，正好一千元。一定是高总夫妇偷偷放进去的。老三又拐了回去，他走进高总办公室，把一千元钱郑重地放在高总的办公桌上："谢谢高总，你认出我了，但你也把我看扁了。我呀，早悟出一个理儿：甭指望捡到个'麦穗儿'，就能当一辈子的饭辙！"老三不管高总夫妇的千般解释，转身出门，啃着剩馒头，重新踏上了艰难的求职路……

就在老三准备返回河南老家的前夕，市总工会找到了老三，介绍他进了一家大企业，月薪五千元。老三不知道，是高总悄悄找到市总工会，让工会出面安排了老三的工作，而高总正是这家合资公司的大股东！高总先前剃着光头，确实是怕老三认出自己，怕这个受伤的民工讹上自己。在接触老三以后，他进一步了解了老三的品格脾性，深受触动。如果让老三知道是高总在帮助他，他肯定会拒绝！所以高总表面拒绝聘用老三，实际上是瞒着他，为他安排一个更好的工作岗位。

（选自《民间传奇故事》2016年9月上半月刊）

县令设宴请原告

金朝正大三年，元好问到镇平县担任县令。他上任第二天，就遇到了一宗奇怪的卖地纠纷案。

这天一大早，有人来告状。

元好问接过状纸一看：现有本县金家庄村民金二状告本村秀才金诗书，金诗书饱读圣贤之书，但不行圣贤之礼，四体不勤、五谷不分，以致家道中落，沦为赖皮。其父生前曾将村东三亩三分地以五百两纹银卖给原告金二，但其父死后，金诗书要赖死不认账。望大人明断是非，替小民金二做主。

元好问看罢状纸问金二："你说金诗书父亲生前把地卖给你，可有卖地契约？"

金二连忙从怀里掏出卖地契约交给元好问。

元好问看了一遍，见契约上卖地因由、立约日期、方位面积、证人等一应俱全，急忙令衙役传来被告金诗书。

金诗书还不知出了什么事，到了县衙大堂，对元好问轻施一礼，问："不知大人唤生员到此有何见教？"

元好问说出金二状告他的事由。

金诗书斯斯文文地辩解："非也，非也，子虚乌有！夫子曰：'唯女子与小人为难养也！'此等下作小人之语，岂可信乎？"

元好问看着金诗书酸溜溜的做派，心中暗笑，下令让金二的几位证人到堂。大堂上，证人们都说金二说的是实情，是金诗书想赖账，甚至还嘲笑金诗书，说他根本就不知道自己家的这块地在哪儿！

元好问眉头一皱，问金诗书："你家的这块地究竟在哪儿？"

金诗书眼珠子转了半天，才犹豫地说在村南。

他的话引来哄堂大笑，众乡邻知道，状纸上也写得明明白白，那三亩三分地在村东，金诗书却说在村南，说明这小子确实是在信口胡说！

元好问一拍惊堂木，喝道："大胆，竟敢糊弄本官！人证物证俱在，你还有何话说？"

惊堂木一响，吓跑了金诗书的"之乎者也"。他连忙"扑通"跪下，大呼冤枉，并结结巴巴地说出事情的始末。

金诗书从小闭门读书，中了秀才之后，更是"两耳不闻窗外事"，全靠父亲养活。金诗书还说，他父亲确实说起过金二看中他们家地的事，但父亲一直到死都不曾同意卖地，如今这份契约一定是假的。

原告人证物证俱在，被告则大呼冤枉，至此，这宗卖地案成了棘手的"闷葫芦案"。元好问眉头紧皱，他寻思自己既名"好问"，何不问上几问？于是他命人把金诗书等人暂且带下，单单留下原告金二。

元好问客气地请金二坐下，和颜悦色地与金二拉家常。金二见新来的县令爷没有一点官架子，预感自己不但能赢得土地，而且会赢得特有面子。

元好问与金二说东道西，净问些不相干的事儿。突然，他状似随意地问："按本地规矩，交割地契那天你家一定吃过酒席吧？"金二点头，说："置田买地是大事，置办酒席天经地义。"

元好问又问："证人是否全部都请到了？"金二说："一个都不少。"元好问听了直夸金二办事有条理，说他绝不是胡搅蛮缠、惹是生非之辈。

接着，元好问又让证人一个一个进来单独问话。他态度和蔼、笑容可掬，都问些鸡毛蒜皮、不痛不痒的事儿。不过所有回答，师爷一一记录在案。

元好问问完话，重新升堂断案。看到大堂正中间端端正正地摆了一张八仙桌，周围还放了几把椅子，大家都在心里嘀咕：莫非县令爷今天要在大堂上请客？请谁呢？

这时，元好问微微一笑，开口说话了："本案断到这一步，已接近尾声，真相即将水落石出。本官今天兴致很高，特地在大堂上专设一席，款待原告、证人，大家请。"

元好问说到这里，大堂上一阵骚动，金二一帮人欢天喜地，互相道贺，金诗书则大呼冤枉。

正在这时，一声惊堂木响，元好问厉声对金二一帮人说道："卖地契约上的日期，离今日不远。原告、证人对那天酒席上的事想必还记得清清楚楚。现在就请诸位按照刚才自己说的座位入席吧，谁坐错席位，本官定公事公办，严惩不贷！"

大堂内外围满了看热闹的人，只见金二一干人在那里抓耳挠腮，不知如何是好。好不容易下了决心，却又出现了几个人抢一个座位的混乱场面。

元好问不动声色地问道："金二啊，那天你就是这样待客的？"

大堂内外响起了一片哄笑声。

金二头上早已冒出了黄豆大的汗珠子，他一看纸包不住火，连忙"扑通"一声跪倒在地："老爷饶命，老爷饶命啊！"接着便招认了自己与同伙的罪行。

原来，金二早就垂涎金诗书家的三亩三分地了，前些日子，他见金诗书的父亲去世了，而金诗书又昏昏然不理正事，就与一群酒肉朋友合谋，伪造了一份卖地契约。金二本想趁着新县令刚刚到任，来个浑水摸鱼，谁知道元好问不露声色，设席问案，三问两问就查清了真相。

元好问依法惩办了金二一伙，也为金诗书主持了公道。现场百姓无不拍手称快。

金诗书再三谢过元好问后，仍不肯离开大堂。他磨磨蹭蹭想了半天，才对元好问说："大人断案，如日月经天，明镜高悬，生员自愧弗如，感触良多！思虑再三，赠大人一联，望大人不吝赐教。"接着，他摇头晃脑地吟诵起来：

元好问有学问贵哉敏学好问。

元好问一笑，不假思索地对出了下联：

金诗书喜读书惜乎饱读诗书！

（选自《故事会》2015年1月下半月刊）

曾一贯遇仙记

明朝万历年间，南阳府镇平县城曾家街出了一个名人叫曾一贯。曾一贯幼年时，父母双双下世，撇下他一个人。他依靠亲戚邻居的资助，节衣缩食在黉门读书。他天资聪颖，过目不忘，深得先生和学友们的喜爱。

上午放学后，曾一贯没有地方吃午饭，就先在城内讨饭吃，然后在城北护城河边一个人温习功课、背诵诗文，约莫等到快开课时再去上学，天天如此。这天上午，他正在护城河边读书，忽然发现不远处有一个小包袱，他打开一看，里面包着三十两白花花的纹银。他想，失主现在一定很着急，自己就守在这里，等失主前来认领。不一会儿，一个鹤发童颜的老者带着一个书童来到面前。老者声言自己正是失主，曾一贯在核对了纹银数目后，爽快地把包袱还给了老者。老者非常感激，随手掏出一锭纹银答谢曾一贯，曾一贯坚辞不受，他说："三十两纹银我都不稀罕，何况一锭纹银。"老者非常感动，声言自己是来镇平视察的史学院，现住在察院里。史学院想邀请曾一贯到察院叙话，曾一贯推说自己还要上学，不能前去，并一再向史学院鞠躬致谢。史学院见曾一贯聪明伶俐，知书达礼，非常喜爱，随即问他姓名、年龄、家庭情况、在何处上学等事宜，曾一贯一一回答。

史学院见曾一贯浓眉大眼、气度非凡，越加喜欢这个穷小子，极想逗他玩儿。他随手从书童的背袋里取过毛笔一杆，在纸上画出一个小小的圆圈儿，问曾一贯能不能在小圆圈内写上一千字。曾一贯不假思索，提笔就在小圆圈内工工整整写上"一千"两个字。

史学院想不到曾一贯的反应这么敏捷，他想进一步试试曾一贯的才学，就抚摸着曾一贯的小脑袋，亲切对他说："小伙子，老夫有一上联，还请你不吝赐教，对出下联。"说着，他摇头晃脑地说出一联：

　　　曾小子，曾一贯，曾字腰里点四点，鲁国大夫。

曾一贯看着史学院略一思索，微笑着对出下联：

　　　史大人，史学院，史字头上添一横，吏部天官。

史学院一听大喜过望，他想不到曾一贯小小年纪，就这样才思敏捷，文采了得！他不住地称赞曾一贯，说他将来一定大有作为。并鼓励曾一贯要发奋苦读，将来有功名了，一定要做好官，理善政，造福黎民。曾一贯点头答应，叩谢过史大人就上学去了。从此以后，曾一贯更加发奋读书，日有长进。

一天，上午放学后，天色阴沉，下起雨来。曾一贯不能上街乞讨，就饿着肚子，留在黉门读书，读着读着，只觉得头晕目眩，就趴在桌子上打起盹来。似睡非睡之间，一阵清风吹过，史学院不知何时来到了黉门，正站在曾一贯面前。史学院一本正经地告诉他：一会儿午时三刻，风雨大作之时，将有一个菜籽儿在你的桌子上乱蹦乱跳，你要赶紧把这个菜籽儿装入你的笔筒，放在你书桌的抽屉里，外面贴上"开封府正堂封"的封条，不管遇到多大的事情，你都不要离开你的座位，切记！

曾一贯正要问个究竟，史学院却不再答话，转身飘然离去。忽然"咔嚓"一声炸雷响，惊醒了曾一贯，原来刚才是他做的一个梦。他睁开眼睛，往门外望去，但见云暗天低、风狂雨骤。闪电像一道道火舌，从窗外伸进室内，炸雷像要劈开曾一贯，在他左右响个不停！曾一贯果然见一个菜籽儿在自己的书桌上乱蹦乱跳。他大吃一惊，猛想起史学院在梦中所说的话，急忙按照史学院的嘱咐，一一办妥。一个时辰过去，雷电停息，雨过天晴。曾一贯赶忙从笔筒里倒出菜籽儿，菜籽儿一跳，眨眼之间不见了踪影。

放学以后，曾一贯满腹狐疑地来到察院求见史学院，想问个明白，不巧察院院门紧闭，无人开门。曾一贯只好悻悻地回到家里。

这天夜里，曾一贯又梦见了史学院，史学院对曾一贯纳头便拜，感谢他的救命之恩。曾一贯哪里肯受，急忙还礼，问其原因。史学院说，他本是修炼千年的狐仙，那颗菜籽儿就是他的化身。今日合该有一劫，眼看性命难保，幸亏有曾一贯的保佑才躲过一劫。史学院对曾一贯千恩万谢并保证自己无论如何也要报答曾一贯的救命之恩。

曾一贯大吃一惊，他万万想不到史大人竟是狐仙所变！他看着鹤发童颜的史学院，见他精神矍铄，慈眉善目，颇有长者风度，就虔诚地拜他为师。史学院连连谦让，随后两人成了莫逆之交，经常在一起切磋学问、畅谈时政。史学院对当今朝廷上宦官当道、吏治腐败，社会上民不聊生的现象极度不满，一再要求曾一贯当官后要做清官，为民做主，惩恶扬善。曾一贯频频点头称是，并一再要求史学院帮助自己、监督自己，史学院也爽快地答应。

明万历三十二年，镇平县举子曾一贯高中进士，后来做了开封知府。曾一贯当了开封知府以后，史学院不失前言，竭尽全力地帮助他。

每天晚上，他都要给曾一贯托梦，告诉他明天将会遇到什么样的案情，应该如何审理、判决，曾一贯都一一牢记在心。本来曾一贯就才华出众，耿直端正，再加上史学院的帮助指点，办起案来更是如虎添翼。不久，他清廉刚正的名声就传遍了开封府的千家万户。

坟尖尖上的破草帽

　　传说古时候，南阳府涅阳县陈家庄有个陈老大，爹爹下世早，他与老娘相依为命，母子二人依靠他给陈员外家当长工度日。这天，陈老大鸡叫三遍就到地里犁田，犁了一程又一程，天还没明。忽然一个戴草帽的人来到他面前，声调尖厉得有点瘆人："大哥早啊，让我帮你犁一程吧。"

　　野地里黑黢黢的，再加上那人扣着草帽，看不清脸，陈老大吃了一惊。但陈老大是个憨大胆，他说自己的牲口犁杖已经用熟，不想叫外人瞎掺和。那黑影纠缠不休，不住地嚷着："大哥歇歇……歇歇吧！"说着还夺过陈老大的鞭子，开始吆喝牛。陈老大气得夺回鞭子，吼道："去，没见过你这样的夹生货！"说着扬手在空中"咔嚓"一声甩了一个响鞭。那"夹生货"听到清脆的鞭响，吓得一溜烟似的跑了，草帽也落在了地上。

　　陈老大捡起草帽一看，新崭崭的挺招人喜欢，他感觉自己捡了个便宜，得意地把草帽扣在头上，又开始犁地。一会儿天亮了，地头有人惊呼："不好了，陈员外家的牛成精啦，没有人扶犁，自个儿会拐弯犁地啦！"陈老大摘下草帽一边扇着汗，一边骂道："什么眼神儿啊，连你大爷都看不清楚。"

太阳一竿高的时候，地犁完了。陈老大戴上草帽，赶着牛高高兴兴地回到陈员外家。陈员外看到自家的牛优哉游哉地回来，老老实实跑到了牛棚里，大吃一惊："哎，这陈老大死到哪儿去啦？"陈老大还以为是草帽遮住脸，陈员外没有看清，就摘掉草帽，高兴地说："东家，地我已经犁完了！"

吃过饭，天下起雨来，陈老大没事干，就回家了。路上他想，奇了怪了，自己一戴上草帽，别人咋就看不清了呢？难道这顶草帽有啥名堂？他决心见到老娘再试一试。到家以后，他戴上草帽，站在老娘面前叫了一声"娘"，老娘听见儿子的叫声，连忙四下寻找，可就是不见儿子的身影，急得她跑到院里喊着："儿啊，你在哪儿，娘咋看不见你哩？"陈老大赶忙摘下草帽，笑着对老娘说："娘老眼昏花，儿子在跟前你都看不见！"陈老大确定这顶草帽确有神奇之处，是一顶仙草帽！

晚上，陈老大摆弄着仙草帽，激动得半夜睡不着觉。恍惚中，早上遇到的那个人又来到床前，"扑通"一声跪在地上直喊陈老大恩人，他说他是修炼多年的狐仙，早些年他还是一只小狐狸时，有一天在伏牛山里被一只狼追赶，性命攸关的时刻，是恩人打柴经过，吓跑了狼，救了自己。为报答恩人救命之恩，特把仙草帽送给恩人，戴上仙草帽，火眼金睛也休想看到。狐仙还说，人生在世，知恩当思报答，行善自有善报，希望恩人有了仙草帽，能过上舒坦的日子。陈老大一听高兴得哈哈大笑起来……老娘在隔壁喊道："儿啊，深更半夜你一个人笑啥哩？"陈老大惊醒过来，原来是做了个梦！虽说是梦，但狐仙的话犹在耳边，他回想在伏牛山打柴的经历，还真有赶狼救狐狸这档子事儿。

第二天，陈老大将信将疑地戴着仙草帽来到集市上。他当着摊主的面，拿了一个苹果，摊主丝毫没有察觉。陈老大吃了苹果，又吃桃子、梨子……一直到吃得打嗝，也没有人发现他。

陈老大心中暗喜，他完全相信了狐仙的话，戴上仙草帽，谁也休想看到他！这时，他忽然想到自己活到三十岁还没有碰过女人，心里痒痒的。陈老大想："干脆到城里的妓院里去嫖吧。"可是逛窑子得有银子啊，陈老大摆弄着仙草帽，眉头一皱有了主意。

这天，陈老大推说自己要进城做小生意，向陈员外辞了工，告别老娘，戴上仙草帽兴冲冲地进了城。他进城后也不拿小摊上的梨子、桃子，而是专拿商号里的银子、票子。钱拿够了，就一头扎进妓院里，沉浸在温柔乡里。

从此以后，陈老大也不回家了，他整天在城里醉生梦死，白天泡在酒场赌场里，晚上就宿在妓院里。半年后的一天夜里，送他仙草帽的狐仙找来了，苦着脸向他报信："恩人的老娘已经活活饿死了，是左邻右舍变卖了你家的破房子，才葬了她老人家。"陈老大听到老娘去世的消息，稍稍愣了一下，长叹一声说："唉，都七十多岁了，也合该寿限到了，俩眼一闭也就不再受罪啦！"

狐仙见陈老大竟如此薄情寡义，就劝他说："恩人呀，我说过好心有好报，你如此绝情无义，就不怕遭报应吗？"陈老大吼道："俗话说'积福行善病恹恹，杀人放火翘健健'，我不信日后报应，只图当下快活！"

狐仙想不到陈老大竟是这副嘴脸，非常生气，两人彻底闹翻了。狐仙当下就要收回自己的仙草帽，陈老大哪里肯还！两人就开始争夺仙草帽，猛不防"刺啦"一声，仙草帽被撕了个大口子。陈老大气得头上冒火，再加上他刚刚喝了酒，就借着酒劲儿，挥动老拳，对狐仙没头没脑地打起来。狐仙因陈老大救过自己的命，也不还手，一声不吭逃走了。

　　看着自己的仙草帽被撕了一个大口子，陈老大非常生气。他不敢惊动别人，就找来一根白线，自己磕磕绊绊地缝上了。但他心里还是不踏实，也不知道已经破了的仙草帽还管不管用。他又试着到街上拿了一些核桃、枣之类的小东西，没事儿，摊主们都没有正眼瞧他！看来仙草帽还有灵气儿，他又放心了。

　　这一天，陈老大的银子用完了，他像往常一样，大摇大摆地到了一家金货铺。金货铺里的伙计正在盘点，一摞一摞的银圆码在柜台上。陈老大毫不客气，大摇大摆地抓起两摞银圆就要走。因金货铺不断丢失银圆，伙计们格外小心，盯得很紧。一个伙计眼见两摞银圆随着一条白线绳儿飘出了店铺，大惊失色，喊了一声就追上去。其他伙计也喊着追出门来，陈老大慌忙把银圆装进口袋。伙计们不见了银圆，就专门盯着那一根忽上忽下飘飞的白线绳儿追。

　　满大街的人都感到稀罕：金货铺的伙计们今天是疯了还是傻了，咋就对一根白线绳儿穷追不舍呢，莫非这白线绳儿是金丝银线？于是大家也都追着看热闹。一个伙计跑得快，一把抓住了白线绳儿，顺手一扯，一顶破草帽掉在地上，人们逮住了灰头灰脸的陈老大。这时，不知从哪里窜出一只狐狸，叼起草帽，一溜烟似的跑了。

　　伙计们把陈老大暴打一顿，又把他扭送到涅阳县衙。人赃俱获，陈老大不得不招了自己的一贯恶行。县令让陈老大据供画押，重打四十大板，然后监禁五年。

　　五年后，陈老大从牢狱出来了，他的一条腿被打折了，整个人已经瘦得不成样子了。在城里混不下去，陈老大又回到了家乡。老娘死了，房子没了，他早已无家可归，只好乞讨度日。这年冬天，又冷又饿的陈老大，一头栽倒在山坡上的雪地里，再也没有起来。

　　陈老大死后，一只狐狸绕着他的尸体转了几圈，不住地哀声叫着。后来这只狐狸叼来一大堆树枝树叶盖住了他的尸体，堆成了一个"枝叶坟"，又在坟尖尖上扣上一顶裂口的破草帽。年深日久，那顶破草帽由黄变灰，帽檐儿随风颤动，仿佛在向人们诉说着这段离奇而让人警醒的故事。

后来，在豫西南一带，人们为了记住这档子事儿，并教育后人躬行正道、向好崇善，就在坟尖尖上扣一顶破草帽，这个习俗就这样沿袭下来了。

（选自《民间传奇故事》2017年6月上半月刊）

烟花三月下杨村

老朱从政府机关退休后，感觉自己"软着陆"了。他一身轻松，无牵无挂，每天骑着自行车下乡转悠，呼吸着郊野的新鲜空气，欣赏着山川的桃红柳绿，觉得退休生活很滋润。

这天，春光明媚，老朱心里畅快，一不小心转悠到他视为"禁地"的杨村。杨村为啥被老朱视为"禁地"？说来好笑，他刚参加工作时，曾在这里当过驻村工作队干部。后来，杨村莫名其妙地成了全县闻名的艾滋病村。更为可笑的是，当时他风华正茂，糊里糊涂地与杨村的一位美女有过一段风流史，成为他终生讳莫如深的禁忌！那么，今天老朱会遇到些什么奇奇怪怪的事儿呢？

1. 醉酒汉子

在离杨村不远处的水泥路上有人横躺着，一辆破自行车压在那人身上。老朱赶忙下了自行车，去扶那人。那人已经烂醉如泥，脚蹬在路沟坡上，头枕在水泥路上，旁边一大摊呕吐物，活像是一大幅花花绿绿的山水写意画儿！

老朱哪里扶得起醉汉，他只得把醉汉的身体放平，让他的头枕在自己的腿上："哥儿们，醒醒！"折腾了好一阵子，醉汉总算睁开了眼，嘴里蹦出来一个字："水！"

老朱从自己的车兜里掏出一瓶矿泉水就往醉汉嘴里灌。醉汉喝完一瓶水，清醒一些了，能自己坐起来了。老朱看醉汉似乎有点面熟，又想不起来在哪儿见过。醉汉瘦得像干柴棍儿，黑黝黝的脸颊深陷下去，胡须、头发连在一起，看起来足有五十岁。醉汉勉强坐起身，不住地夸老朱是好人，说着在自己身上的各个口袋里不停地摸索，要还老朱的矿泉水钱。

老朱急忙制止他的摸索，不住地提醒他酒多伤身。醉汉无奈地说，他的酒瘾是老爹传授的。前些年跟着老爹卖血为生，人喝酒后血旺，所以每次采血前都要喝两瓶啤酒。后来，老爹不幸染上了艾滋病，一蹬腿走了。自己虽然没有得那种病，但是沾上了酒瘾，一天不喝，简直就活不下去！

老朱一阵心酸，一阵内疚：杨村之所以成为艾滋病村，与许多人拼命地卖血有关；这些人之所以拼命地卖血，好像与自己多多少少有一些干系！

这时，醉汉睁开眼，盯了老朱一阵子，突然惊叫："鸭子！"

老朱赶忙四下看："鸭子在哪儿？"

附近连片鸭毛也没有，老朱只当是醉汉说自己喝得"鸡子不认得鸭子"。但是他又想，在本地方言里，"鸭子"是骂人的词儿，自己明明救了醉汉，醉汉为啥反而还要骂自己呢？老朱丈二和尚摸不着头脑。这时，醉汉仍旧紧盯着老朱，突然十分肯定地喊道："铁嘴鸭子！"

2. 铁嘴鸭子

听到这四个字，老朱仿佛也喝醉了，晕晕乎乎不知道"铁嘴鸭子"到底是什么玩意儿。醉汉说村史展览室的"历任驻村工作队简介"里有老朱的照片，照片上老朱最显著的特征是眉梢有块黑痣。尽管当年的"小朱"变成了老朱，但黑痣是抹不掉的。老朱不住地点头称是，说自己年轻时确实在杨村待过，不过他搞不懂，这"铁嘴鸭子"与自己到底有啥关系？

醉汉笑了，他真诚地对老朱说："我看朱哥是个好人，咱俩也算有缘分，走，到我家边喝边聊，我给你讲讲'铁嘴鸭子'。"老朱虽然感到好笑，但强烈的好奇心再加上些许责任感，驱使他一手推着自己的车子，一手约束着醉汉，蹒跚着向杨村走去。

回村路上，老朱才知道醉汉叫杨殿选。杨殿选绘声绘色地对老朱讲起了"铁嘴鸭子"的来历：20世纪70年代，县革委"反击右倾翻案风"工作队进驻了杨村，掀起了"割资本主义尾巴"的高潮。杨村紧靠涅水河，家家户户养鸭子，人们指望着从"鸭屁股"里掏俩油盐钱。工作队却旗帜鲜明地说，养鸭子是大搞资本主义的行为。有一个年轻的工作队队员口才极好，在群众大会上滔滔不绝地论述了养鸭子的危害性，引经据典、滔滔不绝，从晚饭后一直讲到后半夜，绝没有一处重复。从此以后，人们背地里就把这个眉梢长着黑痣的工作队队员叫"铁嘴鸭子"。

老朱想不到自己在杨村还有这么一个"雅号"！唉，往事如烟，自己当时确实是豪情万丈地要在杨村干出一番事业，不料却因此沾上了一位美女。他现在最关心而又不便打听的就是那个与他有染的女人，那个当年号称"杨村一枝花"的俊俏妹子。

3. 俊俏妹子

当年那个与老朱有染的俊俏妹子叫尹淑芹，号称"杨村一枝花"。村里后生中有句口头禅："见了杨村一枝花，忘了媳妇忘了妈。"年轻的老朱，也曾拜倒在尹淑芹的石榴裙下！

当时，尹淑芹的公婆双双中风瘫痪在床，她丈夫出门拉板车挣钱为二老治病，家里生活极其困难。"割资本主义尾巴"的动员会开过三天以后，涅水河里的鸭子真的就销声匿迹了。老朱非常得意，心里充满了成就感。不承想，这天晚上，老朱竟然听到尹淑芹家里传出了鸭子的叫声。老朱怒气冲冲地进了尹淑芹家的院子，院里没有鸭子，却有一个俊俏的妹子：尹淑芹穿一件紧身的背心，正端着鸭食去喂关在屋里的鸭子。老朱望着楚楚动人的美人儿，雷霆之怒立时转换为软言细语，埋怨尹淑芹不该不听劝阻偷养鸭子。

令人意想不到的事情发生了：尹淑芹竟然扑通跪在地上，苦苦哀告自己已经知错了。她说丈夫外出不在家，公婆重病在床，家里是吃了上顿没下顿，实在活不下去了。老朱念尹淑芹家是三代贫农，根正苗红，就动了恻隐之心。他上前去搀扶尹淑芹，不料被尹淑芹趁势一把搂住了。年轻的老朱哪里见过这种阵势，他浑身颤抖，脑中闪过一道玫瑰色的霞光，哆哆嗦嗦地成了尹淑芹的俘虏……

当时，老朱不知道自己是如何逃离尹淑芹家的，他又惊又怕，肠子都悔青了。他向尹淑芹保证：只要她马上处理掉鸭子，改正错误并且保守秘密，他就不再追究，并答应帮助她解决生活困难。

事后，尹淑芹果然信守承诺，不但处理掉鸭子，并且把这件风流事埋在心底。老朱也不失信，他通过关系，给尹淑芹家偷偷解决了一些以粗粮换细粮的指标，帮她家度过了饥荒。老朱回城后，多年为杨村的风流事惴惴不安，生怕哪一天引爆了这个炸弹，坏了他的前程和家庭。所以他几十年不敢回杨村，怕人提杨村。

杨村村内到处荒草离离，成了名副其实的"空心村"。大部分人早在村外大路旁盖起了漂亮的楼房，留在村内的都是提溜不起来的贫困户。老朱怎么也回忆不起来，尹淑芹当年的破屋在什么地儿了。他摇摇头暗想，凭着尹淑芹的俊俏能干，早该住进村外的高楼了。

杨殿选把老朱领进两间摇摇欲坠的破瓦房里坐下，自己推说有事就匆匆出去了。杨殿选的破屋一无所有，穷得连麻雀也不来做窝！正在这时，一个头发灰白的老太太拄着拐杖走进了院子。老朱惊问："你找谁？"老太太盯住老朱反问："你是小朱？"老朱望着那张似曾相识的脸大吃一惊：从她的脸形、眉眼儿完全可以看出，她就是当年的俊俏妹子尹淑芹！老朱慌忙扶住尹淑芹，嘘寒问暖，问她现住哪儿？不料尹淑芹反过来埋怨老朱是"贵人多忘事"，说这就是她住了几十年的老窝！老朱一阵心酸，一再向尹淑芹表示歉意，说自己确实不知道她生活得这么苦。不料尹淑芹却毫不在意地说："说啥呢，是咱命苦呗！当年因为娘家穷被卖给杨家，杨家又穷得活不下去。唉，当一个人实在活不下去的时候，脸皮算什么东西！"老朱窘得满脸通红，连忙岔开话题，问杨殿选是她什么人？尹淑芹说："儿子呗，咱的儿子！"

4. 谁的儿子

听了尹淑芹的话，老朱根本不相信，这事儿也太不靠谱了吧！杨殿选看起来足有五十岁，怎么可能是六十来岁的尹淑芹的儿子？尹淑芹皱起眉头说："咱们是头年夏天认识的，殿选是第二年清明节生的，如今刚满四十岁！"为了消除老朱的疑惑，尹淑芹进一步告诉老朱："农村人风吹日晒容易老相，再加上殿选前些年为卖血染上酒瘾，整日以酒当饭，瘦了吧唧的如何不显老？"说到这里，尹淑芹突然盯着老朱问："难道你就一点儿也看不出来殿选跟你长得像？"

老朱完全蒙了，这真是太邪乎了！可是他仔细算算他与尹淑芹发生"一夜情"的时间，又恰好吻合，怪不得他觉得杨殿选面熟！尹淑芹又告诉他，工作队撤走后，村里已经穷得连苍蝇都不繁蛆了。她丈夫为了养家糊口，就酗酒卖血，后来就像村里许多人那样，得了艾滋病。丈夫咽气以后，她就与儿子相依为命，苦撑苦熬了几十年。

老朱心里像打翻了五味瓶，啥滋味都有！他正要安慰尹淑芹，猛不防大门"咣当"一声，杨殿选手拿着一瓶"二锅头"闯了进来，兴冲冲地说："妈，今儿个是朱哥救了我，真是有缘分啊！你炒俩菜，我们哥俩要好好地喝一杯！"

尹淑芹瞪着儿子，哭出声来："天哪，你说啥子你们是哥俩？哎呀，真是造孽呀！"

老朱一把拉过杨殿选，扳住他的双肩，目不转睛地盯着他看，口中还不住地喃喃："儿子、儿子！"

面对失态的老朱，杨殿选的眼珠子都快要掉出来了："什么，谁是谁的儿子？你……你在骂我？我倒说你是龟孙子！"说着，把酒瓶"咣"的一声，摔在地上。

尹淑芹急忙横在中间隔开老朱和儿子，她狠狠地剜了老朱一眼，然后闭上眼睛，两行老泪流了出来："你……你走吧，我们娘儿俩早已过习惯了，与你也没有啥关系了！你原本就不该来，不该来……"

老朱不停地捶打着自己的脑袋，狠狠地揪着自己灰白的头发，一句话也说不出来。

天哪，老朱真的是"软着陆"了吗？

（选自《民间传奇故事》2017年9月上半月刊）

吃根草绳过校庆

元旦这天是察院小学的百年校庆日。百年华诞，热闹非凡，隆重的庆祝活动过后，校方送走了大部分宾客，只留下一位特殊的客人。校长曾宪圣神神秘秘地带着学校的全体领导，在幽静的杏花山庄招待这位特殊的客人。就是这位客人，演出了一幕令人捧腹的校庆日喜剧！

客人的身份其实并不显赫，他是学校退休多年的总务主任老赵。赵主任那一届的领导已纷纷作古，仅剩当年的"小赵"健在。校长设宴招待赵主任这一"校宝"级的人物，也有抚今追昔、缅怀先贤的意味。

晚宴一开始，大家还规规矩矩地共同举杯，敬祭前校长孟繁星及其他离世前辈。几杯酒下肚后，众人已口无遮拦，纷纷要赵主任讲讲孟校长当年的逸闻趣事，比方说流传至今的孟校长"吃草绳"、孟校长"怕老婆"的精彩故事。

赵主任也喝得头大，忘记了"为尊者讳"的古训，云里雾里抖出了孟校长当年的趣事。

那是三十年前，同样是元旦这天，察院小学举办建校七十周年暨被评为省级重点学校庆祝大会。庆祝活动结束后，天空飘起了大雪。孟校长高兴地吆喝全体校领导到校长办公室"开会"，不得缺席！

孟校长办公室里坐着察院小学解放后的首任校长孔德龙。孔校长曾是中共地下党，也是孟校长的恩师。孟校长说："孔老回校参加校庆，情深意长，机会难得，今天晌午我们就来个一醉方休！"

午宴设在孟校长的办公室兼住室里。两张课桌并在一起权当酒桌，学校伙房拼凑了三荤四素七个菜，从乡下赶来看热闹的孟校长太太临时充当了服务员。

孟太太个子高嗓门大，是村里的妇女干部，很少进城。她平生就没有见过这样热闹的阵仗，高兴得屁颠儿屁颠儿地烧水、沏茶。她一边忙活，一边感慨："城里的娃娃们漂亮得像花骨朵一样，学校的老师们个个面善得像'笑面虎'一般……"

孟太太的话引来哄堂大笑，她也跟着傻笑。孟校长脸上挂不住，红着脸指使孟太太："去，去代销点买四瓶酒！"

孟太太办起事来雷厉风行，不一会儿就把酒菜摆上了桌。她还兴高采烈地表功显摆："一瓶酒四块八，四瓶十九块二，我给他十八块，为公家节省了一块二呢！"

室外风雪交加、天寒地冻，室内欢声笑语、热气腾腾。直到天色将晚，大家才送走了头重脚轻、手舞足蹈的孔老爷子。

孟校长乘兴与领导班子议事，小赵汇报了晌午的开销：七个菜十八元，四瓶酒也是十八元，一共是三十六元。孟校长当即拍板：十八元菜钱大家分摊，自己摊双份（算上孟太太的一份），由学校伙房从每个人的菜金里扣除。至于那十八元酒钱，孟校长刚想说由自己掏腰包，但是看到孟太太那鹰隼似的眼睛，不由得闸住了话头。

大家都来打圆场："今天校庆，招待革命老前辈是公事，十八元酒钱应该由公款报销。"但是问题来了，按规定买酒的发票不能报销。

还是小赵脑子活泛，他说："前些天学生拔河比赛买了一根草绳，恰好也是十八元，咱就变通一下，权当学校又买了一根草绳。"大家都夸小赵的主意好，并互相戏谑："咱们今天可算是吃了一根草绳……"

赵主任的故事讲到这里，全场都笑得前仰后合，大家意犹未尽，不依不饶地起哄，要赵主任再讲讲孟校长"怕老婆"的事。

赵主任喝得上头，面颊绯红，兴奋得闸不住话头，又绘声绘色地讲出了当年的校庆日之夜，孟校长夫妇在校园上演"老虎雪夜打武松"的趣闻。

就在"吃草绳"那天晚上，孟校长喝得晕乎乎的，仗着酒胆儿埋怨孟太太不该形容老师们是"笑面虎"，用词不当，出尽洋相。孟太太一时火起，大骂孟校长嫌弃她没文化，还说孟校长定是被哪个"狐狸精"迷住了，所以才两个星期回一次家！夫妇俩顿时翻脸，孟太太抄起棒槌满校园追打孟校长，孟校长哪里是对手，被"母老虎"追上摁翻在雪地里。孟太太骑在孟校长身上，只打得孟校长这只平时威严的"武松"杀猪般地号叫。校园夜静无人，赵主任费了九牛二虎之力，才拉开孟太太。孟校长得救后撒腿就跑，孟太太急起直追，孟校长急中生智，奔回住室，刺溜一下钻到床底下。孟太太对着床下吼："你个龟孙子，有胆量给我爬出来！"孟校长躲在床下，很有底气地说："我男子汉大丈夫，说话算话，说不出去就是不出去！"

听到这里，大家又一次笑翻了天。赵主任没有笑，表情严肃地介绍真实情况，说："孟校长两个星期回一次家不假，但都是在学校加班工作。甭看孟校长平时一脸严肃，实际上他心里热乎着呢！他做人处世大家都服气，就是怕老婆这点'习惯'让人憋气。其实孟校长怕老婆也是另有原因的，他曾经为地下党通风报信，让地下党员孔德龙成功逃脱了敌人的抓捕。敌人查出是他在传递消息，立马派人来抓他，他连夜逃到岳父家，钻在还没有过门的对象床下才逃过一劫。人们说孟校长有钻老婆床下的'光荣传统'，他还辩白说老婆是自己的救命恩人，他还自嘲'怕老婆，有酒喝'。夫妻俩的关系亲密着呢！"接着，赵主任像是为了证明什么，哆嗦着从随身带的本本里翻出一张小小的纸片儿。

这是一张泛黄的纸片，年代好像很久远了。大家笑了：赵主任可真逗，酒桌上瞎聊故事还带着历史资料！还有人猜想：这旧纸片八成是孟校长当年谈恋爱时写的情书，或是对孟太太写的保证书什么的，让赵主任抓住，珍藏至今。

众人的胃口一下子又被吊起来，有人在咋呼："赵主任，请当众宣读一遍，要用普通话朗读，感情再丰富点儿……"

赵主任没有宣读，而是庄重地把纸片交给大家传看。每个看清纸片上字迹的人都傻眼了：这哪里是什么情书、保证书，只是一张老旧的购物发票！日期是20世纪80年代某年元旦，购物项目是一根草绳，金额正好是十八元！

众人都好奇这张所谓购买草绳的发票，当时为什么没有人账报销。赵主任眼圈红红地说："事后孟校长严厉地批评了我，说我不该出这馊主意，这十八元钱坚决不能入账报销。还说作为一校之长，带头占公家的便宜，以后如何能服人？说罢就偷偷塞给我十八元钱，让我转交给孟太太，并嘱咐我口风紧点，别让'母老虎'知道底细，免得影响家庭和谐。"

全场鸦雀无声，不知是谁说："我们今天的花销该值多少根草绳啊！"又是沉默，久久没有人接腔。大概是今晚吃了太多"草绳"，"心有千千结"，都说不出话来了。

校长曾宪圣笑笑说："同志们，其实大家都上了我的当了！为了不让大家吃草绳，我宣布，今天的花销由大家分摊，连上赵主任的一份，我出双份。以后学校所有的酒宴花销都循此例，绝不能让后人再笑我们'吃了一头牛''吃了一座楼'了!"接着,曾校长又告诉大家,赵主任讲的故事是真实的,而今晚的"喜剧"却是他导演的,他特意请赵主任留下来给同志们讲讲校史,就是要号召大家学习先贤,以此自勉!

（选自《民间文学》2017年第11期）

长长的红飘带

俗话说："七十三，八十四，阎王不请自己去。"李老太今年恰好八十四岁，也真是邪门了，过了年她就得了中风，只能依靠轮椅活动。而比她大一岁的老伴儿，不但闯过了八十四岁的"关口"，而且身体硬朗，自然就担负起照顾她的重任。万万想不到的是，硬朗的李老爹平安度过了八十四岁，却在八十五岁这年突发心梗，最后在医院里撒手人寰。李老爹一去世，家里立刻乱了套，儿女们手忙脚乱地安排他的后事。儿女们一致决定：先对李老太封锁消息，如果让她得知相依为命的老伴儿"走了"，说不定也会俩眼一瞪，一"走"了之。

可是，对李老太封锁消息谈何容易！三子三女都天南海北赶回来奔丧，那动静还能小得了？李老太又不是小猫小狗，总不能把她"封锁"在地下室吧？最后，大家形成决议，先把李老太"转移"到亲戚家，等丧事办完后再拉回来。

待办完丧事，就把李老太从亲戚家接回来了。到家后她大吃一惊，没想到儿女们竟聚得这样齐，就连在美国的小闺女全家也回来了。小闺女骗李老太说，儿女们共同商定，要提前给她过八十五岁生日，把八十四岁给跳过去，图个吉利。李老太半信半疑，不停地转动着鹰隼似的眼珠子，寻找自己的老伴儿。

大家按照事先编好的台词，骗李老太说："政府派人来把老爸给接走了。当年您和老爸表演的涅水大秧歌，已经入选了国家的'非遗'项目，老爸受中央电视台邀请，到北京录节目去了，说不定将来还能出国展示哩。"李老太一听，就嚷着要与老伴儿通话。大家又骗她说："电视台有要求，不准随便与家人通话影响'非遗'项目。"李老太不停地埋怨老伴儿"缺心眼"，太老实。接着就开始闹情绪，谁也不搭理，并且不吃药、不吃饭。

现编的谎言毕竟不圆泛，正在儿女们一筹莫展的时候，怪事发生了。这天，李老太捧着一个描金小花盒翻看一通后，突然目光呆滞，四肢发抖，背过气儿去了！儿女们慌成一团，又是掐人中，又是掐虎口进行抢救。等李老太缓过气儿来，怪事又发生了，李老太竟然直说饿。饭菜端过来以后，大家才发现今天李老太胃口奇好，简直就是狼吞虎咽。刚刚撂下碗，李老太就抱起描金小花盒儿，吩咐儿女推着她逛涅水河。儿女们都感到蹊跷，却又不得不任由李老太折腾。轮椅刚刚停在涅水河岸，李老太就对着河面大放悲声，哭得撕心裂肺。哭够了，她突然提着老伴儿的小名破口大骂："李石头，你个挨千刀的！只顾自己在'那边'风光，撇下我在这儿受凄惶。你为啥说话不算话……"儿女们七嘴八舌地哄劝着，都说"老爸在北京挺好的"。李老太是谁劝也不听，直闹到星星眨眼、月出东山，方才回去。大家都感到莫名其妙，唯有小女儿见多识广，她从医学的角度解释说，这是中风病人受刺激后的一种正常反应，哭闹一阵子后，自然就会"闸住"的。

不料李老太不但没有"闸住"，反而闹腾得更欢。每天晚饭后，她都要去涅水河边。一到那儿，照例是先哭后骂，那哭声骂声，令人鼻子发酸，心惊胆寒。这种反常的现象，实在超出了小女儿的医学知识范围。更让人奇怪的是，李老太每晚去河边，总要抱着那个描金小花盒儿。

第三天晚上，更为惊心动魄的一幕发生了。

因为大家已经没有兴趣陪李老太去涅水河边"演出"，只有大儿子为了应付差事，勉强推着她到河边去。李老太今晚哭得格外凄惨，简直是山崩地裂！大儿子没太在意，还趁空到小树林里方便。突然，李老太喊了一声："老头子，你等等我！"接着就抱紧小花盒儿，纵身一跃，一头栽进了涅水河！

大儿子听到扑通一声，知道大事不妙，来不及勒紧裤腰带，也跟着跳进河里，把李老太扛上了岸。接着，打电话唤来了兄弟姐妹。李老太一边吐着泥水，一边指着河水，喊："花盒儿，水里还有我的小花盒儿！"

儿女们哭着埋怨李老太："您不该自寻短见，陷儿女们于不孝不义之中啊。"不料李老太却挨着个儿骂儿女们不孝，不该对她隐瞒老伴儿的死讯。儿女们面面相觑：怪了，到底是哪个环节"漏了气儿"呢？

儿女们惊魂未定，全都哑口禁声，战战兢兢地听着李老太骂。不料李老太骂够了，反而显得异常镇静，她把湿漉漉的描金小花盒儿交给大女儿，吩咐她打开。

描金花盒儿被打开了，大女儿从盒里扯出一条长长的红飘带！儿女们望着这条长长的红飘带，全都傻眼了。年过花甲的大女儿知道底细：花盒里早年装的是母亲的陪嫁，有金银首饰、银圆之类，后来日子艰难，为了养活家人，就都变卖了，再后来就只存放着一条红飘带。大女儿说："这红飘带是当年老妈在青年秧歌队用过的。"

接着，大女儿又向兄弟姐妹们转述了她从小姨那里听来的故事："刚刚解放那阵儿，乡里组织秧歌队，跳欢庆解放的涅水大秧歌。老妈是女队的'队花'，老爸是男队的优秀代表，两人结对子担任秧歌队的领舞。有一天晚上下着大雪，他们表演完秧歌后回家，老妈脚底一滑摔进涅水河，是老爸跳进冰冷的河水里，死死抓住这条红飘带，把老妈救上岸来。后来这条红飘带就成了他们俩的定情物件，把他俩拴在了一起。爸妈像宝贝一样把红飘带珍藏起来，一藏就是几十年，说是要用红飘带把两人永远拴在一起，免得谁跑丢了。"

这时，儿女们方才知道：李老太这几天按时"上班"的涅水河畔，就是她与老伴儿当年遇险定情的地方。儿女们逐渐醒过劲儿来，纷纷询问李老太："老妈你是咋知道老爸已经过世的事的？"李老太闭上眼睛，涌出两行老泪反问："既是到北京展示涅水大秧歌，老头子能忘了带红飘带？你们不该把我当猴子来耍！我一看红飘带，就知道你们老爸已经走了！"大女儿心有不甘，惴惴地问李老太："妈，我搞不明白，您咋能凭着红飘带就判断出老爸不在了呢？"

李老太不搭话，只是顺手把描金花盒儿倒了个底朝天，出现了一堆花花绿绿的用回形针穿着的纸片儿，纸片上歪歪扭扭地写着李老爹的童体字。接着李老太给儿女们讲述了她与老伴儿之间的秘密："你们老爸每次离家出远门，总要在红飘带上别一只回形针，寓意一个'回'字，回形针上夹着一张小纸片儿，纸片儿上写的都是他不在家时我应注意的事儿，例如在什么时间吃什么药片儿，等等。待他回来后再把回形针取下，对着纸片儿询问我做到了没有。如果这次真的是去北京，他能忘了在红飘带上别回形针、写纸片儿？"

李老太制止了儿女们的哭泣，异常冷静地吩咐大女儿："既然红飘带没能拴住你爸，你就把它拿到他坟前烧了吧，就让红飘带陪着他。"

儿女们听了红飘带的故事都没有说话，也没人去烧红飘带。最后，小女儿眼圈红红地说："就让红飘带陪着老妈吧。我们都是您最亲的人，您就像这条红飘带，把我们几个兄弟姐妹的心拴在一起。有您在，大家无论身在何方，总能经常联系，相亲相爱。"

（选自《传奇·传记文学选刊》2018年第5期）

哥斯达黎加客人

近来，宛城花鸟市场上鹦鹉异常火爆，一只普通鹦鹉就要几千，品种珍稀又会说话的黑头鹦鹉，一只要好几万。与此相比，房地产倒半死不活的，惹得包工头张雅文也"金盆洗手"，改行玩鸟了。张雅文有事没事就翻看鹦鹉的相关资料，到花鸟市场转悠，既想找乐子又想挣票子。

这天，花鸟市场有人在卖一只黑头鹦鹉。鹦鹉头部乌黑发亮，浑身羽毛蓝黄两色，十分漂亮。张雅文心里一动，就上前去搭讪。卖主是一个喝得醉醺醺的酒糟鼻汉子，汉子说："这劳什子是我爹的命根子，老爷子肺癌住院需要动手术，是死是活还悬着。一旦老爷子熬不过，这玩意儿也没有人会侍弄，所以就想瞒着老爷子打发了它。"张雅文询问鹦鹉的来历，汉子说："听老爷子说，这玩意儿叫啥金刚来着，产于美洲的疙……疙瘩蛋加黎家，两万块买来的，现如今咱缺钱，你就给个一万五吧！"

张雅文还想着往下杀价，没承想"酒糟鼻子"轻轻一敲鸟笼，黑头鹦鹉立刻振翅昂首挺立，张嘴就来了一句"您好！"张雅文惊傻了，想不到这宝贝还会这么一招！他立马拍出一万五千块钱，拎起鸟笼子，屁颠屁颠回家去了。

回到家里，老婆埋怨张雅文："明明能杀价，为啥拎起笼子就走？"张雅文神神秘秘地对老婆说："你懂啥！这种黑头鹦鹉是琉璃金刚鹦鹉，产于美洲的哥斯达黎加，是少有的名贵品种，特别是这种能说话的'巧嘴儿'，稍加炒作，一只就是几十万呢！看这位败家的卖主儿，不是醉憨子就是半吊子，再晚一会儿，让他醒过酒劲儿，这桩买卖也就黄了。"

张雅文的老婆当过医生，爱讲卫生。她说："国家对进口的动物都要进行防疫检测，像这种产自外国的鸟儿，咱也得给它洗洗澡，防止它传染疾病。"不料这么一洗，黑头鹦鹉变成了"白头翁"！原来鹦鹉的"黑头"，竟是用黑颜料染上的！

张雅文望着这只"四不像"鹦鹉，骂了一句："缺德！"老婆也跟着骂："缺德！"

两人急忙赶往花鸟市场，"酒糟鼻子"早没影了！老婆嘲讽他："说不定这家伙正在酒馆里撕着鸡腿，有滋有味地品着茅台哩！"张雅文也懊悔地说："唉，人世间真是三千法眼，三千花眼，还有三千瞎眼，咱玩鹰的反让鹰给啄瞎了眼！"

张雅文无奈，只好先把"白头翁"养了起来。不料这鸟儿竟连续两天不吃不喝，张雅文猜它是在怀念故主，心里有点酸酸的。他呆呆地望着鹦鹉，也像"酒糟鼻子"那样轻轻敲了一下鸟笼，鹦鹉立马慵懒地叫了一声"您好！"

鹦鹉的黑头虽然能作假，但会说话这一招却是真功夫！张雅文越发疼爱这只有情有义的鸟儿，也更加惜念那位教会鹦鹉说话又患了癌症的老先生。对老先生的那位不肖儿子，他连骂了几声"缺德"。骂过后他眼珠子骨碌一转，又神秘地一笑，想出了一个绝妙的主意。

几天以后，宛城的微信圈里突然疯传这样一条消息：为了科普知识，传播精神文明，市鹦鹉协会将于某月某日下午二时，在本市花鸟市场举办精品鹦鹉展示会。会上将展示本市各种名贵鹦鹉，同时，还将隆重推介一只稀有的琉璃金刚鹦鹉。这只鹦鹉虽然产于美洲，但是会说汉语。届时，这只鹦鹉将零距离接触广大观众，并与各路媒体记者进行现场交流！……

大家终于盼到了鹦鹉展示会这一天。下午二时，花鸟市场的汽车流动舞台，早已被围得水泄不通。长得像弥勒佛一样的市鹦鹉协会主席，首先介绍举办这次活动的重大意义，接着开始展示本市的各色名贵鹦鹉——虎皮鹦鹉、牡丹鹦鹉、大巴丹、小葵花、蓝黄金刚、绿翅金刚……争奇斗艳，引发了一阵阵的惊呼声和赞叹声。最后是大家翘首期盼的"压轴戏"——外国鹦鹉的"记者招待会"。"弥勒佛"大声宣布："现在，有请新当选的市鹦鹉协会副主席张雅文先生登场！"

张雅文春风满面地走到舞台中央。有人小声嘀咕："这不是那个包工头张大喷吗？怎么摇身一变成副主席了？"张雅文听到人们的议论，也不理会，只顾向大家招手致意，鞠躬作揖，然后用不太流畅的普通话搅着本地方言，拿腔捏调地说："同志们，女士们，下午好！最近，我花大价钱淘来一只外国鹦鹉。有人可能要问我图啥，其实我图的是宣传精神文明，图的是实践咱们的中国梦！我向全市人民保证：今天的展示会是一场慈善活动，活动的收入，将全部用于公益。现在，让我们用热烈的掌声，请出来自哥斯达黎加的客人，共同欣赏它的文明礼仪表演！记者朋友们请到前面来，准备话筒录音！"

两位穿旗袍披绶带的礼仪小姐把一个蒙着红布的鸟笼架上舞台，张雅文亲自掀开红布——来自哥斯达黎加的客人登场了！只见鹦鹉全身羽毛光滑，金黄色与天蓝色交相映辉，发出金属般的光泽，漂亮极了。全场骚动，观众席不时发出惊呼声。

几只话筒对准了鹦鹉的嘴巴，鹦鹉"叽里咕噜"地叫了一通。张雅文高兴地喊："听到了吧，它在说西班牙语哩，意思就是'您好'。现在，让我们欢迎它用汉语向大家问好！"张雅文轻轻一敲鸟笼，鹦鹉立马昂首挺立，张了张嘴巴。可是，张雅文万分期待的"您好"并没有出现，鹦鹉只会傻乎乎地盯着大家看。张雅文急得汗流浃背，小声向鹦鹉提示："您好！您好！"可是鹦鹉根本不理他，干脆闭眼休息了！嘿，正在上坡怎能掉链子啊！张雅文转身尴尬地向大家解释："这家伙可能是太激动了，请稍候片刻，马……马上。"

张雅文夫妇俩急得团团转，可是任凭他二人怎么逗引，这鹦鹉就是不开口，反而是两人急得像热锅上的蚂蚁，引得台下一阵哄笑。

张雅文正在尴尬难堪，猛见一人跳上舞台，他定睛一看，原来是卖主"酒糟鼻子"。"酒糟鼻子"骂张雅文："瞧你这熊样，还玩鸟哩，看我的！"说着他一把夺过鸟笼，一边吹着口哨，一边轻轻敲击鸟笼，不料鹦鹉仍旧不开口。又是一阵哄笑。

张雅文与"酒糟鼻子"正在难堪，一个神采奕奕、美髯飘飘的老先生登上了舞台，他双手捧起鸟笼，脸颊贴在鸟笼上。鹦鹉马上欢快地跳起来，然后昂首振翅欢叫着："您好，谢谢！您好，Thank you！"

台上台下沸腾了。张雅文知道这是鹦鹉的旧主人到了，他高兴地握着老先生的手："哎呀，'真神'终于露相啦，总算找到您老人家了！您老不是要动手术吗，怎么会这样精神？"老先生四处寻找"酒糟鼻子"，发现"酒糟鼻子"早就闪了！老先生捋捋胡须，苦笑着道出了实情：原来那"酒糟鼻子"确实是他的儿子，儿子吃喝嫖赌样样能干，就是不干正事，还趁他走亲戚之机，偷卖了家里的鹦鹉。

这时，鹦鹉协会主席走向台前，宣布了一个更加惊人的消息：今天的鹦鹉展示会，实际上是由张雅文副主席出资精心策划的一项慈善活动，目的就是要寻找鹦鹉的真正主人，并倾心为其捐款治病。

　　张雅文激动地说："同志们，今天我算开眼了，连鸟儿都有情有义，我张雅文岂能为富不仁！咱虽说有俩钱，其实粗俗得还不如一只鸟儿！"说到这里，张雅文向老先生表示，不但要无偿奉还鹦鹉，还要拜老先生为师，一边学习调教鸟儿，一边学会做好人。

　　不料老先生却连连推辞，他告诉大家，这只鹦鹉不是什么外国鸟儿，是他的一个朋友在伏牛山里捉到的！最后他情绪激动地说："我虽然教会了鸟儿说人话，却没有教会自己的儿子说人话、干人事，实在是丢人哪！"

　　张雅文的脸红得像猪肝子，他完全醒悟了：人哪，不论贵贱，不管穷富，如果像自己这样处处没有涵养，粗俗不堪，不会说"人话"，你就是再扑腾，也是风光不起来的！

　　　　　　　　　　　（选自《乡土·野马渡》2018年第4期）

胡里麻达结善缘

在豫西南的方言里，"胡里麻达"这个词儿意为朋友间要相互理解包容，不要斤斤计较。说到"胡里麻达"的来历，还有一个感人的故事呢。

话说清朝道光年间，南阳府镇平县西南的黑龙镇上，有一位远近闻名的富人姓胡名立。胡立为人豪爽仗义，朋友遍布四里八乡。虽然人常说"啥虫儿钻啥木头"，但是在众多的朋友之中，胡立偏偏与家境清贫、性格孤僻的落第举子马达最投缘，哥儿俩隔三岔五就要聚在一起。这不，今天马达按约定，又到黑龙镇胡立大哥家去串门了，不料马达这么一串，却"串"来了一串儿麻烦事儿！

马达来到胡立家门口的小河边，看见胡立的女儿梅玲正在河边洗衣服。马达停下脚步，远远望过去，只见一群鹅鸭在河中戏水觅食，两行翠柳在河岸随风轻拂，他情不自禁地感叹道："好一幅春水丽人浣纱图啊！"

梅玲抬头见是马达，高兴地喊道："马达叔，已到家门前，为啥站在河边不进去？"马达回过神来说道："此处美景如画，我流连忘返。侄女儿，你父亲在家吗？"梅玲答到："父亲到前庄有事儿。临走前特意嘱咐我，如果马达叔前来，可在家稍等。既然马达叔喜欢河边景致，我就回屋搬把椅子来，您可坐下尽情观赏。"梅玲说着，就回屋去搬椅子。马达见梅玲这样落落大方，通情达理，心里像喝了桃花蜜一样。他站在河边，忍不住诗兴大发，摇头晃脑地吟道：

烟柳笼翠鸭戏水，西子浣纱在清溪。
满眼春色观不尽，纵使公侯亦忘归！

正所谓"乐极生悲"，接着发生的一件事，使得马达有口难辩、羞愤交加，不得不立马打道回府。原来梅玲搬来椅子让马达坐下，正要蹲下身来继续洗衣服，就"啊"地大叫一声，忽地站起身来，左顾右盼，神色异常。马达正在诧异，梅玲问道："马达叔，刚才我把戒指放在洗衣石上，怎么转眼就不见了呢？我进屋搬椅子时还在呀！"马达也大吃一惊地说："我只顾观景赋诗，也不曾见着，待我们再找找看。"马达说着，便脱鞋下水，帮着梅玲在河里摸索搜寻，找了半天，哪里还有戒指的影子！

原来，梅玲洗衣时，习惯把戒指摘下放在一边，孰料今儿戒指却不翼而飞了。搬椅子只是片刻工夫，又无外人来过，戒指能飞到哪儿去？这不是明摆着的事！梅玲心想，父亲常对自己讲，马达叔是仁人君子，不料他却是徒有虚名，见财起意。梅玲噘着小嘴不说话，只顾埋头使劲地揉搓衣服。马达感到十分尴尬，侄女显然是怀疑自己藏了她的戒指，连他下河帮着寻找戒指的举动，也容易让人误会是在掩饰哩！马达想，难道自己的一世清名，就要这样毁于一旦了？他不停地在河边徘徊，想等老友回来，表明心迹。可是左等右等，就是没见胡立大哥的影儿，他只得尴尬地对梅玲说自己家中有事，悻悻地回去了。

梅玲望着马达远去的背影，愤愤地说："哼，有道是'得财下街'，做贼得了手，立马就走人了。"

马达走后不到半个时辰，胡立就回来了，他问女儿马达叔可曾来过。梅玲愤愤地说："来是来过了，不过又走了！"胡立感到惊奇："你马达叔向来是不见不散，为何今日不曾见面就走了呢？"梅玲愤愤地说："人输理闭嘴巴，狗输理夹尾巴！他怕是没脸见您啦！"胡立见女儿今儿个一反常态，话中有话，言语刻薄，就再三向女儿询问缘由，梅玲这才向父亲说出丢戒指的事儿。临了还撂下一句狠话："父亲向来夸他是仁义之人，我看他不过是爱占小便宜的伪君子！"

胡立听了大吃一惊，觉得事有蹊跷，他断然不信马达会拿走女儿的戒指。老友毅然离开，肯定是当时女儿脸色难看，寒了老友的心。他斩钉截铁地对梅玲说："我敢肯定，你马达叔绝不是这样的人！世上怪事千千万，不定船在那个湾。你没有亲眼看见，切不可胡乱猜忌，冤枉了好人。改天，我一定再给你置办一个上好的戒指。你切不可再胡言乱语！"梅玲也觉得父亲的话有道理，就低着头不再说话了。

马达回到家里，心里越想越不是味儿，但他知道胡立大哥了解自己，不等自己前去辩白，定然会前来登门道歉。谁知恰好时至农忙，胡立的杂事儿太多，根本没有时间来见马达。而胡立也在想，马达家没有多少农活，说不定哪一天，他自然会前来解释。就这样你等我、我等你，一个多月就过去了。马达见胡立不再理会自己，心里越发沉闷。俗话说：人穷志短无身份，莫走亲戚莫串门。马达整日为戒指的事心情沮丧，自觉脸面无光，一直闷气在家，没有再登胡家的门槛儿。胡、马两家的关系，眼看就慢慢地淡了。

马达整日窝在家里郁郁寡欢，一个多月下来，人瘦了一圈儿。农忙过后，马达正在家里生闷气儿，忽然有胡立的管家亲自登门，说主人近日身体不适，病中非常想念马达贤弟，特来相邀，诉说衷肠。马达闻听大哥有病，忙跟着胡管家一路小跑来到胡家，只见胡立大哥红光满面，神采奕奕，哪里有一点儿病色！胡立一见马达，就急忙迎入客厅，坐下说道："多日不见贤弟，为兄望眼欲穿。"马达道："琐事缠身，未来看望胡兄，还请大哥多多见谅。"马达急问兄长病情，胡立笑着说自己是得了"相思病"，想念贤弟了！弟兄二人哈哈大笑，好像丢失戒指的事儿根本就没有发生过似的。胡立吩咐妻子准备饭菜，并特别提醒妻子，自己早已逮住了一只肥鸭，上午要用胡家最拿手的好菜——"蘸水鸭"来招待马达。

马达见胡立大哥一如既往，热情有加，郁闷的心得到些许抚慰。但是，他心里还是不踏实，就开口问道："小弟我上次来时，侄女的戒指丢失，后来可曾找到？"胡立马上拦住话头说："区区小事，兄弟何必常挂心怀。河中水流湍急，再加上成群的鹅鸭觅食嬉戏，这小巧玲珑之物被急流冲到下游也是有的。"

话音未落，只见梅玲一阵风似的进了客厅，手中捧着一枚戒指，高兴得像个花喜鹊似的喳喳叫道："爹呀，喜事啊，女儿的戒指找到了！是母亲在清理鸭子内脏时，在鸭子腹中发现的。哎呀，事情就这么巧，谁也想不到，这枚戒指竟然被鸭子吞入腹中了！"梅玲说罢，面带愧色，望着马达叔不说话，似有许多道歉的话儿要说，被父亲骂了几句退下了。

然后胡立起身来到院中，摆上香案，虔诚地躬身下拜，表情恭肃地祷告："皇天在上，后土在下，请受我胡立一拜！"说着，还连磕了三个响头。马达见状，吃了一惊，急忙挽着胡立说道："兄长何故如此？"胡立起身对马达说道："若戒指沉入泥沙，被急流冲走，不得再见天日，兄弟你肯定会终生纠结此事，我们二人何时才能消除嫌隙？孰料道戒指竟然被鸭子误吞腹中，真是苍天有眼哪！经此一事，为兄我更加明白：朋友之间，要以诚相待，肝胆相照，切不可胡乱猜忌！"马达听了胡立老兄发自肺腑的话，深受感动，不由得热泪横流，感慨万千。宴席上，兄弟俩开怀畅饮，尽兴尽欢。从此以后，兄弟俩和好如初，来往不断。

大清咸丰元年，朝政日非，天下大乱，捻军趁机在南阳府一带起事，不时袭扰镇平县。这天，马达听到一个晴天霹雳的消息：捻军为了筹集军饷，掳走了胡立，一定要胡家拿出万两银票来赎人。昔日的朋友见胡家遭难，都避之不及，更有一人跑来告诉马达："胡立在牢里受刑不过，向捻军说胡家的万两银票被你骗走了。捻军不日就来抓你了，赶快逃命去吧。"马达一向了解胡立大哥的为人，根本不相信这人的鬼话！他不但不逃，反而只身前往百里外的捻军大营，搭救自己的大哥胡立。在捻军大营，马达恰好遇到了昔日一同赶考的举子张某，张某现在当了捻军的军师，他不忘旧情，爽快地释放了胡立与马达。胡立大难不死，且毫发无损，格外感激马达的救命之恩。他一回到家，就做出了一个重大决定：把自己的女儿梅玲嫁给马达的儿子做媳妇。

胡、马两家择定良辰吉日，喜结良缘。出嫁当日，只见嫁妆车上，箱子、柜子、莲花被子、绫罗绸缎，应有尽有。送亲的队伍前不见头，后不见尾，十分气派。人们都称赞胡、马二人的兄弟情，艳羡胡、马两家历经风雨终结善缘。

在梅玲出嫁的第二天，按本地风俗举行"会亲家"的礼仪，胡立与马达亲家俩开怀畅饮，一直喝到红日西坠。散席后又舍不得分手，你送我，我送你，三里地的路走了好几个来回。马达喝得有点头大，一不小心跌翻在河里，正是在梅玲经常洗衣的地方的上游不远处。胡立急忙去扶马达，不料马达突然惊叫一声："哎呀，大哥快看！"胡立急忙接过马达手里的物件，一看也大吃一惊——马达从水里捞出的物件正是女儿丢失的那枚戒指！原来此处是个回水湾，当时戒指落水后又被回水卷入洗衣石上游。马达与梅玲只知道在下游寻找，如何能寻得到？接着，胡立向马达说了一个惊人的秘密：戒指丢失以后，胡立为了解除好友的心病，特意买来一枚一模一样的戒指，喂入鸭子口中，又与妻子一起，上演了一出"瞒天过海、偷梁换柱"的好戏，巧妙地维系了兄弟之间的情谊。

这事传开以后，胡立与马达兄弟相互包容、肝胆相照的感人故事广为称道。日子久了，人们把胡立、马达两人的名字连起来，传成了"胡里麻达"这个词儿。至今还流传着这样一句俗语："胡里麻达结善缘！"意思是亲友之间，不能互相猜忌，只有相互体谅，相互包容，情分才能长长久久。

（选自《乡土·野马渡》2019年第4期）

床不离七

在豫西南的木匠行当中，流传着这样的规矩——凳不离三，门不离五，床不离七，桌不离九。意思是木匠在做这些东西时，长短高低厚薄等尺寸的尾数，必须含有这些数字以求吉利——凳子是"三"，寓意"桃园三结义"；门是"五"，寓意"五福临门"；桌子是"九"，寓意桌上天天有酒（九），好日子长长久久。说到"床不离七"，那学问可就大了：床上各个部位的尺寸、数量，必须含有"七"，寓意"床不离妻"。土匪出身的别廷芳当上了司令，看到西峡口巡检司的衙床非常气派，也想比照着做一张。谁也想不到，别司令一生的荣辱，竟然与这张"不离七"的衙床紧密地联系在了一起。

司令衙床

别司令对做衙床非常重视，天天盯着。床是用槭树做的，"槭"与"妻"同音，床上有妻，日子有味，这是要讨个好寓意。衙床长六尺七，宽四尺七，穿榫横木是七根，靠背立柱也是七根。床梆的下方镶着花边，花边上雕刻了七个莲蓬，每个莲蓬里盛着七个莲子。别廷芳哈哈大笑："七个莲蓬好比七个老婆，七颗莲子就是七个儿子。七七四十九，每人都提一杆枪，就是一个加强排！"

三七二十一天之后，衙床做好了。别廷芳问木匠："要多少工钱？"木匠怯怯地说："三块大洋。"别廷芳拿出七块大洋，木匠哪里敢接，手摇得像风摆荷叶："别司令，我是手艺人，做一张床就值三块大洋，实在不敢多要！"别廷芳把盒子炮拍在桌子上："不要钱老子就要你的命！"木匠哪能不要命，接过七块大洋就跑了。

处处"不离七"的衙床，并没有给别廷芳带来七个老婆，更没有给他生出七七四十九个儿子。他的老婆李氏只生了一儿一女便撒手西去，儿子倒是给别廷芳生了七个孙子。别廷芳讪讪地说："嘿，想不到这'床不离七'应验在我孙子身上！"

老婆死后，别廷芳顿时觉得衙床太宽太大了。一个人睡在上面，就好像睡在万古洪荒里。于是，司令部的师爷在鄂、豫、陕三省交界的一个寨子里寻着一位号称"醉三省"的美女，送给别司令做了二太太。

别廷芳相信自治派人物梁漱溟的学说，联合镇平、邓县、淅川的民团司令，在豫西南搞起了"自卫、自治、自养"的"三自"实践。为建立安定的社会秩序，他决定"重典治乱世"：从杀人越货的土匪，到掐谷扭穗的小偷，一律"格杀勿论"！那时全国到处民不聊生，这一带却成了"路不拾遗、夜不闭户"的太平世界，别廷芳也成了豫西南的土皇帝。他拍着衙床得意地说："想不到啊，'床不离七'终究应验了——给老子带来了方圆七百里江山！"

谁也想不到的是，别司令的"重典"之火，有一天竟烧到了衙床边！

血溅衙床

这一日午后，别廷芳正躺在衙床上午休，有卫兵前来报告：执法队逮住了一个偷瓜的。别廷芳头也不抬，隔着竹帘子叫道："扯淡，敲了！"

卫兵结结巴巴说："偷瓜的是……是……"

别廷芳吼："管他是谁，敲了！"

"刘司令已经把人给拦下了，说是……"

"司令部就我一个人是司令！传我命令：敲了！"

卫兵把民团副司令刘顾三也称为"司令"，显然犯了别廷芳的大忌。恰在这时，别廷芳的闺女拉着"醉三省"来到卧室，二人"扑通"跪倒在衙床前，一同哀求别廷芳"刀下留人"。原来偷瓜的不是别人，正是"醉三省"的娘家侄儿，别廷芳的女婿！这小子仗着自己是别司令的"乘龙快婿"，大摇大摆地到城外"摸"了一个西瓜，没承想刚咬一口就被执法队给抓住了。

别廷芳"呼"地从衙床上坐起来，血红的眼珠儿瞪着两个美人儿，从牙缝里挤出一个字："敲！"

闺女哭叫着："爹呀，敲了你女婿，闺女将来指靠谁？"

"将来老子养着你！"

"醉三省"也嚷嚷："敲了我内侄，让我咋回娘家？"

"回不了娘家就一直跟着老子！"

母女二人正在哭闹求情，司令部门前传来"砰"的一声枪响，别廷芳的女婿早已脑袋开花。原来卫兵怕别司令盛怒之下"敲"了自己，就飞快地跑出去传达了别司令的命令。别廷芳的闺女听到枪响，发疯似的跳将起来，抓起桌上的手枪，对准自己的脑门"啪啪"就是两枪，一股鲜血溅在雪白的帐子上！"醉三省"经过这番惊吓，变得疯疯傻傻，不久也在衙床上香消玉殒。

遭遇这番横祸，别廷芳也不知所措，一连几天不住地捶着衙床嘟囔："怪了，这'床不离七'咋又整得我妻离子散了？"

衙床转运

想不到别廷芳在衙床"离妻"之后，反而时来运转，仕途如日中天！

第五战区的司令李宗仁从老河口到西峡口视察，见这里社会安定、百业兴旺，夜里电厂轰鸣发电，满城灯火辉煌，他忍不住赞赏道："河南省一百零八县，恐怕就这里夜晚有电灯了！"晚上，别廷芳恭敬地让李宗仁睡在自己的衙床上，李宗仁有感而发，摇头晃脑地说："床不离七，香斋（别廷芳的字）缺妻，小小衙床，宜睡中将！"

不久，日寇发动"随枣战役"，攻陷了河南的唐河、新野。国民党军汤恩伯部逃得溃不成军，别廷芳大怒，他率领民团奋力杀敌，取得了唐、新大捷，消灭了日军三千余人，打得日寇落花流水。别廷芳也因此成了河南省第六战区抗敌自卫团司令，不久又晋升为鄂豫陕边区中将游击司令。

衙床果然"睡"出了个中将！别廷芳高兴得把衙床看作宝贝。他要把自己的司令部设在南阳，把衙床也搬到南阳去。有人劝他："衙床还是放在西峡口才能睡得安稳。"别廷芳立马呛声："你知道啥啊，连汉刘邦都晓得，该显摆威风时不显摆，就等于锦衣夜行，谁能看得见？衙床要跟着老子到南阳风光，搬！"恰在这时，第一战区司令部长官传来命令，要别廷芳立即赶赴洛阳参加高级军事会议。已经装车的衙床暂时搬不了了，只等着别廷芳升迁后再搬到更阔气的地方去。

衙床悲歌

别廷芳来到洛阳才发现，根本没人把他这个"中将"当回事。三十一集团军司令汤恩伯与别廷芳有过节儿，公然提出要收编"改造"别廷芳的民团。别廷芳气得拍桌大骂："改造？遇到日寇，你逃得比兔子还快，连老百姓都说，'三十一，三十一，一气逃窜二百里'！要不是我的民团顶着，唐河、新野早就不在了！国难当头，你还想着剪除异己，扩充自己，算什么东西！"汤恩伯手下的一群少将群起而攻之，当众辱骂别廷芳，说他的中将是舔李宗仁的屁股换来的，别廷芳气得当场昏了过去。

1939年的农历腊月二十八，别廷芳冒着漫天风雪，从洛阳回到了西峡口。一到家，就一头栽倒在衙床上，嘴里还说着："我想睡他个三天三夜！"没想到，别廷芳这一睡就再也没有从衙床上起来。

1940年农历二月初六深夜，羞愤交加的别廷芳已经在衙床上躺了三十七天。病中他不住念叨："我老别，生于光绪九年，已经活了五十七岁零七个月，连逢俩'七'呀！床不离七、床不离七，原来是指我的死期呀！"一睁眼看见副司令刘顾三在旁，别廷芳好像突然有了精气神儿，"腾"地坐起，满脸潮红，慷慨激昂地说："兄弟呀，咱哥儿们出身草莽，把脑袋掖在裤腰上，为老百姓出生入死几十年，想不到竟然混到这步田地！在那些整天鬼混的大官儿眼里，我这中将算个啥啊！到如今，我算彻底明白了：人哪，还是得为老百姓多干点实事，少博些虚名，别像这张花里胡哨的衙床……"

说到这里，别廷芳两眼一瞪，两脚一踢，倒在衙床上咽气了。

一根棒槌一两银

大清乾隆年间，镇平县有一个卖棒槌的穷汉叫钱宝山，虽然名字挺富态，但是穷得叮当响。想不到有一天他竟时来运转，每根棒槌卖到了一两纹银！

这天，钱宝山推着一车棒槌上坡，恰好镇平知县熊洪九的官轿路过。一个三角眼衙役骂钱宝山不知回避，伸手把钱宝山的小车推到沟底。沟底恰好有个算命先生路过，他的招牌都被撞飞了。"三角眼"仍不罢休，借口经商得交赋税，拿起一捆棒槌扬长而去。

算命先生两眼盯着官轿走远，摇头叹了一口气。又帮着钱宝山推车上了坡。钱宝山不住地道谢："多谢大哥！"

听到钱宝山称呼自己"大哥"，算命先生一个愣怔，又听说对方名叫"钱宝山"，更是一脸惊奇！

哥俩坐下唠嗑儿，算命先生一定要与钱宝山结拜为兄弟。

结拜完毕，钱宝山说家中上有瞎眼老母，下有老婆孩子，如果今天卖不出一根棒槌，全家就得挨饿受罪。算命先生微微一笑，在钱宝山脸上左看右看，忽然面露喜色，说："贤弟印堂红润，是注定要生财的大吉之相。"钱宝山苦笑着说："大哥休要取笑！"算命先生摇头晃脑地说："非也，非也。有道是'紫气东来'，明日你可前往正东方向的县城卖棒槌，每根棒槌再裹上一道红纸条儿，图个吉利，我保你一定红运当头！"

钱宝山疑惑地问算命的大哥："真那么灵验？县城那么大，到啥地方去叫卖最好？"算命先生思忖了一下说："我观县城，察院地势最高，'人往高处走'，你可到察院门前叫卖，我保你步步高升，生意兴隆！"钱宝山头摇得像拨浪鼓似的——在察院门前、当官的眼皮子底下叫卖，不是在老虎腚上蹭痒痒吗？算命先生神秘地对钱宝山说："明日只要你站在察院门前，把钱宝山三个字颠倒过来大喊三声，就能发财！"

第二天，钱宝山推着一车棒槌紧跑慢赶，才在近午时分赶到察院门前。只见这里车水马龙，官轿停了一大片。钱宝山看到进进出出的人，个个肥头大耳、衣服光鲜，都不像是洗衣服、买棒槌的主儿。又见把守察院大门的衙役个个虎背熊腰，凶神恶煞，他心里就有点发怵。但是，既然算命大哥说行，那就试试吧。于是，他壮起胆吆喝起来："棒槌，卖棒槌啦……"

"你也不看看这是什么地方！"昨日那个三角眼衙役突然冲出人群，对钱宝山破口大骂。他以为昨天自己顺手拎了捆棒槌，钱宝山心怀不忿，故意前来找碴儿！这还不算，"三角眼"骂完了，又上前"哗啦"一声掀翻了小推车，一车棒槌骨碌碌地满街乱滚。

钱宝山傻眼了，猛然间想起算命大哥昨日吩咐过的话，就放开喉咙，把自己的名字颠倒成"山宝钱"大喊了三声。

察院门前所有的人听了都一愣：单保谦大人的名讳岂能是别人随便呼叫的？这穷小子真是狗咬石匠——寻着挨揍！有两个衙役扭住钱宝山的双手，"三角眼"抡起一根棒槌就要揍钱宝山。正在这时，察院里走出一位钦差随从，高声叫道："单大人口谕，恭请大人的结拜兄弟钱宝山入内。有请！"

钱宝山见有人召唤自己，便应声上前。大门内外的官员、衙役又是一愣：糟了，这穷汉子竟是单大人的结拜兄弟！大家都慌了神，七手八脚地帮忙捡棒槌、推车子，簇拥着钱宝山进了察院大门。钱宝山万万想不到，把自己的名字倒过来喊，竟然有这么大的威力！

进了察院，钱宝山猛一抬头，只见一身官服的算命大哥站在大殿门口，正在冲他点头微笑！钱宝山这一惊非同小可，连忙"扑通"一声跪倒在地，磕头犹如鸡啄米地说："小民有眼不识金镶玉，冒认官亲，请大……大老爷恕罪！"

单保谦急忙扶起钱宝山，一脸不高兴地说："大哥就是大哥，咋又喊成大老爷啦？"这时，有人告诉钱宝山，他的"大哥"不是别人，正是奉旨巡查的钦差单保谦大人，今日正在察院过寿诞。

单保谦捋着胡须哈哈大笑："单某在朝为官几十年，听到的称呼尽是'大人''老爷'，昨日听到有人呼唤'大哥'，倍觉亲切，就与老弟结为兄弟。今日老弟又专门把棒槌套红为单某祝寿，单某不胜感激！"说着，单保谦拿出一两纹银，说要"为兄弟发发市"，率先买了一根棒槌。众人见状，纷纷效仿，都拿出一两纹银来买棒槌，借以讨好钦差大人。不大一会儿，一车棒槌就被买光了。钱宝山拎着沉甸甸的银子，愣怔得像个傻子。

接着，寿宴开始，单保谦拉着钱宝山坐在自己的身边，也就是熊知县该坐的位置上。熊知县没有位置坐，正在发愣，忽听单保谦怒喝一声："来人，将犯官熊洪九拿下，摘去顶戴花翎，交刑部议处！"

熊知县被押了下去，"三角眼"也被重打四十大板赶出了衙门。整个宴会大厅好像发生了一场强地震：大小官员不知熊知县所犯何罪，个个胆战心惊，都害怕下一个被"拿下"的是自己！

单保谦虎着脸，并没有马上宣布熊知县的罪行。他越是这样，大伙儿越不踏实：长期与熊知县一起"玩猫腻"，谁身上没有几处污点子？

直到厨房开始上菜，众官员一颗悬着的心方才踏实下来。大家心想，朝廷大员请客，宴席上必定是山珍海味、琼浆玉液。谁知菜端上来后，大家都傻眼了：只见席面上是萝卜、白菜，外加一盘豆腐。宴席上也没有酒水。单保谦高高举起一杯白开水，要以水代酒，敬各位官员一杯，感谢大家今天争相买棒槌，周济了自己的兄弟。接着，他话锋一转，要大家抬头观看大厅里悬挂的一副楹联：

> 与百姓有缘，才来此地。
> 期寸心无愧，不鄙斯民。

单保谦对大家说："其实今天不是我的生辰，是为了周济兄弟，才谎称过生日的。"接着又介绍了钱宝山家里的窘迫情况，单保谦沉痛地说："单某万万没有想到，在当今盛世，天下还有这样穷困的人家！虽然诸位看我单某的薄面，周济了我的小兄弟，但是全县究竟还有多少父老兄弟需要周济呢？诸位既然为官镇平，就是与咱镇平百姓有缘！诚望诸位能像楹联上说的那样——不鄙斯民，关心百姓疾苦，真正做到为官一世，问心无愧！"

接着，单保谦才说了严厉处置熊知县的缘由。原来，昨天"三角眼"将轿帘一掀，轿内竟然露出了一双女人的小脚。如不是知县内眷，何人敢坐县太爷的官轿？大清律规定：严禁五品以下官员在自己的任所带家眷！单保谦又暗访到，熊洪九不但擅自带家眷长住任所，而且欺压百姓，恶贯满盈！他安排小舅子"三角眼"进衙门，就是为了疯狂敛财，鱼肉乡里。

最后，单保谦意味深长地告诉大家："今天要众官员掏一两银子买一根棒槌，还有另一层含义：我们当官的，已经习惯在百姓身上打板子，可如果为官不正，官逼民反，老百姓就会在我们的屁股上擂棒槌！"

众官员一听，一齐叩谢单大人的教诲。大家也恍然明白了单保谦举办青菜豆腐宴的深层含义：一是当官要心系百姓疾苦，不能欺压百姓；二是为官处世要一辈子清清白白。

（选自《民间文学》2019年第3期）

八千里路云和月

——我所亲历的消灭桂系军阀、解放大西南的战斗岁月

王天禄 / 口述 陈志国 / 整理

我叫王天禄，1935年1月出生于河南镇平，1948年6月参加了中国人民解放军，历经豫西战役、淮海战役、渡江战役、西南剿匪战役等，其中最使我难忘的是消灭桂系军阀、解放祖国大西南的战斗岁月。

为报父仇从军去

我出生在一个贫苦的农民家庭，全家依靠父亲在店铺当伙计来维持生计。1947年我12岁，懵懵懂懂，还不知道人世的艰辛。一天，父亲把我叫到跟前，对我说："我要出门替东家讨账，你在家要帮你母亲多做家务，照顾好弟妹。"我万万没想到，这一次的分别竟是与父亲的永诀！

父亲走后几个月没有音信，我们全家人等啊等，等来的却是父亲被害的噩耗！原来，父亲带着10块银圆，在豫、陕交界一带奔波讨账，

在内乡县境内，遇见了国民党内乡民团匪兵。他们为了抢夺我父亲身上的银圆，把父亲活活枪杀，抛尸在丹江里。

父亲去世后，我们一家失去了生活来源，好像天塌地陷。我立志要为父亲报这血海深仇，为普天下受欺负、受压迫的贫苦人报仇！

1948年5月，陈赓兵团13旅解放了我的家乡，我找到部队的首长，坚决要求参军。当时我刚13岁，部队首长说我年龄太小，还没有枪杆子高，要我等几年再说。我在首长面前哭闹不休。当部队首长了解了我家的深仇大恨，就破例批准了我参军。就这样，6月份我光荣地加入了中国人民解放军，在豫西六分区40团当兵，参加解放豫西的战斗。

11月，淮海战役激战正酣，我们40团被编为中国人民解放军二野四兵团13军39师116团，开赴河南确山一带阻击桂系白崇禧集团北援淮海。从此，我们部队便与桂系集团彻底"杠"上了。

饮马长江战赣江

淮海战役结束后，我部于1949年2月接到命令，向东南开拔，于4月14日到达渡江战役集结地安徽省宿松县，积极准备渡江。

4月20日，中国人民解放军百万雄师在千余里的江面上发起了渡江战役，以摧枯拉朽之势突破国民党长江防线，直插江南，国民党反动军队兵败如山倒，纷纷溃退。

4月24日上午9时整，我所在的39师作为渡江第二梯队，在安徽省望江县华阳镇开始渡江。我们乘坐木船，浩浩荡荡，横渡长江。我站在木船上，望着奔流不息的江水，突然想起被抛尸在丹江里的父亲，不由得放声大哭起来。战友们还以为我年龄太小想家了，纷纷过来劝慰我这个"小鬼"。当大家知道我家的悲惨遭遇后，都义愤填膺，表示一定要消灭国民党反动派，为我的父亲报仇，解放广大被欺压的百姓。

我部渡过长江后，快速向江西挺进，像一把利剑，切断了白崇禧集团与汤恩伯集团的联系。

我们的战斗任务就是一个字——追。国民党已是溃不成军，我们一个班俘虏其一个连、一个连俘虏其一个团的事，屡见不鲜。陈赓司令员率领我们四兵团浩浩荡荡地进入江西省丰城，在这里，我们遇到了老对头桂系集团。

桂系白崇禧集团长期盘踞在以武汉为中心的长江以南地区，在解放战争中没有受到过致命打击，当时还颇有战斗力。江西丰城在赣江边，赣江西岸有一座仙姑岭，地势十分险要，易守难攻。在仙姑岭战斗中，我们遇到了国民党所谓的"王牌军"——白崇禧集团之46军与48军1部，敌人凭借着仙姑岭的地理优势，负隅顽抗。

仙姑岭战斗持续了六天六夜，异常惨烈。我们116团担任主攻，许多战友英勇杀敌，壮烈牺牲，仅我们镇平老乡就有6位同志在仙姑岭战役中英勇倒下。有的战友肠子都掉出来了仍在向前冲。1949年5月24日下午，我们集中所有炮火对仙姑岭进行了猛烈的进攻，一时间地动山摇，硝烟弥漫。然后我和战友们顺小路摸到山顶，拿下了主峰，完全消灭了敌人。

仙姑岭战役胜利结束后，我们在丰城休整了40余天，以便迎接新的战斗。

铁流千里歼桂系

1949年7月，我部接到命令，继续向南挺进。部队从江西出发，跋山涉水，风餐露宿，采取大迂回、大包抄的战术，穿插到了广东雷州半岛北端的化县，以阻断桂系军阀白崇禧残部的退路，防止他们经化县从琼州海峡逃向海南岛。

我们在化县修筑防御工事，与狼狈逃窜的桂系集团进行了殊死较量。从11月19日开起，我们116团在化县与桂系集团激战了七天七夜，尽管敌人有飞机大炮，我们只有手榴弹加步枪，但是我们有钢铁般的意志和必胜的信念。最后，我们在友邻部队的配合下，一个反冲锋，彻底打垮了敌人。

正当我们乘胜追歼桂系残敌时，突然接到命令，要我们116团在两天内赶到400多里之外的广西钦州，彻底消灭桂系集团。两天之内急行400余里，这对每一个军人都是体力和意志力的巨大考验！

军令如山，我们立即轻装出发。一路翻山越岭，艰难跋涉，脑海里只是装着一个信念，就是跑、跑、跑！饿了，塞一把炒米；渴了，喝一口溪水；有小便了，边走边"解决问题"；打瞌睡了，抓住战友的背包跟着跑，人睡着了，两条腿还在往前走！

终于，我们按指定时间赶到钦州，包围了桂系在钦州的最后的巢穴。号称"小诸葛"的白崇禧做梦也想不到解放军会神兵天降，他的警卫团顷刻间土崩瓦解，被我们彻底消灭。我和战友们也想不到，一向狡猾善战的"广西猴子"，竟然这么不经打，被消灭得这么干脆利落。至此，桂系集团主力基本被消灭，只有白崇禧慌慌张张爬上飞机落慌而逃。

转战黔滇剿顽匪

消灭桂系集团主力以后，我们继续在广西追剿桂系残敌，后又沿着桂、黔、滇来到了祖国大西南的云南省文山县。

当时，"西南王"卢汉已经宣布起义，贵州、云南两省宣布和平解放。我部在云南省文山县度过了1950年的春节，我也在文山县度过了15岁的生日。这是我获得新生后的第一个生日，我和战友们又唱又跳，激动得流下了热泪。

云南被誉为"彩云之南"，山明水秀，是祖国大西南的一颗明珠。但是，这大好河山却被国民党残留的顽匪搅得乌烟瘴气。国民党"滇黔反共救国军"司令金三少是远近闻名的惯匪，杀人放火、抢掠财物，无恶不作。

1950年春天，我们奉命彻底铲除金三少这颗毒瘤。我们组织了许多小分队，在云南通海、安化等地追剿金三少。终于在安化打垮了金三少的主力，打死土匪100多人，俘虏300多人。金三少化装从地道逃到了小牯山。

小牯山四面是湖水，易守难攻。我和战友们不畏艰难，或乘船，或泅渡，冒着枪林弹雨，奇袭小牯山。经过一个多小时的激战，彻底攻陷小牯山，活捉了金三少。老百姓用铁链子锁住金三少，敲锣打鼓，载歌载舞，欢庆胜利，感谢人民子弟兵为地方除了一大害。

我在部队进步很快，1952年加入共青团，1954年12月光荣地加入了中国共产党！

虽然解放大西南的战争已经过去60多年了，但那些岁月还是历历在目，犹如昨天！我永远不会忘记救我于水深火热之中的中国共产党，永远不会忘记培养教育我成长的部队。如今，我虽已高龄，但仍然念念不忘保持艰苦朴素、无私奉献的生活作风，永远跟党走，海枯石烂不变心！

（选自《今古传奇·速读》2017年4月下半月刊）

第二辑　当代传奇

撞在一起是缘分

俗话说：男怕三六九，女怕一四七。是说男女要避忌这几个数字。我今年六十三，七九六十三，把三、六、九占全了，所以每天都过得小心翼翼的。

这天，我骑着自行车去郊区办事，好端端地骑着，猛听后面"嗵"的一声响，接着我就被甩到了路边！我当即想起"男怕三六九"一说来，一回头，看见一辆电动车翻在我身后，一位黑黑瘦瘦的老者躺在地上不住地呻吟。我没多想，挣扎着爬起来，问他伤着骨头没有。不料，老者只是摇头，并不说话。

这时，一些路人围了上来，他们误认为我是肇事者，嚷着要我送老者去医院。我完全吓蒙了，一个劲地说："我可以送老人去医院，但不是我撞他，而是他从后面撞的我。"

就在这时，一个漂亮姑娘骑着电动车来了，她一到跟前，就关切地问老者："爸，您伤哪儿啦？"老者灰头土脸地连连摇手，说："没事没事。"

姑娘听了刚才惊险的情况后，不住地向我道歉，还说："我爸年纪大了，反应慢，您多包涵。"我洗清了撞人的嫌疑，也就一笑了之，各自打道回府了。

不料,我回到家里,左腿就动不了了,疼得一夜没睡觉。第二天到医院一查——左腿关节损伤,需要打石膏住院治疗。躺在病床上我想:我摔成这样,那位老者岁数大,恐怕伤得更重!

朋友们来探病,听说我受伤的始末,都批评我,不应该轻易放走肇事者,不为了让他们赔钱,也要防着人家倒打一耙。对他们的批评,我均一笑置之。

后来,我回家休养,闲着无聊,就把被撞的经历写成了一篇故事,存在我随身携带的 U 盘里,方便随时写写改改。

三个月后,我左腿能活动了,就去对面的"大众浴池"洗个澡。老板娘告诉我:一张澡票六元,搓背三元,一共是九元。我听了,心中直犯嘀咕:怎么又是三六九?

浴室里雾气蒸腾,浴客连我正好三人。一个小伙子已经泡好澡等待搓背,两个浴缸恰好被我和一个年龄大的白胖子占领了。

我躺在浴缸里,把伤腿浸在热水里泡着,非常惬意。先来的小伙子已经开始搓背,我也泡得差不多了,就钻出浴缸,摸到淋浴处冲洗,忽然听到"老弟老弟"的呼唤声,我扭头一看,是浴缸里的胖子在向我招手。我一瘸一拐地走过去。胖子说:"我右腿有毛病,老弟你受累,帮我挪出浴缸吧。"这点小事,我乐意帮忙。我简单评估了一下自己的实力,用没有毛病的右腿做支点,双手搀住胖子的胳膊,嘴里喊道:"一二三,起!"

胖子从浴缸里站了起来,就在我帮他迈出浴缸的一刹那,意外发生了:他本来已经双脚着地,但脚下一滑,又像鱼儿那样滑溜地摔了个仰面朝天,我听见"咚"的一声,是胖子的头撞在了桑拿门上。搓背工闻声奔过来,急问:"怎么回事?怎么回事?"

我俩用尽力气将胖子扶了起来,谢天谢地,胖子还有气,他顺势坐在浴缸沿上，连说今年自己六十九了，净碰上好人。这提醒我了，我现在也处于"三六九"的特殊时期，可不能再像之前一样，摔胳膊断腿的。我也没心情搓背了，逃也似的奔向更衣室，把胖子与搓背工留在了浴池里。

先来的小伙子已经穿好了衣服，他数落我说："大叔，你胆子也忒大了，这种事谁敢上前！那老先生一旦有个三长两短，就是他不赖你，他孩子们闹起来也够你受的了！"

这几句话更使我心惊肉跳，我慌乱地穿好衣服，夺门而出。

我到了门口，被老板娘拦住，她劈头就问："刚才桑拿门是谁撞坏的，好几百元哪？"我一个劲地摇手："不是我，不是我。"边说边往外冲。

我走出大门，就听见浴池里传来叫喊声，胖老头肯定出事了！我赶紧加快脚步离开这个是非之地。我像受伤又受惊的兔子，逃到家里，一头躺倒在长沙发上喘气，浑身像散了架。我想着浴池里的叫喊声，说不定现在那里已经闹得天翻地覆了！天哪，要命的"男怕三六九"，千万别再惹出什么事来了！

真是怕啥来啥。第二天，我的手机突然响了。一个有点耳熟的男声问："喂，是陈先生吗？您昨天在浴池丢了一件东西，我想当面还给您。"我一听说浴池，脑袋就"嗡"的一声响，心说：肯定出大事了！我纳闷，对方怎么会知道我的手机号码？我也不敢多问，只是挂了电话。不料，一会儿手机又响了，我不接，对方就继续打，迫于无奈，我只得关了手机。

我采取"鸵鸟政策"，手机关了一个星期，这一个星期平安无事。但经常关机也不是办法，我犹豫了几天，又开了机。谁知不一会儿，就有一个陌生的号码打了进来。是福不是祸，是祸躲不过，我硬着头皮接了这个电话。电话那头是一个姑娘的声音，她开口就是一声甜甜的"陈老师"，她说："我是一个业余作者，久闻陈老师大名，真诚希望与老师见个面，聆听老师的教诲。"

人就是爱被捧着，一时间，我竟忘了自己的处境，当即一口答应见面，还把家庭地址告诉了她。

不一会儿，年轻姑娘和一个小伙子相伴而来，我连忙热情招待。姑娘清丽脱俗，小伙子憨厚老实。我觉得这两张面孔有点眼熟，只是想不起来在哪儿见过。

小伙子自我介绍说是大众浴池的搓背工，并问我几天前是不是在大众浴池洗过澡。我当即惊出一身冷汗，哎呀，这显然不是来请教文学问题的，我钻了人家的套了。我结结巴巴地说："这个……这个……今天是几号了？瞧这鬼天气，把我给弄糊涂了！"

姑娘"扑哧"一笑，露出两个甜甜的酒窝，她说："陈老师，今天天气很好，万里无云。您为何如此紧张？"

小伙子掏出三元钱，说："那天您没有搓背，应该还您三元搓背钱。"接着又拿出一个 U 盘递给我，说："我爸在浴池摔了一跤，幸亏被您扶了起来。后来，他把 U 盘当成打火机捡回去了，回家插在电脑上一看，我们就什么都清楚了。"

哎呀，原来那天摔倒的胖老头与搓背工竟是父子俩！我还纳闷，这几天怎么找不到 U 盘了，原来是被他们捡去了，要知道里面除了有那篇故事，还有我的通讯地址、联系电话、个人简介等重要信息。

姑娘绵里藏针，她笑吟吟地开始新一轮的进攻："几个月前，陈老师在郊区出过车祸吧？"

我完全蒙了，根本不明白这两桩事儿是如何连在一起的，也不明白这两个年轻人是如何联络上，一起来找我算账的。唉，我真蠢：U盘里的那篇故事写得多生动、多具体呀！这要命的 U 盘，正一步一步把我推向无底深渊，我还说得清楚吗？

　　面对这两个含而不露、暗藏杀机的年轻人，我知道，自己根本不是他们的对手，但仍结结巴巴地辩解说："这……这从何说起，从何说起……""陈老师，就从您写的故事说起吧。"姑娘说着掏出一个信封，双手递给我，说，"这是当时您住院花去的两千元，家父特意嘱托，务必要交给您。"我吃了一惊，忙不迭地摆手："使不得，使不得，故事都是虚构的。"可是两个年轻人说已经到医院询问了，错不了。

　　我更是一头雾水了。姑娘和小伙子见状，相视一笑，说他俩是同胞兄妹！到这时，我才想起来，漂亮姑娘原来是那位黑瘦老者的闺女，我们见过面的。这么说：黑瘦老者和白胖老头是一个人，这怎么可能呢？

　　我赶忙问："老爷子明明是黑黑瘦瘦，浴池的老兄可是白白胖胖，怎么会是同一个人呢？"两人都笑了，说老爷子在家里不见太阳，好吃好喝地保养了三个月，怎能不发福呢？

　　突然小伙子沉下脸来冒出一句："老爸三天前已经过世了。""什么，死了？"我似跌入了万丈深渊。原来刚才的两千元是"序曲"，重头戏还在后面啊！

　　小伙子痛苦地跟我说："唉，我爸几个月前就查出得了不治之症了。他在路上撞到您，怕要赔钱，便不肯开口说是自己的责任。之后，他去大众浴池，又偶然遇上了您，没想到您又帮了他一把。我爸再三说，您是他遇见的好人，好人自有好报，所以能当作家。"

　　姑娘红着眼圈，继续说："老爸识字不多，但经常对子女说'人'字是一撇和一捺相互支撑的，你们以后就要与陈叔这种高尚的人交朋友。他临终前还一再忏悔，说自己闯了祸，还想赖账，伤了好人心，希望陈叔能原谅他！"

　　我听了，脸跟火烧似的，我心里知道，自己也一直存有私心。我暗暗告诉自己：让那些毫无根据的"三六九"见鬼去吧，多存善心，人才能长寿!

（选自《故事会》2014年5月下半月刊）

初恋撞上"孙二娘"

平生第一次参加约会，我心中七上八下。妈妈在一旁唠唠叨叨，光注意事项罗列了十三条，从头顶的发式到鞋跟的泥巴，乱七八糟说得我头有点儿大。

我"急中生智"，打发她老人家带着爸爸去"上班"——爸爸从局长位置上退下来之后，整日怀念挂着牌牌上班的风光，窝在家里郁郁寡欢，不久就得了老年痴呆症。妈妈创造性地为爸爸做了一个同样大小的牌子挂在胸前，上写姓名、住址、电话。这一招可真灵，爸爸胸前挂牌牌，立马挺直腰杆，神采奕奕，乐呵呵地跟着妈妈到街心花园"上班"去了。

我静下心来，梳拢头发、擦亮皮鞋，蹬上车子出发了。

想到介绍人说姑娘貌若天仙，才气不凡，我心里就像灌了蜜，骑上车子一阵风，赶往约会地点——人民公园。我正哼着小曲赶路，手机响了，可是只响了一声，就听见"嘟、嘟、嘟"三声响，电池没有电了。正在这时，车子链子又卡住了。真是"还没上坡就先掉链子"，莫非这就是约会不顺的先兆？

我下车弄好链子，正欲上车疾行，突然发现地上躺着一个脏兮兮的信件，不知已有多少双鞋在信封上留下了亲切的印记。我好奇地捡起来掸掉灰土，看到"邮《高山流水》月刊编辑部"的字样，厚厚实实的，显然是稿件。信封上没贴邮票，看来这封可怜的稿件还没到邮局就先沦落风尘了！

想不到小小的县城也有我的写作知音！不知这位仁兄熬了多少夜、耗费多少心血才捣鼓出这篇宝贝！我心里蓦然涌起一种惺惺相惜的感觉，毫不犹豫地掉转车头，绕道邮局，贴足邮票，替这位倒霉的老兄发走了稿件。

我发疯似的蹬车从邮局赶往人民公园。尽管累得大汗淋漓，气喘吁吁，我仍晚到了30分钟。凉亭下，一个妙龄少女手拿粉色遮阳伞，正在焦急地转圈儿，像一朵艳丽的花在微风中盘旋。姑娘那优美的线条、轻盈的体态就像是一首诗、一片云。我心里一阵狂喜：就是她，我的约会对象！

我心狂跳着凑上去，伸出了右手："你好，是小孙吧？我叫张青。"

不料那姑娘柳眉倒竖："有你这样的男士吗？你看现在几点了？"

"我……我到邮局帮朋友办点事儿……"

"那去找你的狗屁朋友吧！"

美貌婵娟拂袖而去，消失在绿荫中。我灰头灰脸回到家里，没想到家里早乱翻了天。妈妈告诉我：我走后，痴呆爸爸跑丢了，打我手机也关机，幸亏有一个好心姑娘，根据牌牌上的地址把爸爸送了回来。当听到我约会"崩圈儿"了，妈妈更是大发雷霆："我就知道你个书呆子不会说话，惹毛了人家姑娘；我就知道你不舍得花钱，气跑了漂亮媳妇。"总之，我是猪八戒照镜子——里外不是人。

为了平息家人的怨气，我极力丑化那个"美貌婵娟"，以不屑的口气争辩说："媒人介绍的姑娘是什么玩意儿，我可不想领一个母夜叉'孙二娘'回来，将来再把咱家闹个一佛出世二佛升天的。"

爸爸也来凑热闹："嗬，好媳妇，小轿车，送我回！"

妈妈叹了口气说："要说那个开车送你爸回来的姑娘倒是长得像七仙女似的，心肠也好，人家硬是一口水没喝就走了。要是能寻着这样的姑娘当媳妇，那可是几辈子修来的福分！你可得打听着谢谢人家。"

我非常恼丧，埋怨他们没有记车牌号，总不能到电视台打寻人字幕：开车做好事的"七仙女"，你在哪里？

想到这里，我越发记恨那位"孙二娘"，仿佛她就是人间美好姻缘的搅局者。唉，初恋错过"七仙女"，倒撞上"孙二娘"，老天爷真会捉弄人！我甚至还莫名其妙地埋怨父母给我起名叫"张青"，不撞上"孙二娘"才怪哩！

不久，《高山流水》杂志社开笔会，邀我参加。想不到，"孙二娘"也作为创作新秀赫然与会！她仍是那样光彩照人，俨然是笔会的"会花"！与会的青年作者争相与她合影，请她签名，约她吃饭，使我这个"老"作者黯然失色。

俗话说，老乡见老乡，两眼泪汪汪。见到我后，"孙二娘"没有热泪却热情地与我打招呼，她跟我说："咱俩约会那天我倒霉透了，开车急着赴约会，却遇到一痴呆大爷，挡在车前，死活要我做他的儿媳妇。这叫什么事儿啊！我根据老人家胸前的牌牌上的提示拨通了他儿子的手机，想不到这小子竟然挂了！无奈我只好开车送这位老爷子回去，慌乱中又弄丢了稿子。我招惹谁了我，第一次约会就这么倒霉。特别是那篇稿子是我熬多少夜的心血呀，你说我当时心情能好吗？事后我也挺后悔的，我完全不该冲您发无名火。"

我又吃了一惊，随即释然一笑："谢谢你找回了家父，谢谢！我就差给王母娘娘打电话寻找你这位好心的'七仙女'哩！"随即我向她介绍了痴呆爸爸的逸闻趣事，以及那天有关"七仙女"和"孙二娘"

的家庭闹剧。

"孙二娘"笑得弯下了腰。忽然她止住笑声，紧皱眉头不解地说："那天也真是邪门儿了，稿件明明丢了，可是不久却收到了采用通知！我想破头都弄不明白，那篇稿件是如何自己飞到编辑部的？"

我说："难道你忘了那天我说到邮局为朋友帮忙的事了吗？"她恍然大悟，直拍自己的脑袋，不住声地说："巧了，巧了。谢谢，谢谢！"

最后，我问她在本县哪里高就，她抿着嘴看着我不说话，盯了我好一阵子，突然对我莞尔一笑："在下出租车司机孙小芹，欢迎你以后免费搭车！"

（选自《故事林》2014年第9月上半月刊）

血色的山茶花

冯连举参军前是个高中生，听说他爸爸认识哪个首长，是"空降"到我们连队来"镀金"的。谁知这个公子哥儿没走好运，刚下连队，我们所属的工兵第七团就奉命秘密出国，投入援越抗美战场。我们在越南6号公路沿线布防，以保障公路畅通。当时我们没有制空权，整天冒着美军的轰炸架桥修路，冯连举哪见过这阵仗？很快便有人向我报告："连长，那小子被炸弹吓得尿裤子了！"

我鼻子都气歪了，正想去找冯连举，不料这小子反倒先来找我了，他两眼红红地向我请求道："连长，我想探家，我想我爸，我爸他……"我一听火冒三丈："什么？你小子是出国旅游的？这是战场！你想当《红灯记》里的叛徒王连举呀！"冯连举听了，顿时哑口了。

受我一顿训后，冯连举只好在梦里找爸爸哭诉，白天则待在山茶花下自言自语："茶花，茶花，照顾好我爸……"战友们纷纷议论，这小子家乡可能有个对象叫"茶花"！

战斗生活可不像山茶花那样浪漫，美军投弹的招式防不胜防，什么即爆弹、迟延弹、燃烧弹、穿透弹一股脑儿从天上落下来。后来又砸下一种更加奇怪的迟延弹，这种炸弹没有定时器，你不招它，它不爆炸，只有在排弹时、军车驶过时才轰然起爆。上级知道后，严令我们六连抽调技术人员，破解这种"怪弹"。没承想，听说要成立攻关小组，冯连举竟率先报了名！我想，我们连都是农村兵，就他一个高中生，正所谓"号里没马驴出差"，就让他加入了。

这天，我派冯连举到友邻炮兵阵地去，了解各种敌机炮弹的有关数据，说好晚上7点前赶回。谁知等到夜里10点钟他才回来，他还从车上卸下来一大堆废旧铜炮弹壳。这时，炮兵阵地一位首长打来电话，抱怨我们六连派去的"神经蛋子"不听指挥，在美机轰炸时遍地乱跑。我劈头盖脸地批评了冯连举一顿，他却只是傻笑，还说这些是好东西。

没过多久，冯连举又闯祸了！这天敌机来袭，机枪扫射声和炸弹轰鸣声响成一片，战友们都隐蔽起来，唯独不见了冯连举。我举目四望，只见冯连举身穿背心裤头，打着赤脚，正对着一簇山茶花发呆。

我一边喊着"卧倒"，一边横穿公路向他扑去，想把他扑倒在山茶花下隐蔽。不料这小子好像吓癔症了，反而转身大喊："连长，别过来！"说着飞速转身把我扑倒。恰在这时，只听"轰隆"一声巨响，一颗炸弹被引爆，山茶树飞上了天，血色的山茶花伴随着红色的泥土把我俩掩埋了。战友们把我俩扒出来后，我气得浑身哆嗦："看看你这狗熊样！你还像个战士吗？"

不料，冯连举抹了一把脸上的灰土，满不在乎地傻笑着："连长，我有门儿啦！"接着，他居然站到高处，两手叉腰发布起命令来："下午执行排弹任务时，只许穿背心裤头，不许穿解放鞋，不许带工具，不许系皮带……"

战士们都把目光投向了我。我虽然猜不透冯连举葫芦里卖的什么药，但看他认真的样子，准有什么歪门道！我只好勉强下命令："下午就按小冯说的试试吧。"

这一"试"不打紧，当天下午，我们这群"赤脚大仙"就安全排除了两颗"怪弹"。这两颗"怪弹"是我们完全用手指头抠出来的!
冯连举很快排除了引信,接着又从炸弹里取出一个黑黢黢的玩意儿,
高兴地大喊:"连长快看,磁性感应器,这是标准的磁性炸弹!这种
炸弹遇到铁、镍等导磁的金属马上就会起爆!上午我拿着自制的测磁
仪,测出这家伙就藏在山茶花下。当时还拿不准,连长扑过来时,全
副武装,浑身都是导磁的物件,所以才引爆了那颗炸弹,这下我便确
定了。"

这时,大家才明白这小子只穿裤头背心的缘由。我好奇地问:"小
冯,你为啥让同志们打赤脚呢?"冯连举笑着说:"我们脚上穿的'军
臭',鞋带子梢头裹的、鞋面上孔眼镶的,都是导磁的金属!"大家
不约而同地伸了伸舌头,看来,这小子的墨水没有白喝!

可是问题又来了,凭我们半天挖两颗炸弹的效率,这6号公路沿
线数不清的磁性炸弹,我们猴年马月才能排除完?谁也想不到的是,
很快冯连举就与几位越南老乡拉来了一车铜镐、铜锹等拆弹工具,还
有许多旧布鞋。他告诉我说,这就是那车废旧铜炮弹壳做成的。他已
经做过实验,铜不导磁,大家可以放心大胆地用这些玩意儿拆弹。

这些"装备"大大提高了我们拆弹的效率,当天,我们连就拆除
了18颗磁性炸弹!经验很快就在全团推广,几天工夫,6号公路沿线
的磁性炸弹就被我们拆除干净了。

随着"磁性炸弹"的失灵,6号公路成了"炸不断的钢铁运输线",
一辆辆满载军用物资的卡车,经6号公路源源不断开往南方。南方不
断传来捷报,战争的天平慢慢向中越一方倾斜。路透社甚至报道说,
北越请来了苏联高级专家团,经过研究实验,已经完全破解了美军的
"神秘武器"。

消息传到连队,同志们笑声一片,冯连举更是两眼看天:"山姆
大叔,我看你还有什么招数!"

这天，突然有人报告说，冯连举与战友打架，被指导员关了禁闭！原来，这几天同志们高兴，纷纷戏说冯连举就是"洋专家"，有个叫张兵的战士撵着冯连举叫"连举·冯洛夫斯基"。冯连举大怒，一拳把张兵打了个满脸花。张兵被送到卫生队，冯连举则进了禁闭室。

恰在这时，指导员阴着脸来到连部，递给我一封团部转来的国内信件。信件是广西钦州冯连举家乡大队革委会的公函。上面说，冯连举出身于反动家庭，他的先祖是镇压太平天国革命的刽子手，他的爷爷去了台湾，爸爸到过缅甸。特别是他爸爸，是十恶不赦的外国特务，最近刚刚畏罪自杀……要求部队紧急处置。指导员还说，团部已经决定，待回国后马上让冯连举复员，接受地方革命群众的监督。我大吃一惊，感到事态的严重性，我和指导员决定先找冯连举谈话稳住他。

冯连举显然不知道家乡风云突变，仍在对着窗外怒放的山茶花喃喃自语："茶花，茶花，请转告我爸，我不是'苏修'分子！"我和指导员相视一笑，看来这小子把同志们的玩笑话领会偏了。

我们正要和冯连举谈心，突然刺耳的防空警报响了起来，随着巨大的爆炸声，有人大喊："不好了，燃烧弹！卫生队着火了！"冯连举失声道："啊，张兵——"说着不顾一切地冲出禁闭室，然后冲进了燃烧着的卫生队的茅屋，我也跟着他一头扎进火海。

烟雾中，我们发现医生已经牺牲了，却还死死地压在张兵身上护着他。张兵还在哼哼。冯连举拉开医生，我架起张兵，冒着火舌向门口艰难地挪去。身后"哗啦"一声，一节烧断的檩条落了下来。只听冯连举在我们身后大吼一声："我叫你狂！"张兵屁股上挨了重重的一脚，我和张兵一起滚到了门外……

在整理冯连举烈士的遗物时，我发现他的日记本扉页上贴着一幅清军将领骑马佩刀的画像，下面工工整整地写着"曾祖父冯子才将军"。想不到这小子竟是晚清名将冯子才的后人！我接着往下翻，在一篇日记中，我发现了这样的内容：

　　今天，收到姐姐辗转捎来的信，知道爸爸已经走了……爸，我的好爸爸！我从小死了娘，是您把我拉扯大的。您没有死在缅甸的抗日战场上，却被抛尸在家乡的山茶花下……爸，说您是外国特务，打死我也不相信！记得送我入伍那天，您牵着我的手说："举儿啊，我们老冯家历代都是抵御外侮的英烈：你祖爷爷浴血疆场，取得了镇南关大捷；你爷爷跟着刘永福的黑旗军抗日，战死在台湾……我希望你不要为我们老冯家丢脸，当好一个保家卫国的男子汉！……"

我看了看日期，发现是在冯连举"尿裤裆"以后，原来这小子早已知道了父亲惨死的噩耗，他是忍着巨大的悲痛在战场上拼杀的！

后来，冯连举烈士被追记一等功，他的父亲也昭雪了。我和张兵代表部队到广西钦州慰问。拜谒了冯子才将军之墓后，我们来到了冯连举位于山区的故居。冯父已死，姐姐远嫁，老家已经没了亲人。我和张兵望着冯家故居村外漫山遍野的血色山茶花，庄严地行了一个军礼！

（选自《今古传奇·故事版》2014年10月下半月刊）

"混头"女人

有句骂人的话叫"理发不想掏钱——混头"。这不，开理发店的陈老大就撞上一个"混头"女人！

临近年关，陈老大的理发店里顾客爆满，连他媳妇阿翠也来帮忙。等候理发的人边看电视边等待。电视里正报道一起矿难事故新闻，其中一个死难矿工竟是本地人，软心肠的阿翠眼睛看得都红了。

正在这时，一个女人在店门口喊："师傅，大人理发要多少钱？"陈老大头也不抬地回答："十元。"

"十五六岁的犊子娃儿要多少钱？""八元。"

"十一二岁的羯子娃儿要多少钱？""五元。"

阿翠忍不住"扑哧"一笑："这位大嫂该不是到理发店里买公羊羔吧？"

那女人不理会阿翠，仍追问："咱说正事，八九岁的崽子理一次要多少钱？"

绕了这么大的圈子才说到"正事"！陈老大抬起头来看了女人一眼，女人的头发乱得像鸡窝，一双绿豆小眼不停地眨巴着，透着精明强干。陈老大心想，看来自己是遇到会算计的主儿啦，就没好气地说：

"不满十岁的娃儿理发不要钱，算我学雷锋了！"

女人不知道陈老大在抢白她，激动地发表感想："唉，现在真是和谐社会呀，不光娃们上学不掏钱，连理发也不要钱了，好人多呀！"说着一溜烟跑了。

女人走后，理发店里笑声一片，人们议论纷纷：没见过在理发店里绕来绕去讲价的，准是个"混头"的主儿！

到了下班时分，陈老大正想关门，"混头"女人骑着一辆老式直梁加重自行车回来了，自行车上竟然驮着三个男孩！陈老大暗暗佩服女人的骑车技术：一辆车挤四个人，没有杂技演员的功夫，谁敢这样在腊月的集市上骑车跑？

女人大大咧咧地咋呼："兄弟，既然你学雷锋，我干脆把三个娃都给你驮来了！"

陈老大大吃一惊，想不到自己一句抢白话，这女人竟然带来仨！三个娃娃挨着个儿长，这女人生孩子怎能像用模子脱坯一样，一连三四个？

陈老大无奈地把白围裙围在一个孩子身上，开始与女人聊起来："大嫂啊，咱都不容易。原想你只有一个娃，理发钱就算啦，谁知道你驮来仨！这样吧，三个娃你掏十块钱吧。"

不料那女人嘴巴撇到耳朵上："咦，师傅，你是不是爷们？三个娃可都没过十岁呀！"

女人一句话把陈老大呛到南墙上，他虽然想当"爷们"，但忙活半晌，一个子儿也没有，心里终归有点不痛快！陈老大眉头一皱说："大嫂啊，不收钱可以，但是电推子要用电，得交电费。""那就用手推子吧！"女人说。

陈老大故意提醒道："手推子多年不用，怕生锈夹住娃们的头发。"

女人根本不当回事："快过年了，能将就咱就将就着吧！你好歹给他们理理，反正娃们也不指望找媳妇！"

陈老大又一次没词儿了，他从来没见过这样精明的女人，便磨磨蹭蹭地从抽屉里取出手推子，装模作样地用嘴吹了吹，然后装作修理，悄悄把手推子上的螺丝松了两下，故意让尖齿不咬合，接着就开始"理发"。他先用手推子夹住孩子的头发，随即轻轻一提——

"哎哟……疼！"这一次轮到娃儿把嘴巴撇到耳朵上了。陈老大诡秘地一笑："我说过吧，这手推子根本就不管用！"

女人叹了一口气，割肉似的表了态："算了，十块就十块吧！娃们哪，本打算用这十块钱让你们每人喝一碗胡辣汤，这下子喝不成啦！"

陈老大憋着气儿绷着脸，一边用电推子给孩子们理发，一边在心里暗骂女人：我叫你能，我叫你"混头"！

"混头"女人说有事，丢下三个孩子，跨上自行车旋风一般走了。阿翠闲着无聊，开始拿小不点儿们开涮："你们的妈妈平时在家里，连个屁都捂着舍不得放吧？"

两个较小的孩子听不懂阿翠的话音儿，异口同声地说："她不是我们的妈妈。"并指着最大的孩子说："是他的妈妈。"阿翠问他们的爸妈在干啥，两孩子一脸自豪地说他们的爸爸在外面挣大钱呢，将来供他们上大学。

阿翠撇撇嘴附在陈老大耳边说："八成这女人就是老板雇的保姆，真是越有钱就越抠门儿！"

这时，那个已理好发的孩子凑近阿翠，附在她耳朵边嘀咕了几句，阿翠的脸色唰地煞白！等最后一个孩子理完发，阿翠满脸堆笑，亲切地说："孩子们，饿了吧，走，阿姨领你们去喝胡辣汤！"孩子们欢天喜地跟着阿翠走了。陈老大非常纳闷儿：媳妇平时挺抠门儿的，今儿个是哪根筋搭错啦？

阿翠与三个孩子走后，"混头"女人风风火火地回到理发店，她的自行车货架上又多了一个挂篓，挂篓里放了几个纸包包。看孩子不见了，女人惊愕地问："你把娃们弄到哪儿去了？该不是为了十块钱把孩子们匿起来了吧？给，拿去！"说着掏出皱巴巴的十元钱塞给陈老大。

陈老大接过钱发牢骚道："是我那二百五媳妇吃错药了，领着几个娃儿去喝什么胡辣汤。理发带管饭，我这生意赚大发啦！"

女人坐下喘着气儿，直夸陈老大媳妇漂亮贤惠，是个好人。说着话她突然大叫一声，倒在地上打起滚来，嘴里"哎哟哟"地直叫唤。陈老大扶不是，不扶也不是，急得搓着手问："咋啦？咋啦？"女人黄豆大的汗珠从额头上渗出来，嘴唇哆嗦着说："水……水，我要吃药。"

女人吃了两片药，慢慢坐起来说："不碍事了。"女人说自己得的是肠痉挛，经常犯，两片药吞下去就管用。陈老大问为什么不上医院根治？她说不知道医院大门朝哪儿开。陈老大知道她是舍不得花钱，不经意地问她帮别人带孩子一月能给多少钱。不料她眉毛一竖："给钱？给个鸭子毛！"

接着她乒乒乓乓地向陈老大说出了更加令人震惊的事实：原来，后两个小不点儿是她邻居阿顺的儿子。阿顺与她的男人都在黑煤窑上挖煤，前几天煤窑塌方，她男人被砸瘸了，阿顺则被砸扁了！黑心煤老板扔下死难矿工卷款跑路，阿顺媳妇哭天抢地去料理后事，把一家老小留给了她。

原来刚才电视里报道的死难矿工，就是两个可怜孩子的父亲，怪不得阿翠动了菩萨心肠。陈老大感叹地说："这就叫亲向亲、邻向邻……"不料女人道："亲啥啊！阿顺是个孬货，想当年他想占我便宜，我一巴掌扇得他夹住了狗尾巴！为这事两家多年不说话！"

女人揉着肚子缓缓站起来，皱着眉头叹气说："唉，记恩莫记仇，记仇不到头，穿山甲不叫穿山甲叫'过得去'。阿顺死了，他媳妇都要疯了，还有俩卧病的老人和那俩小崽子，五口人要吃喝拉撒，这一家日子可咋过？就是牲口也知道顾帮顾群，何况咱是人！这不，挂篓里就是为阿顺他爹抓的中药。大兄弟，不是我想'混头'，实在是没法子啊！"

陈老大望着这个病恹恹又泼辣的女人，觉得鼻子酸酸的。他急忙把十元钱又塞给她："嫂子，您今天让我开眼了，我只盘算着往钱眼里钻，简直连牲口都不如！这样吧，我也没有多大能耐，以后这仨娃理发，我包啦！"

（选自《民间文学》2014年第11期）

猴子与马驹

1952年10月上旬，抗美援朝战争正在紧要关头，战斗异常惨烈。

我们四连奉命坚守上甘岭〇号阵地，经过五天五夜的奋战，原本一百八十人的加强连只剩下四十多人了。顶住了敌军又一轮进攻后，作为指导员的我决定收缩阵地，命令所有人员撤到坑道里。

我刚进坑道，就听见有人在对骂："龟儿子，你怎么还没有'光荣'啊！""老子'光荣'了，你这龟儿子找谁抬杠去？"听声音我就知道是谁了！这俩小子来自四川同一个村，都是二十岁，都长着一张娃娃脸。平时战友们只叫他们的外号：胖一点的叫"川马驹"，瘦一点的叫"川猴子"。这哥俩作战英勇，但就是好斗嘴，一见面就"掐"，谁也不服谁。

此刻，我们与营部的联系被彻底切断，生活物资和武器弹药所剩无几，同志们几天没吃没喝，身体都很虚弱。而最致命的是没有水，大家的嘴唇都裂开了口子，所以没有人多说话，只有这俩"冤家"又在"抬扛"。只听川马驹说："用舌头舔大石头，凉凉的，挺解渴。"川猴子立即反驳："鬼话，光舔石头有屁用，越舔嗓子越冒烟！"

两人你来我往，叮叮咣咣，又把"杠"抬回了四川家乡。川马驹指责川猴子的爹"霸道"，堵了自家的水路；川猴子指责川马驹的爷爷"混账"，多占了他家的一分宅地……

夜空硝烟弥漫，西边天幕上，一弯上弦月高高地挂着，红红的，像诱人的半边西瓜。两人的争论又从"西瓜"下面究竟是北京还是四川转到了"哥俩谁是老大"上。只听川马驹说，自己是月亮离地三丈高时出生的；川猴子说，自己是月亮离地五丈高时落地的……

听着这哥俩的争吵，我心里发酸：还真是孩子啊！要不是战争，此刻他们说不定正在家乡攀比着过二十岁生日呢！我低声呵斥道："闭嘴，都什么时候了，还在浪费体力？"

两人没了声音，但不一会儿川马驹又忍不住了，对我说："指导员，咱们这样跟敌人耗着也不是办法，我数过了，正对面的敌人也就二三十个，咱们今晚摸上去，打他个措手不及！人家是联合国军，富着哪，啥饮料没有？"

我说："川马驹，好是好，但大家都快渴昏了，还有几个人能冲上去呀！"

只见川猴子一把推开川马驹，双眼发亮地对我说："指导员，你瞧，前面有个弹坑，弹坑底部一亮一亮的，那不是积水是什么？"

我听了心里一动，当即下令收集了四个军用水壶，要派人去"偷"水。这时，两个"冤家"倒想得惊人地一致，异口同声地说："我俩个子矮，目标小，行动利索，保证能完成取水任务！"

我答应了他们的请求，于是两人一前一后，悄悄地朝有积水的弹坑摸去。忽然，一个曳光弹划破夜空，是敌人发现了，瞬间机枪的响声就打破了战场上的寂静。

大家正在焦急，意想不到的事情发生了，只见川马驹一跃而起，大吼一声："来吧，老子在这儿呢！"

敌人所有的枪口都转向了川马驹，只见他来回腾挪，又跳又叫，随着一颗手雷的爆炸，川马驹的身子腾空而起，然后扑倒在地上不动了。再看川猴子，已经匍匐到水坑边，但是，随着一声枪响，他身子一晃，也不动了。

战场又恢复了寂静，坑道里鸦雀无声。我忍不住掉下泪来：两个孩子刚才还在死命地互"掐"，一眨眼工夫就这么没了！大家明白，川马驹的大动作是想暴露自己，掩护同伴，让川猴子来完成取水任务。唉，川猴子都已经够到水了，死得也太可惜了！

过了许久，坑道外忽然传来微弱的叫声："指导员，指导员，水……"大家一看，原来是川猴子爬回了坑道！大家赶忙把他架回坑道，只见他浑身是血，身上的四个水壶都沉甸甸的。

我连忙叫人为川猴子包扎，然后抱起他，要给他喂水。川猴子推开水壶，露出孩子般的笑容，小声说："指导员，不用了，我早喝足了！同志们还有战斗任务呢！"

这小子的话我信，渴疯了的人，有谁见到水坑会不一头扎进去？我当即命令：十个人轮流"消灭"一壶水，要喝得点滴不剩！然后准备战斗，打敌人个措手不及，为川马驹报仇！

我把负伤的川猴子留在坑道，然后指挥部队悄悄扑向敌军阵地。敌人果然没有防备，仅仅十分钟，就被我们连锅端了。

大家正要打扫战场，忽然一暗堡里响起了机枪声，一个残存的敌人"呀呀"叫着向我们疯狂地射击。我正在焦急，忽然，一个黑影腾空跃起，啊，是川马驹！

只听川马驹大叫一声："猴子，我先'光荣'啦！"

"轰隆"一声巨响，暗堡与川马驹都飞上了天……

这场战斗，我们缴获长短枪三十余支，无座力炮一门，电台一部，还有饼干、饮料、香槟酒等，真是应有尽有！眼见别处的敌军已经开始向这里移动，事不宜迟，我命令大家赶快撤回坑道。

我抓起一瓶橘子汁，要首先慰问今晚的功臣川猴子。川猴子趴在地上，像是睡着了。这小子倒挺安逸！

我抱起他，他头一歪垂了下去。我失声叫道："川……川猴子，醒醒，喝点水……"

川猴子一动不动。我发疯似的摇他的手，他身边有一张烟盒纸，纸上歪歪扭扭地写着："水是马驹兄弟拿命换的，弟兄们喝足好报仇！"再一看他的脸，咦，这小子的嘴角上咋有蓝色墨迹？我连忙在他身边搜寻起来，只见他用过的钢笔外壳丢在地上，笔芯和墨水吸管却紧紧地抓在右手里，而墨水吸管已经干瘪了。啊，原来川猴子在水坑边并没有喝一口水，他用生命中的最后一丝力气写完信后，饥渴难耐，下意识地把钢笔里仅有的点滴墨水挤进了嘴里！

事后，我去看过那个弹坑，弹坑里一滴水也没有，看来川猴子把所有的水全部捧进了水壶。

我们把川马驹与川猴子的遗体并排放在一起，所有的战友都围拢过来，庄严肃立，向两位烈士敬礼。

1952年10月31日，我们配合大部队向敌人发起了大反攻，以雷霆万钧之势把敌军赶回了三八线以南。在坚守○号阵地的九天九夜中，我们四连共消灭敌军一千四百多人，而原来的一百八十人到最后仅仅剩下9人！后来，两位刚满二十岁的烈士——马居与侯志，被志愿军总部追授"一级战斗英雄"的称号。

（选自《故事会》2015年7月下半月刊）

淡淡的木樨香

这天，在瑞丽开玉器店的张兵正在街头吃饭，看见号称"痞子协会会长"的陈老三在一棵大榕树下醉醺醺地撞上一位美女，陈老三假装倒地，"哎哟哎哟"直叫唤。撞上陈老三，后果很严重！张兵知道陈老三又痞又赖，无人敢缠。陈老三其实很年轻，但由于他长期服用激素药，发福得腰身滚圆，虚胖得眼睛眯成一条线；再加上乱莎草似的头发胡须，看上去有五十多岁！美女一见醉汉老大爷跌到，顿时花容失色，慌忙扶起了陈老三。

陈老三眯着眼直盯美女看：美女二十五岁上下，明眸皓齿，顾盼生情。他不顾美女的躲闪，像猎狗那样偷偷在美女身后嗅了嗅。不料他老人家嗅过之后，一反常态，优雅地戴上墨镜，装得很绅士似的将将头发，抻抻衣角，操着公鸭嗓子对着众人喊："没事没事，怨我酒喝高了，都散了吧！"

大家怀疑陈老三吃错药了，逮住这么个讹人的机会，竟然没有发飙！只有张兵心里明白，陈老三曾经在私底下吹嘘过：就他那狗鼻子，能闻出各色美女身上的香味儿，而他最喜欢的是木樨香味儿。莫非陈老三在美女身上嗅到了木樨香味？这癫皮狗今天终于找到了猎物！

　　榕树下只剩下美女和陈老三，张兵躲在榕树后偷看陈老三"钓"美女。听到美女说她是河南人，到瑞丽寻亲不遇流落街头。美女为讨好陈老三，直夸他心好面善，好像在哪儿见过，原来是撞上河南老乡了！陈老三非常同情美女，豪爽地拍着胸脯，一定要先安排美女住酒店，再想办法帮助她。张兵暗想：又有一个可怜女子误上贼船了！不过，陈老三自己都吃上顿没下顿，如何能负担得起美女住酒店的开销？

　　不到一个小时，陈老三就猴烧屁股似的到玉器店找到张兵，要拉张兵去看美玉。张兵不知道陈老三又在玩什么鬼把戏，死活不肯挪窝。陈老三急得赌咒发誓，说绝对有极品的美玉。张兵拗不过陈老三，只好勉强跟着他出了门。

　　陈老三领着张兵来到酒店的房间里，见到了那个"误上贼船"的美女。美女刚换了一身素雅旗袍，更加清丽动人。果不其然，张兵闻到美女身上散发出一缕淡淡的木樨香！

　　老三殷勤地向美女介绍，说张兵是河南老乡中的大老板，忠厚仁义，是他陈老三的朋友。张兵根本不屑于当陈老三的朋友，直接对美女说要先看看美玉。一听说要看美玉，美女一愣，丹凤眼直盯着陈老三。陈老三急忙打圆场，指着美女对张兵坏笑起来："这就是美玉呀，是天下少有的美玉！张老板你要先听听美玉的故事，保准你一定会感动！"张兵知道自己又上当了：陈老三拉他来不是看美玉，而是泡美女！

　　原来是美女的名字叫李美玉，她的故事很简单，也很凄婉：五年前李美玉交了个男友叫程军，程军听说到瑞丽倒腾翠玉能发大财，就抵押贷款来瑞丽。说好等发财后接李美玉到瑞丽结婚，前两年还有信儿，到后来连手机也停机了。李美玉没有办法，只好千里万里来瑞丽找程军。想着瑞丽小小的县级市，地方不大，还怕找不到人？谁知道这里到处灯红酒绿、人海茫茫，打听了一个星期，也没人知道程军的下落。她的路费花完了，正走投无路，恰好在街头撞上"热心"的河南老乡陈老三。李美玉说着，两眼红红地拿出她与程军的合影，让陈老三与张兵仔细瞧瞧，是否认识程军。

照片上一对恋人灿烂地笑着。程军理着小平头，瘦瘦的瓜子脸，亮亮的豹环眼，英俊帅气，与李美玉挺般配。

张兵和陈老三都笑着摇摇头。是啊，这样的悲喜剧，在瑞丽哪一天不上演着？说不定程军这小子早已成了亿万富翁，身边美女如云，人五人六地到缅甸密支那开玉矿去了；也说不定这小子混得一文不名，为了躲债，潜伏在西双版纳的橡胶林里。

陈老三对照片上的程军更有兴趣，他取下墨镜对着照片凝视良久，又戴上墨镜，开始不怀好意地对准美女的伤口撒盐："程军这小子瘦得猴精似的，他配不上你。"李美玉不满地剜了陈老三一眼："这位叔叔你怎么说话呢！程军是个好人，我就是走遍天涯海角也要找到他！"说着，她梨花带雨，哭得更厉害，也更加招人怜爱。陈老三贪婪地吮吸着淡淡的木樨香味，不停地向李美玉递着纸巾，不住地念叨着：程军根本配不上李美玉！

张兵感到好笑，程军就是再配不上李美玉，也轮不上你陈老三！张兵也非常羡慕程军能遇到这样美丽忠贞的姑娘！他热情地邀李美玉先到他的翠玉店里落脚，然后再想办法找到程军。没等李美玉表态，意想不到的事情却发生了：

只见陈老三腾地蹿到张兵面前，噌地掏出一把水果刀，在自己的手腕上划出一道血口子，然后把刀插在桌面上，两眼喷火盯着张兵："张老板，你可是有妻室的人！我丑话说在前，谁要是对李美玉心存邪念，莫怪我白刀子进红刀子出！反正我是光身一条，赤脚的不怕穿鞋的！"

　　李美玉慌了神，急忙横挡在两人中间，可怜巴巴地当和事佬："我觉得你们俩都是好心，莫为我伤了和气。求你们为我想想办法——反正我这辈子非程军不嫁！"听了李美玉的话，陈老三好像绝望到顶、痛苦至极，他抱着头蹲在墙角不说话，不住地用头撞墙。张兵数落陈老三："你小子把我想歪了，人哪，要记住：不管穿不穿鞋子，咱都要走正路子，为人处世都得像爷们！你要真是爷们，就说说该怎样帮助美玉！"

　　陈老三确实当不了"爷们"，他腰里没有银子！但他不死心，仍在大骂程军是个混蛋，反复劝说李美玉彻底忘了程军这种浑小子。谁料想李美玉又抽泣着说："这辈子如果找不到程军，我宁愿老死在瑞丽街头！况且我父母已经接了邻村一个小伙子的两万彩礼钱……"

　　李美玉的话让陈老三又燃起了一线希望，他摘下墨镜，一步一步走近美女，色眯眯地说："美玉，美玉……你看，我，我……"哦，陈老三已经色迷心窍了！

　　没等李美玉反应过来，张兵就起身前跨一步，挡住已经完全疯迷的陈老三。一股豪气涌上心头，他大方地拍出准备买玉料的两万块钱，激动地交给李美玉："钱算什么东西！姑娘，给，拿回家退亲，重新找个好人家！"李美玉犹豫了一下，接过两万元钱，向张兵深鞠一躬，千恩万谢，并留下了联系电话，表示将来有钱一定奉还。

　　见自己费了好大心思追的"白天鹅"就要飞回河南，陈老三割心割肉般痛苦。他失望而又无奈，只会使劲地揪自己的头发。最后，他只好哭丧着脸，灰头土脸地把李美玉送上汽车。张兵又掏出两千元交给李美玉，让她路上花。李美玉不停地鞠躬道谢，隔着车窗，仍在泪眼汪汪地向车窗外招手致意。

　　汽车开动了，陈老三朝汽车开走的方向跟跄着紧紧追赶，直到看不见汽车的影子，仍在不停地向前方招手，带着哭腔悲怆地呼唤着：

"美玉——美玉啊——"张兵感到奇怪：陈老三过去从来就没有对各色美女这样伤心动情过，今天这是咋啦？这淡淡的木樨香味，对陈老三就有这么大的魔力？张兵有点幸灾乐祸地嘲弄陈老三："算了，木樨香飘远了，美女谢幕了，咱们也该散场了！"

陈老三站立不稳，摇摇晃晃转过身来。只见他眼圈红红，脸色灰灰，眨眼间好像又苍老了十岁！他大概想擦眼泪，就掏出脏兮兮的小手绢，却把一个翠玉牌牌带出来掉在地上。张兵帮他捡起来，猛然看见小牌牌上镶着一张照片，天哪，这帧小小的照片，正是刚才看到的李美玉与程军合影的袖珍版！

张兵完全蒙了，两眼紧逼着陈老三问："你……你怎么有这东西？陈老三，你……你到底叫什么名字？"老三发疯似的用双拳擂着自己的脑袋。他早已泪流满面，泣不成声，哽咽了好一阵子才说："我就是程军，排行老三，人们开始叫我程老三，不相熟的人叫我陈老三，后来变得人不人鬼不鬼的，也不在乎自己姓啥了。"

张兵心中倒海翻江，在老三身上狠狠地擂了一拳，大骂他是混蛋，埋怨他今天为什么不早说。老三擦着眼泪抽泣着说，今天在街上见到美女，一闻到木樨香，他就知道是自己魂牵梦绕的李美玉到了！但是，一切都晚了，一切都完了！自己在老家还欠着一百万贷款，早已是有家难归！就自己这副德行，还能配得上李美玉？混一天是两晌，还能有几年活头？今天就积一次德，争一回脸！他又说，李美玉是普天之下最美的美玉，他绝不忍心把人间美玉和自己这个混蛋人渣搅和在一起！

听了陈老三的话，张兵热泪盈眶，与他紧紧相拥在一起，激动地说："老三——程军，我的好兄弟！今儿个我发现，你终于做了一回堂堂正正的爷们！"

（选自《上海故事》2015年第8期）

凌波娇

在旅游大巴上，导游小姐告诉我们：马上就要到达有名的紫砂壶产地啦！我非常兴奋，听说有一款名叫"凌波娇"的紫砂壶非常出名，今日定要见识一番。

导游小姐又向大家讲述趣闻趣事：多年前，有人撰写了一个有关紫砂壶的上联，多年来，多少文人墨客苦苦思索，可是直到如今，仍旧无人能很好地对上，这个上联都成了名副其实的"绝联"了。接着，她神秘地向我们吟出了上联："无锡宜兴紫砂壶。"

乍一听去，平淡无味，细细品味，却令人叫绝：前两个词一语双关，既是两个相关的城市，又有"（这里）不出产锡，适合发展紫砂壶"的意思，妙！

车上立马热闹起来，一群教书匠摇头晃脑地卖弄文采，很随便地把本省的两个城市及家乡的土特产串起来胡诌下联，不伦不类，惹得满车人哈哈大笑。

我也在苦苦思索，猛然想起重庆的长寿是个有名的长寿之乡，历史上活过"天年"，即120岁的老人很多，120岁是两个"花甲"，两个花甲就需要"重庆"。我灵机一动，对出下联："长寿重庆天年人。"

满车人都大声叫好，连导游小姐也不住地称赞，说她在这里当导游多年，听到对句无数，从来也没有听说过这样工整贴切的好对，看来这个"绝联"有望配对了！

我正在得意，汽车已经到达目的地。导游小姐把我们领进了"凌波娇"紫砂壶展销中心，交给了公司的导购小姐。导购小姐先把我们领进一处古色古香的房间，安排我们像幼儿园小朋友那样规规矩矩地坐好。我们相视一笑：看来我们这群教师今天要当小学生了！

果然，导购小姐打开电子屏幕，开始给我们"上课"。她把公司规模、产品质量说得天花乱坠。姑娘正在宣讲，一个公司高管模样的人进来与导购小姐耳语一番，小姐立马神色大变！高管走后，姑娘紧张地央求听众："各位朋友，今天恰好老板从香港飞回来视察工作、考察员工，希望大家多多为我点赞，谢谢朋友们！"

接着，刚才那位高管陪着一个中年人走了进来。中年人衣着很随便，上身穿一件松垮垮的 T 恤衫，下身是一条皱巴巴的牛仔裤，脚上趿拉着拖鞋。如果在街上撞见，还以为他是个农民工呢。只见导购小姐对中年人深鞠一躬："肖总好！"接着转身对大家说："各位朋友，让我们以热烈的掌声，欢迎肖总回公司指导工作！"

肖总很不耐烦地向自己的员工挥挥手，示意他们全部回避。接着转身客气地鞠躬答谢，很随和地向大家询问：员工们对顾客态度如何？江浙普通话是否听得懂？有没有坑蒙欺诈等有损公司形象的事发生？看着这样平易近人的老总，大家都感到很亲切，只会机械地点头、摇头。

我在心里嘀咕：这位肖总究竟是个什么样的人呢？且听他如何忽悠！

想不到肖总却厉声说道："不要听他们瞎忽悠！紫砂原料比黄金还贵，名为紫砂壶，能含有多少紫砂？"听了肖总的话，大家都蒙了！

这老板怎么啦？我们今天开眼了，碰到一个"卖瓜说瓜苦"的另类！然后，肖总讲述了他自己的另类故事：

肖总说他父亲是香港企业家、慈善家邵逸夫先生的外甥，父亲从小跟着邵逸夫打拼，终于打出了自己的一片天地。目前肖家净资产有上百亿，拥有企业十几家。他还说父亲已经退出江湖，在香港养老，把偌大的产业交给了自己，并再三嘱咐他要向邵逸夫先生看齐，多做善事，扶持文化教育事业。

肖总突然大声问："刚才听导游小姐说，有位老师对出了'长寿重庆天年人'的妙对，恭请这位先生到台上来。"

我受宠若惊地站起来，来到肖总面前。

肖总紧紧地握着我的手，激动地说："谢谢，谢谢！您的妙对，寓意贴切，对仗工稳，简直妙不可言！我代表公司全体员工感谢您！"说着，肖总还仔细询问了我的姓名、籍贯及联系方式，表示一定要把这妙对上报市政协文史委，由文史委邀请专家论证后载入地方志，并在本市地标性的建筑物上镌刻这副珠联璧合的妙联，借以提升城市的文化品位。

我好像飘浮在云端里，晕晕乎乎，仿佛我已经成为闻名天下的楹联大师。忽听肖总激动地说："为了表达我们对李先生的敬谢，我决定，将我公司的名牌产品，一把价值1100元的凌波娇紫砂壶，赠送给李先生留念！"

台上台下响起了热烈的掌声，肖总招呼来一位身佩绶带的礼仪小姐，她手持托盘，将一把精致的凌波娇紫砂壶交给我。我完全陶醉了，腾云驾雾般地捧着"凌波娇"回到自己的座位上。

肖总继续与大家聊天："我们赠送给李先生的紫砂壶为什么叫'凌波娇'呢？大家请看——"肖总在一个盛满水的脸盆里放上一把紫砂壶，大家像观看魔术表演般地睁大了眼睛，奇了怪了，只见那把紫砂壶并不倾斜进水，而是端端正正漂浮在水面上！肖总又把其他一些壶放进水里，这些壶无一例外地歪斜进水。接着，肖总举起"凌波娇"说："并不是什么紫砂壶都能在水面上凌波漂动的。我们知道，玩壶与玩玉一样，主要是看它的工艺水平。我公司开发的这款凌波娇紫砂壶，是国家级大师蒋蓉的高徒李慕天大师潜心研究十年，经过八轮改造才开发出来。大家看，这超薄胎工艺，不是所有的壶都可以做到的。上等原矿黄龙山老段泥，泥料极其稀缺。此壶稍加泡养，颜色变化极大，等包浆灌满壶体则尤为漂亮，老味十足，确实是家居及馈送亲友的上等艺术品！"

我们这帮人听得痴迷了，完全被"凌波娇"的风姿所倾倒，全手工制作啊，才1100元，太值了！更加出人意料的是，肖总慷慨地说："今儿遇到李先生这样的高人我特别高兴，就奔着李老师对本市人民的巨大贡献，权当奉送，全场打一折！"接着他对导购小姐下达指示："今天在场的所有老师都有特殊优惠，每把紫砂壶只收110元，每人限购一把，下不为例！"台下响起了经久不息的掌声。

肖总离开后，大家兴奋得像打了鸡血一样，开始排队购买"凌波娇"。刚开始还按照肖总的限制，每人一把，但是不久，经不住大家软磨硬泡，导购小姐终于松口，允许每人多买一把。有些人趁机"三顾茅庐""六出祁山"，最后，大家的大袋小袋都装得鼓鼓囊囊的。刚开始我还制止大家，不要对不起肖总，不要有损形象！后来我也随波逐流加入了抢购的队伍。

出了展销中心的大门，我看到了我女儿。她在文化局工作，所以我们不在一个团队。我高兴地告诉她，我连奖带买拥有十把"凌波娇"。女儿一愣，惊呼着："爸呀，您咋不跟我说一声？我也买了十把呢！咱爷儿俩回去是不是要开个紫砂壶零售店？"我忙问价钱，也是110元！我正在纳闷，女儿神秘地附在我耳边说："我们团队运气好，恰好撞上了刚从香港飞回来的女老总，女老总是个文化人，过去写过小说，所以对文化系统的顾客特别亲切。"我忙问那老总姓啥？女儿说："怎么了？姓郑啊，别看是个女的，真是'巾帼不让须眉'呀！那穿着、那气质、那说话办事的干练劲儿，咱服气！"

我好像从云端跌到了尘埃里，脑袋一个劲儿地嗡嗡响。这时，不知谁喊了一声："快看，'凌波娇'满街都是呀！"大家循声望去，天哪，到处是数不清的"凌波娇"！在每一个摊点前，照例放着一个盛满水的脸盆，脸盆里都端端正正地漂着一把紫砂壶。在脸盆的后面，是堆得像小山一样的"凌波娇"！我们上前询问，摊主大声地吆喝着："走过路过，不要错过！瞧一瞧啊，看一看哪，漂不起来不要钱哪！老不欺，少不哄，五元钱一把，一把只要五元！哎哎，别走啊，过来过来，四块钱一把，四块钱您拿走！"

我急忙拿起摊主的"凌波娇"与我手中的"奖品"比对，是一对标准的"孪生兄弟"！有人建议我去找肖总问问，我苦笑一声摇摇头。这时，我想起来都是那句"长寿重庆天年人"惹的事！现在读起这句对联，真的特别拗口、别扭，简直不伦不类！我背着沉重的装满"凌波娇"的包，一边走一边细细品味"凌波娇"的含义，"凌波"是在水面漂浮，我真真切切地感到，自己确实是太"飘"、太"浮"了！

（选自《上海故事》2015年第10期）

夜来敲门声

作家所在的楼道最近经常闹贼，小偷不是那种撬门入室的高手，而是专拿门外零碎物件的角色。这不，作家放在门口的皮鞋，昨晚就"不翼而飞"了。不过，这小偷还挺有"职业道德"：门外放着两双鞋，小偷只拿走一双，留下了一双。但是，小偷慌乱，拿走的鞋子竟不是一双！给夫妇俩各留下一只，令人哭笑不得！

作家对夫人说，反正咱们一人一只谁也穿不成，不如还放在门口让小偷拿走，兴许还有点用。夫人虽然恨得牙痒痒，但是也觉得丈夫说得有道理。

晚饭前，有人敲门，邻居张嫂在门口咋呼："作家兄弟呀，还想便宜那该死的贼啊？快把鞋子收进屋，长点记性中不中？"作家连声道谢，连说："中，中。"

晚饭时，又有人敲门，是邻居川大爷的粗门大嗓："你们这些后生崽就是马虎！要晓得年关逼近啰，小偷也'勤快'啰，快把鞋子收屋吧！"作家连说："谢谢，要得。"

晚饭后，一个十一二岁的小孩敲开门，忽闪着一双稚气的大眼睛，一本正经地提醒："叔叔，您的鞋子不想要了？"作家不知他是谁家的孩子，亲切地抚摸他的头，开着玩笑："好孩子，要是别人穿上我的鞋子能走正路，做有用的人，叔叔我舍得！"

总之这天晚上，不断有人敲门，大家表达着一个共同的意思，就是希望作家赶快把鞋子收回屋去。

在作家昏昏欲睡之时，敲门声又陡然响起。他长叹一声：看来今晚不把鞋子拎回屋，自己是别想入睡了！他披衣开门，咦，怎么不见人影？啊！他猛然发现：地上端端正正放着自家的两双鞋子！他从鞋内搜出一张纸条，纸条上歪歪斜斜地写着一行字："叔叔的话，我记住了，谢谢！我要走正路，做一个有用的人！"

（选自《上海故事》2017年第2期）

美女陪我走天涯

　　我从老家接女儿到云南瑞丽过暑假，在襄阳火车站上车，软卧包厢里就我们父女俩。女儿爬上对面的铺位，高兴得像花喜鹊，我却苦着脸，高兴不起来——刚刚接到消息，我的生意伙伴阿昌因"桃色事件"被抓，几十万元货款可全在这小子手里啊！正在烦恼窝心，包厢里闪进来一位美女，真是尴尬又闹心！

1. 尴尬包厢

　　美女走进包厢，看到我女儿躺在她的铺位上，眉头紧皱，把精美的"鳄鱼"牌小包摞在我女儿身旁。女儿赶紧爬下来，不住地说："阿姨对不起！"美女阴着脸不搭话，只顾坐下来照镜子。

　　美女确实漂亮，面如桃花，一袭肉色罩衣，丝线在灯光下熠熠生辉，显示出高贵的气质和身份。瑞丽号称中国的"天涯地角"，看来，这位冷艳美女要与我一路同行，共赴"天涯"！

　　我正疑惑这位美女长途旅行怎么只带一个小包，马上就有一对老夫妇拉着一个小女孩，送来了两个鼓鼓囊囊的拉杆箱以及各式各样的吃食。原本空荡荡的小茶几，被肯德基、香酥鸭以及各种高档饮料、名贵点心占满了，馋得我女儿直流口水。两位老人在叮嘱了美女几句后，就拉着小女孩离开了包厢。看来，他们都是美女的"跟班"，可是为什么不与美女同在一个包厢呢？

火车开动了，包厢里只剩下我们俩以及我不懂事的女儿！我不敢插包厢门，害怕夜里有什么事儿说不清楚。与美女同处一室，目光总会无意中相遇，我无论如何也难以摆脱与美女"眉来眼去"的窘境！况且我们相距只有一米，我睡相又不好，夜里万一发生碰胳膊触腿的事怎么办？要是睡上铺吧，则有"居高临下"偷窥美女的嫌疑！唉，算啦，反正是身正不怕影子歪，我搂着女儿，在下铺朝里面睡下，局促得大气不敢出，仿佛对面床铺睡的是一只不敢惊动的老虎！

夜深了，"紧急情况"果然发生了——美女突然起身，插上了包厢门，然后竟然犹犹豫豫地来到我身边，右手向我伸出了小巧的兰花指！美女这是要干什么？我吓得微闭上眼睛假装睡着，大气也不敢出，只觉得血脉偾张，心跳加速！想不到美女只是轻轻关了我的床头灯，就又回到她的铺位躺下，不一会儿，就传来了细细的鼾声。原来是我自作多情、虚惊一场！

一夜无眠，火车进入湘西，山重水复、隧道连绵，我的尴尬处境又如窗外的群山那样，迷雾缭绕了！

2. 疑窦丛生

上午，包厢热闹起来。美女、老夫妇、小姑娘吃过早餐，全部涌进包厢。听到小姑娘甜甜地叫美女"妈妈"，我大吃一惊，她们竟是母女俩，两位老人竟是小姑娘的爷爷奶奶、美女的公公婆婆！我非常诧异：小姑娘为什么不和自己的妈妈待在一起？一家人为什么分睡两个包厢？

听说我也是到瑞丽，那一家人态度更和善了，两个孩子成了好朋友，满车厢疯跑起来。奇怪的是，明明他们刚刚在餐车吃完早饭，老夫妇竟然又泡了两桶方便面，狼吞虎咽，吃得满头大汗。那吃相令美女直皱眉头，我也暗暗佩服老两口的好胃口。老两口吃完方便面，毫不客气地爬上空着的两个上铺，不一会儿便鼾声大作，奏起了刺耳的"交响曲"。

美女为公婆的做派感到不好意思，也慢慢改变了冷若冰霜的面孔，她以贵妇人的口气，对我聊起了瑞丽"上流社会"的逸闻趣事。她炫耀自己的男人如何有本事，如何像搂树叶子那样挣票子。说到自己男人也有"花心"的苗头时，她很自负地说："我这次到瑞丽，就是要与那些"狐狸精"比比气质斗斗法！"

我在心里暗自嘀咕：这美女要么就是翡翠大王李老板的夫人，要么就是玉雕泰斗张大师的太太。这些大亨在瑞丽可都是呼风唤雨的人物，面对这样的贵妇人，我不但不敢随便插话，而且还得格外赔着小心。

夜幕又一次降临，令人宽慰的是，这次老夫妇没有离开包厢，而是在这里安营扎寨。谢天谢地，今晚我可真正是"刑满释放"了！

晚上在餐车吃饭时，女儿悄悄告诉我，新认识的玩伴小姑娘的妈妈怀上了小弟弟，所以爷爷奶奶才不让小姑娘跟妈妈睡。女儿还告诉我一个更让人想不到的秘密：昨晚上小姑娘和爷爷奶奶根本就没有买卧铺票，他们祖孙三人是在硬座车厢接口的"吸烟处"蹲了一夜！

这一夜，我彻底失眠了。听着老汉在上铺来回折腾，我的心里也上下翻腾：这么娇贵美貌的儿媳妇，这么寒酸抠门的老夫妇，他们背后还隐藏着什么惊人的故事呢？

3. 风云突变

清晨，列车即将驶入终点站昆明火车站，我睁开眼就大吃一惊：不知什么时候，美女脱掉了华贵的肉色罩衣，换上了一件暗红色的真丝旗袍。这旗袍仿佛是量身定做，与美女骄人的身材浑然一体，把她完美的身体曲线勾勒出来，丝毫看不出她已经怀孕。面对着魅力四射的贵妇人，不要说阿昌这类浑小子，就连我这样的正人君子也忍不住多看几眼！

到站后，老夫妇与小孙女率先下车。美女手提小包跨出包厢，我女儿突然对美女叫起来："阿姨，您的衣服还落在铺位上呢！"

美女转过头来，看了一眼名贵的肉色罩衣，莞尔一笑："谢谢小朋友，那件衣服是我专门买来坐火车穿的，不要了。"

下车后，美女、婆婆、小姑娘走在前面，老汉因为拖着两个箱子，拉杆上还压着沉重的包包，所以落在后边。我急忙奔过去，帮他拖着最大的箱子。老汉感激地看看我，一边走一边感慨："您是好人哪，要是我儿子能够像您一样善良诚实，我就满足了。"

老汉正在大声谈着儿子，我的手机突然响起来，我连忙按下接听键，对方却没有说话，耳畔只有老汉在诉苦："造孽呀，赌博输了二十万，又为争一个川妞儿打群架，闹得天昏地暗，被公安抓了起来。这次俺们举家来云南，就是为了从监狱里往外捞他。"

在小小的瑞丽闹这么大的动静，我不会不知道。我忙问他的儿子是谁，老汉颓丧地说出了一个我熟悉的名字："阿昌，程世昌。"

我大吃一惊，他们竟然是阿昌的家人！我忙问他儿媳妇知道不知道阿昌被抓的事，老汉叹了一口气："哪敢告诉她啊，我们骗她说阿昌发财挣了几百万，要全家到瑞丽去享福。唉，只要哄着她生下孙子，为我们老程家留下根儿，我老头子就是累死也值了。"

待到我和老汉出了车站，哎呀，不得了啦，火车站广场上，只有奶奶和孙女俩人坐着等我们，却不见了美女！小姑娘说："妈妈说东西忘车上了，说罢就没影儿了。"婆婆也说："刚才见儿媳接了一个电话，脸色一下子变得很难看，也不知出了什么幺蛾子？"老汉一愣，捶胸顿足地说："糟了！她终究得着实信儿跑路了！天绝我老程家呀，所有的钱都在她身上揣着呢，上辈子我造的什么孽呀！"我也大吃一惊，想不到阿昌媳妇这么有心机！可是，她究竟是从哪儿得到阿昌被抓的消息的呢？

4. 共赴天涯

阿昌身在牢狱，媳妇卷款跑路，只剩下身无分文的老人小孩，对他们家来说，简直如天塌地陷！一家人哭作一团，小女孩使劲地摇着我的手，不住地央求我："我要妈妈，我要妈妈！叔叔想想办法，帮我找到妈妈！"说着，小姑娘竟对我跪了下来，仿佛我就是无所不能的齐天大圣！

这叫什么事啊！一家人老的老、小的小，再摊上个身在牢狱的混球阿昌，日子也确实是没法过了，难怪美女跑路！我也毫无办法，只有不住地劝他们："不要紧，不要紧，有我呢，放心好啦，先到瑞丽再想办法吧。"唉，其实我又有什么办法？阿昌这小子也把我害苦了！

正在这时，猛不防美女突然出现在我们身旁！我又大吃一惊：美女身上暗红色的真丝旗袍不见了，又换成了已经扔在车上的金丝肉色罩衣！她一反冷艳、矜持的神态，平静而温柔地解释说："衣服落在火车上了，刚刚去捡了回来。"看到自己的女儿在擦眼泪，她再也控制不住情绪，把女儿紧紧搂在怀里，母女俩抱头痛哭。美女一边哭一边轻声呼唤："乖乖，妈妈的心肝，我可怜的宝贝！妈妈怎能舍得丢下你？"接着她哽咽着质问公公："爸！阿昌的事您为什么瞒着我？"

老汉很慌乱地辩解："什么，什么？没有！我和这位先生在说别人……"

美女拿出手机晃晃："要不要我把你说的录音放出来听听？"啊！我明白了：那个没人说话的电话是美女打来的，老汉的话通过我的手机传到美女的手机里。这怎么了得，暴风雨马上就要来了！

我正在考虑如何应对美女的发飙，想不到美女却出奇地镇定，她搂住女儿，平静地对我解释："最近阿昌关机，我就预感不对，但是万万想不到阿昌会进监狱！在火车上一听说你姓陈，我忽然想到阿昌说起过有个姓陈的合伙人，正好通讯录里有你的号码，就想给你打电话问问阿昌的事，却意外听到了阿昌被抓的事。"

美女泪水涟涟，如梨花带雨，显得更加美丽、温柔，她平和地安慰公婆："阿昌犯浑，我也有错，怨我过去心高气傲太任性，没有调理好阿昌。"最后她斩钉截铁地对公婆说："爸、妈，人心换人心，看在您二老的分儿上，看在我闺女的分儿上，我不会与阿昌离婚！阿昌就是判个三年两载，我也认了。不管瑞丽这个'天涯地角'是坑是崖，我也要和你们在一起！人生在世，谁没有个蹬错脚打趔趄的时候？人常说男人有钱就变浑，我更相信男人跌一跟头会醒悟，我不信阿昌他浪子不回头！爸您放心，这个家由我来撑着！"

美女拉起女儿，拖着沉重的拉杆箱，挺起胸膛向前走去……

（选自《中国故事》2014年第5期）

豫剧名旦的兄弟

故事发生在20世纪70年代。

江小慧在县城的袜厂上班，是本县的业余作者。这天下班后，县文化馆负责文学创作的老周交给她一封厚厚的信，郑重地告诉她，这是豫剧名旦阎立品大师让文化馆转交的一封重要信件。老周说，本县阎庄小学有一名民办教师叫阎立强，创作了一部豫剧剧本《激流勇进》，阎立品大师提出了指导意见，想让江小慧回老家时顺路交给阎立强。

江小慧有文学梦，当然喜欢结交文友。趁着礼拜天她骑上单车兴致勃勃地直奔阎庄。一路上她想：阎立品、阎立强，说不定这个阎立强还是豫剧名旦的兄弟呢！受大师的耳濡目染，阎立强肯定才华横溢、前途无量！

快到阎庄时，江小慧想上厕所，见附近没人，就溜进玉米地"解决问题"。谁知刚刚从玉米地里出来，就听有人大喝一声："站住，干什么的？"一个瘦猴子模样的年轻人不知从什么地方冒出来，对她厉声盘问。

江小慧脸一红，说自己没干什么。"瘦猴子"不依不饶，说："没干什么为啥钻玉米地？你们城里人下乡就喜欢到地里扯一把红薯秧、掰几个嫩玉米什么的，占点小便宜。我看管的这块玉米最近就被掰走了好多。"

江小慧身正不怕影子歪，不怵与"瘦猴子"理论，但是她看附近尽是庄稼地，不见别的人影儿，担心这"瘦猴子"图谋不轨。于是她眼珠子一转，嫣然一笑，说东边又有人进了玉米地，趁"瘦猴子"转身的机会，她跨上单车"一走了之"，直奔阎庄小学。

阎庄小学的校园里贴满了"批林批孔"的大字报，其中还有一些"打倒孔老二的孝子贤孙阎青春"的大标语。江小慧不知道阎青春是何许人，她只找阎立强。可是老师们说，学校根本就没有"阎立强"这个人。

江小慧很纳闷，老周明明说阎立强是阎庄小学的民办老师，这是咋回事呢？她想：好多作者都喜欢用笔名，就改口说要找搞文学创作的阎老师。老师们摇头叹气地告诉她："这个被'打倒'的阎青春就是写剧本的。阎老师已经被清退，回生产队去劳动改造了。"

几经周折，江小慧终于找到了阎青春家的两间破草房。家里只有阎青春七十多岁的母亲在，老太太耳聋眼花，回答问题直打岔。她唠唠叨叨地说，儿子在学校教书，半晌从来不回家。

江小慧没了主意，只好在屋里转悠，阎家家徒四壁，屋内一览无余。靠窗的一张破书桌吸引了她，破桌上堆满了五颜六色的稿纸，有学生的旧作业本，有粗糙的包装纸，还有捡来的烟盒纸……。在一盏用墨水瓶改做的柴油灯上方，是一个用旧报纸卷成的喇叭筒。"喇叭口"一端对着油灯上方，一端伸出窗外，是用来将油灯冒出的黑乎乎的油烟排到窗外的。江小慧一阵心酸：原来阎青春就是在这样的环境中搞创作的！可是这个倒霉蛋现在究竟在哪儿呢？

江小慧听说阎青春中午回家吃饭，就在书桌上留下阎立品大师的信件，并另写了一张字条，约好下午再来与阎青春会面。

下午，江小慧又来到阎家，仍不见阎青春。阎妈妈说："娃儿给你也留了信在桌子上。"江小慧忙展开字条，看了下大意是阎青春不方便当着母亲的面跟她说话，所以约定在村外某处详谈。

江小慧心里暗笑：大小伙子还羞于在人前见姑娘，亏他还是文学青年呢！她急忙骑车奔赴约定的地点，想不到竟是上午自己遭遇尴尬的地方。她老远看到有个年轻人在地边转悠，走近一看，真是冤家路窄，又撞上"瘦猴子"了！莫非这小子贼心不死，还在这儿等着自己？今天算是倒霉透了！江小慧眼见躲不过去，只好壮着胆儿近前打招呼："同志，你见着阎青春了吗？"

"瘦猴子"一愣："啊，你就是江小慧同志吧？我就是阎青春！上午都怨我不了解情况，又太冲动，当时正要向你道歉，你却走了！"

江小慧也愣住了，原来自己心目中的豫剧名旦的兄弟、才华出众的剧作者阎立强，竟是这副尊容！她疑惑地问："你既然是阎老师，为啥老师们说你在家，你家老太太又说你在学校呢？"

阎青春惨然一笑，向江小慧说明了事情的原委：他因为仰慕豫剧大师阎立品的艺德人品，就把自己的笔名写为"阎立强"。最近县里的工作队进驻阎庄，大搞"批林批孔"运动。他们首先把大队支书打成"走资派"，又把在学校教书的阎青春打成"孔老二的孝子贤孙"，赶回到生产队劳动改造。生产队队长知道阎青春不是坏人，就"罚"他去看守庄稼，每天照记满工分。阎青春说："我娘有心脏病，我不想再刺激她老人家，所以就把被清退出学校的事，死死地瞒着她。每天吃过饭我仍旧假装是去学校，实际上是到地里去看守庄稼。待学生放学，再大摇大摆地回家吃饭。我娘足不出户，也没看出什么破绽。"说到这里，阎青春感慨地说："小江同志，感谢你在我最绝望的时候给我送来了阎立品老师的信，送来了希望，信里阎老师对我的剧本提出了中肯的修改意见，还对我进行了鼓励，我真是太激动了。阎大师一生遭遇那么多艰难坎坷都没有趴下，我要向前辈学习，不管是顺境还是逆境，都绝不能消沉倒下！"

江小慧眼里溢出了泪水，被眼前这个小伙子深深折服。她依依不舍地告别阎青春，并答应以后一定力所能及地帮助他。

两周之后，江小慧带着搜罗来的厚厚的一摞稿纸，兴冲冲地来到阎庄。不料，阎青春家房门紧锁，更令她吃惊的是，阎家门上竟然贴着两张冥纸。莫非是阎老太太知道了儿子被学校清退的不幸遭遇，犯心脏病撒手西去了？

邻居们告诉江小慧，一周前造反派把阎青春抓进大队部，囚禁起来，百般折磨，硬逼他揭发"走资派"支书的"罪行"，交代与戏剧界"资产阶级反动权威"阎立品相互勾结妄图翻案的行为。阎青春宁死不屈，最后被活活打死了！事后，造反派还诬陷阎青春是"畏罪自杀"。阎青春的母亲听到噩耗，心脏病发作，也一并撒手西去了……

在阎青春的坟前，江小慧含着眼泪烧掉了自己带来的稿纸，不停地在心里默念阎青春抄在笔记本上的阎立品大师的座右铭：

立身不使白玉玷，
品格当与青云齐。

（选自《民间传奇故事》2018年7月上半月刊）

送你一束红玫瑰

　　农历七月初七，张斌与媳妇见面了。他们常年分居两地，是人间的牛郎织女。媳妇名叫王玫瑰，脸蛋儿就像红玫瑰，一双丹凤眼能勾人魂儿。美人儿往往能招惹是非，这不，张斌一到家，就撞上了媳妇的麻烦事儿！

　　张斌是个小包工头，带着二十几号弟兄，在大包工头手下揽活挣钱，挣钱后娶了漂亮的王玫瑰。不料他与王玫瑰还没过几年幸福日子，自己就摊上了事儿——大包工头留下烂尾楼卷款逃了，欠了弟兄们十几万工钱。这可是大家的血汗钱哪！好几个人认为张斌和大包工头关系近，这是在合伙算计弟兄们。张斌怕有人往他脑壳上拍板砖，只好脚底抹油溜到广州打工避难了。

　　张斌不敢回家，把年迈的父亲、两岁的儿子和漂亮的媳妇甩在家里。年好过月好过日子难过，张斌心里发酸：自己遭了劫难，连累老婆也跟着守活寡！今天是农历七月初七，咱们中国的"情人节"，张斌决定悄悄回家看看。下火车后他买了一束红玫瑰，准备晚上献给王玫瑰，两个人也时尚一把。

　　张斌躲躲闪闪，一直等到晚上，才趁着夜色悄悄溜到家门口，不声不响地开了自家的大门。院子里空无一人，难道全家人为了躲债，早早熄灯睡下了？张斌边嘀咕边蹑手蹑脚摸进了自己的卧室。室内清爽凉快，与室外的酷热完全不同。原来是卧室的空调打开了，看来王玫瑰在家过得还挺滋润！张斌打定主意要对王玫瑰搞个恶作剧，他不声不响不拉灯，一手擎着玫瑰，一手捏着鼻子，拿腔变调地小声道："玫瑰，玫瑰，七月七情人会，送你一束红玫瑰！"床上传过来一阵呼噜声。张斌暗想：这女人咋睡得这么沉？接着他又捏着鼻子声音稍高了些："玫瑰，玫瑰，小亲亲！"一通呼噜响过，传来一声叹息，分明是男人的声音！

张斌气得头上的火星噌噌噌往上冒：难道王玫瑰红杏出墙了？张斌明白家丑不可外扬的道理，低声喝道："好啊！七仙女与啸天犬幽会哩，想不到吧，我'董永'杀回来啦！"说着他扔掉玫瑰花，一把扯亮电灯。啊，张斌惊呆了，原来睡在床上的不是别人，竟是自己的老父亲！老爷子睁开眼睛，惊讶地说："是斌娃子回来了？"

这叫什么事啊！老爷子脾气古板，早先儿子与玫瑰谈恋爱时，他就看不惯玫瑰的"疯"劲儿，为此翁媳还结下了梁子。况且俗话说，"公公儿媳不搭话"，如今，公公儿媳咋会能睡到一张床上去了？张斌像一口吞下二十五只老鼠——百爪挠心哪！他拉下脸，气愤地问父亲："爹，你啥时候睡到这屋里的？"

老爷子迷迷瞪瞪地说，在这屋里已经睡了一个多月了。张斌想：天哪，一个多月！村里的猫猫狗狗还不全都知道了？他两手发抖，没好气地问："王玫瑰到哪儿去了？"

老爷子躺在床上没有动身子，招手让儿子到跟前来。张斌还以为老爷子要对他说悄悄话，就凑上前去。谁想到老爷子突然伸手"啪——"地赏了儿子一巴掌："你个败家子，折腾得全家老少受煎熬！"

张斌想不到老爷子来这么一手，他捂着脸辩解："再受煎熬也不能辱家败门！"

老爷子耳朵背，并没有听清儿子的话，只是气得声音颤抖："你……你说什么，谁不要家门？几个月悄没声息，你心里还有老子没有？我就当没有你这个混蛋儿子，给我滚！"

张斌想不到，老爷子做了见不得人的事儿，说话还这么硬气！可又对老爷子没辙，只好迁怒于王玫瑰。他怒气冲冲地出了卧室，要去找王玫瑰算账，刚刚走到院里，就听到门外有人说话。

大门开了一道缝儿，儿子先挤了进来。小家伙对爸爸已经见生，像没看见他似的，一边喊着爷爷，一边跑向有空调的卧室。哎呀，儿子对家里的陌生男子已是见惯不惊了，可见现在家中乱成什么样子了！

王玫瑰并没有随着儿子进院里，而是继续在门外与一个男人说悄悄话，叽叽咕咕还挺亲热！张斌躲在门内，屏住呼吸"听墙根儿"。

只听男的小声问："玫瑰呀，张斌最近有消息没有？"

王玫瑰生气地说："这个猪脑壳儿，提起他我就来气！"

男的长叹一声："造孽呀，这种日子啥时候是个头啊……"

王玫瑰仍是气呼呼地说："反正现在我也习惯了，大年三十捡个兔子——有他也过，没他也过！"

男的还是一副热心肠："实在不行，你就搬过去住几天松散松散……"

原来老婆不但不在乎丈夫，而且实实在在出轨了！张斌再也忍不住，怒不可遏地开了大门。结果三人都惊呆了，原来门外说话的男人不是别人，正是王玫瑰的亲哥哥！儿子白天寄养在姥姥家里，玫瑰的哥哥是来送外甥的……

送走了大舅子，门外只剩下夫妻二人。张斌看着王玫瑰苗条的身影，怒气已经烟消云散，久别胜新婚，夫妻俩的见面仪式却非常简单，没有握手，没有拥抱，更没有接吻，只有平实的对话："啥时候回来的？""刚刚进屋。""吃饭没有？""还没有。""我去做饭。""嗯。"

吃饭时王玫瑰断断续续向张斌说出了一年来家庭的变故：自从张斌逃走后，王玫瑰咬紧牙关独自撑起这个家，白天在村里的地毯厂上班，晚上侍候老的、照顾小的。不料一个多月前老爷子不小心摔断了脊椎，在县医院做完手术后回家静养。王玫瑰一天到晚忙得打转，下班回来先给公公做饭、喂饭，接着是温黄酒五虎散。天热以后，王玫瑰把有空调的新房让给公公住，自己和孩子住到又热又闷的偏房，所以儿子一进家门就钻公公的空调屋……

王玫瑰安顿好老的小的，回到偏房平淡地对男人说："其实你根本用不着跑路，乡亲们通情达理，根本没有人找咱麻烦。我在地毯厂打工，已经还上了几笔急账。咱爹脊椎受伤的事，我怕你分心上火，也没敢告诉你，你不怨我吧？"张斌鼻子酸酸地说："我最担心老爷子与你有过节儿，想不到……"王玫瑰打断男人的话："你呀，把心放到肚里吧！自打咱俩在一起后，我就把老爷子当成亲爹啦！"张斌再也忍不住了，一把抱住媳妇，一边亲一边说："真是难为你了！"女人推了男人一把，娇嗔地说："去去，啥玩意儿！这么久连个信儿都没有，现在倒想起我了！"张斌不由分说又贴了上去，忽然他发现，玫瑰的脖子里长了一层红红的热痱子。他惊叫一声，突然想起什么，松手跑出了偏房。

张斌再来到偏房时，手里拿着那束刚才扔掉的玫瑰花，他双手持花，单腿跪地，哽咽着说："玫瑰，我……我送你一束红玫瑰！"

（选自《民间文学》2018年第9期）

红颜祸水

老三依靠给别人办假证为生，靠着在墙上涂"办证"的小广告来"钓鱼"。他万万想不到，有一天竟然"钓"来了一个绝色美女，并因为这个美女而捅了娄子，进了局子！

这天下午两点，老三按照事先的约定来到公园门口，小心翼翼地在门口溜达、观察，搜寻一位身穿黑衣的女子。突然他看到公园门口的书报亭旁边站着一位身穿黑衣的美女。

尽管美女身裹黑衣、不施粉黛，但是，素颜低调反而更加衬托出她的天生丽质。她确实太美了，引得路人频频回头。一个戴鸭舌帽的小子甚至凑近美女，一边装着看报纸，一边也斜着眼，如饥似渴地在美女脸上睃来睃去。老三心想，这样美丽的女子会是办假身份证的人吗？他不敢唐突，不动声色地从美女身边走过，穿越马路，在公园对面的广告牌下站定，继续目不转睛地观察着美女。美女显得有些焦躁不安，不住地东张西望，时不时地抬起雪白的手腕看一下手表。看到这儿，老三得意地笑了。他用手机拨通了美女身旁书报亭里的公用电话："阿婆，麻烦您让那位站在您左边的阿妹接一下电话，谢谢！"

黑衣美女拿起电话，满腹狐疑地不说话。听筒里传来老三戏谑的声音："喂，我是老三，你别再演戏了，警察同志！我知道你身穿便衣，正在引诱我上钩哩，我才不上你的当哩！"美女的脸涨得通红："你这人怎么能这样？不停地换地点，你要再这样疑神疑鬼地瞎折腾，我们就拜拜吧！"老三急了："嗨，别别！罢罢罢，今天即使栽在你个美女蛇的手里，我也心甘情愿！这样吧，我在动物园门口，你立即打车过来吧，真的，不骗你，咱们不见不散！"

美女优雅地上了一辆出租车，头戴鸭舌帽的小子见载着美女的出租车绝尘而去，不由得向出租车追了几步，似乎有点心有不甘。老三也立马拦住一辆出租车，刚上车，就看见"鸭舌帽"扒着车门，死皮赖脸地央求："师傅，也捎我一程。车钱加倍！"老三哪能答应，"嘭"的一声关了车门，接着命令司机："快，跟紧前面那辆出租车。"

两辆出租车好像两条鱼儿，在人海车流里，一前一后地向前方游去。

在动物园门口，黑衣美女刚刚钻出车门，紧随其后的出租车就停在了她的旁边。老三一拉车门："我是老三，快……快上车。"没等美女回过神来，老三就一把把她拽上了车。

老三命令司机继续开车。司机问："到哪儿？"老三说："随便！"于是，出租车就很"随便"地继续前行。美女与老三并排坐在后座，老三很尴尬地小声对美女说："阿妹，实在对不起！最近风声有点紧，干我们这行的，一不留神就失手，一失手就没有好果子吃！"美女微微一笑，没有说话。美女的矜持与淡定，反而使老三心里更加发毛，他惴惴地对美女说："阿妹，你要真是警察同志，就直说吧，我跟你走，反正这提心吊胆的营生我也干够了！"

正在开车的司机听了老三对美女说的悄悄话，身子明显地一抖，汽车也随之一晃，然后才又平稳地向市郊驶去。美女恢复了冷峻的神色，一双丹凤眼盯着老三，用只有他们两人才能听到的声音，柔柔地说："说吧，多少钱？"老三显然有点儿底气不足："就一千吧，要不，八百也行。"美女也不讨价还价，就以八百元成交。美女从鳄鱼牌小包里掏出一张自己的玉照交给老三："姓名地址你随便填。"老三总算舒了一口气："得嘞，明天下午两点，还是在老地方，不见不散。"

出租车在郊外的太公湖畔"吱"的一声停下。老三朝司机喊："怎么回事，怎么把我们撂到这鸟不拉屎的地儿了？"司机诡秘地一笑，然后严肃地说："嚷什么嚷，不是你让'随便'的吗？想不到吧，我才是警察，已经跟踪你们多时了！"老三与美女都打了个哆嗦，他们慌忙打开外侧车门想逃走，糟糕，外侧车门已经被湖滨的防护墙堵死了，车窗外是瓦蓝瓦蓝的深不可测的湖水！司机微笑着揶揄老三："要想喂鱼你就破窗跳下去吧，只有从这边才能下车！不过，得先请这位小姐下车问问清楚，你呀，还是乖乖地待在车上吧！"

司机吹着口哨悠然下车，美女也无可奈何地跟着下车。老三心里直扑腾，在车里竖起耳朵偷听车外的动静。司机刚刚询问了美女的姓名、年龄、籍贯，老三就沉不住气儿，"呼"地打开车门，探出头来。司机厉声朝老三喝道："咋，想试试我这个特警的真功夫？你呀，还是在车里老实待着吧！"老三哪里敢与特警过招，只得乖乖地把脑袋缩了回去。

车窗外司机在继续盘问美女，他显然没有听清老三与美女在后面说的话，所以把美女当成"小姐"了："我说你又年轻又漂亮的，干点别的什么事不好，为什么偏偏要走上这邪门歪道？要知道，全国上下正在'扫黄打黑'……"没等司机说完，老三又一次打开车门，强行跳下车来。他已经听明白了，司机并没有摸清他与美女的底细，便急赤白脸地对司机说："同志，我们也是一时糊涂，我们决心痛改前非，只要您不把我们上交，我们情愿交罚款。"

听了老三的话，司机竟然出人意料地没有发飙，他眼珠子一转，若无其事地说："交罚款？好啊，你可以先交1000元保证金走人。不过，由于需要备案，这位小姐还要跟我到派出所走一趟，做笔录。"

根据司机的做派，老三清醒地认识到：司机是在冒充警察！自己这是"做贼的碰上劫道的了"。假警察不但要劫财，还要劫色！老三嘿嘿一笑："朋友，咱都在江湖上混，得饶人处且饶人，对吧？弟兄们还是不要伤了和气！"老三说着，还故意碰碰裤子口袋，弄出些金属的响声。

这时，不远处传来了汽车喇叭响，司机眼珠子一转，似乎增加了底气。他优雅地打了一个响指，满不在乎地说："今儿个是撞上硬茬儿了！你裤兜里就是揣颗原子弹，能唬住人民警察吗？小子，悠着点儿，听到汽车喇叭响了吗？我已经提前给派出所领导做了汇报，同事们马上就要到了！"

黑衣美女沉不住气了，她慌忙从小包里掏出一沓人民币，交给司机："大哥，这是2000元，你就放我们一马吧！"老三虽然不服气，但是他也急于脱离这个是非之地，也就眼睁睁地看着司机接住了美女的2000元钱。

恰在此时，突然有人从湖边的灌木丛里钻出来，一把夺过司机手里的2000元钱，怒喝一声："都不要动，我是警察！"老三一看，嘿，来者不是别人，正是在公园门口不停偷窥美女的"鸭舌帽"！这小子也真有能耐，不知是怎么折腾的，竟然也跟踪美女来到了太公湖畔！

老三简直是哭笑不得！这等无所事事的好色之徒，为泡一个美女，竟然追到了太公湖，现在还要冒充警察！老三不由得在心里感叹：美女呀美女，你可真是红颜祸水！

"鸭舌帽"对美女已经迷恋得痴傻了，他目不转睛地盯着美女看。司机的一双死鱼眼盯着"鸭舌帽"嚷道："呲，歪瓜裂枣样儿还敢冒充警察？今儿个就让你小子晓得喇叭是铜是铁！"老三也来劲儿了，在旁边不停地对司机起哄："对，特警同志，露一手！把这小子揍扁，扔到太公湖里去！"

司机受到鼓励，挥舞一双拳头就扑向了"鸭舌帽"。谁能想到"鸭舌帽"的功夫更加了得，只见他闪身躲过司机的拳头，一个扫堂腿把司机扫翻在地。"鸭舌帽"顺势扭住司机的胳膊，司机疼得杀猪似的直叫唤。

老三一见"鸭舌帽"制服了司机，反过来又向"鸭舌帽"鞠躬道谢，说他与美女正在谈恋爱，却被出租车司机敲诈，多亏你这位小兄弟见义勇为。还说为了表示感谢，那2000元就送给小兄弟了。

"鸭舌帽"似乎不稀罕钱，他只对美女感兴趣。他没有理会老三，一边扭住司机的胳膊，一边色眯眯地望着美女。想不到这美女却出奇地淡定，她莞尔一笑，露出揶揄的神情，逗弄着"鸭舌帽"："来，好好地端详端详，看看真正的人民警察是什么样的。不认识？我是市局刑侦处的侦查员！"

老三完全醒悟了：这两天他就感到风头不对，总感觉有警察在跟踪自己，原来这个美女就是追捕自己的警察！他像霜后的茄子，彻底蔫了！

到了这种地步，"鸭舌帽"似乎对美女还是不死心，继续目不转睛地盯着美女看，看着看着，他突然朝美女喊了一声："张莉！"美女失神地应了一声。这时，只见"鸭舌帽"突然一把丢开司机，出手如闪电，迅速扭住了美女的一双胳膊，只听"咔嚓"一声，一副铮亮的手铐就套在了美女的玉腕上。

老三与司机一看来者不善，争相夺路逃窜，但是为时已晚，太公湖边不知什么时候冒出来一群警察，将二人轻轻松松地抓获。

原来，戴鸭舌帽的小伙子名叫任耿，是市公安局刑警队队长。任耿上午在翻阅一份协查通报时，无意间看到了一则通缉令，上边说一个居住在北方某城名叫张莉的白领丽人，将她的老板毒杀后畏罪潜逃。照片上的嫌犯妩媚性感，是那种任何男人看了都会心动的女人。任耿也忍不住多看了几眼，当时还一个劲儿地替这个绝色美女惋惜呢。下午他身穿便衣，本来是要在公园门口执行任务，抓捕办假证的嫌犯老三，无意之间看到了身穿黑衣的美女，与张莉极其相似。任耿做梦也想不到张莉会逃到本地，就察言观色，尾随跟踪，并通知了其他队友。他们终于在太公湖畔，抓住了正欲办假身份证继续潜逃的张莉、办假证的老三与临时起意诈财劫色的出租车司机，演出了一幕一箭三雕的好戏。

一个半人的战友聚会

陈强与李薇夫妻恩爱三十年，从没红过脸，没想到他们平静而温馨的生活却被一个不速之客彻底搅乱了，夫妻二人的感情陷入了尴尬与危机之中。

这天傍晚，李薇一个人在家，猛不防一个陌生人拎着两瓶茅台酒闯入家里。陌生人大大咧咧地把酒往茶几上一放，就连珠炮似的高声嚷嚷："这不是小薇吗？还是这样年轻啊！陈强这小子哩？"

陈强是省模范监狱的监狱长，少不了有犯人亲属想登门"意思意思"，当然无一例外都吃了"闭门羹"。李薇望着这个一脸沧桑的陌生人，立即发飙："你走错门儿啦，把东西带走！"

"呀，把我当成行贿的啦，想得美！哈哈哈……"陌生人爽朗地笑着说，"来，认识认识，中国人民解放军原第27军81师突击小分队队长郑刚，前来参加战友聚会！"陌生人说着，还用左手向李薇敬了一个军礼。

李薇打了一个寒战：她万万没有想到，眼前的陌生人，竟是她的初恋情人！三十年前，就是这个郑刚，托战友陈强交给她一封绝交信。郑刚在信中歉疚地告诉李薇：战争结束后，一位首长千金看上了他！

要李薇彻底忘了他，寻找新的爱情，组织新的家庭。当时李薇痛不欲生，倒是捎信人陈强耐心细致地劝慰她，无微不至地照顾她，随后水到渠成地与她结了婚。当了首长"乘龙快婿"的郑刚，三十年音信全无的郑刚，今天竟然上门来参加什么聚会！为啥没有听陈强说起过？

李薇本想挖苦郑刚几句，但她突然看到了他空荡荡的右胳膊袖子——怪不得他刚才用左手敬礼！李薇惊异地抓住空袖子问："胳膊呢，你的右胳膊哪儿去了？"

郑刚满不在乎地说："当年我一不小心，把右臂丢在一簇山茶花下面，找不回来啦！"

李薇心里一阵酸楚，眼圈红红地埋怨："当年你在信上，为啥没说你受伤的事？陈强这家伙为啥也瞒着我？看我今晚咋收拾他！"郑刚还是大大咧咧地对李薇说："你还是先'收拾'酒菜吧，我们生死弟兄阔别三十年，今晚还不喝他个天昏地暗？"李薇心存疑虑，再三盘问郑刚，怎么不带那位首长千金前来？现在有几个孩子，怎么不带着孩子前来？郑刚躲躲闪闪地告诉李薇，自己的孩子多，实在没办法都带来。李薇幽怨地瞥了一眼郑刚，为他斟上茶水后，转身离开了客厅。郑刚望着李薇依旧苗条的背影，轻轻地叹息一声，脸上掠过一层忧伤。恰在这时，老战友陈强风风火火地回来了。

陈强已经在电话里得知老战友来访的事。弟兄俩一见面，陈强就对着郑刚"咚"地擂了一拳："好你个大哥呀，总算是露头了！"郑刚照样回敬一拳："好小子，混得人模狗样啦！"两人立时闹成一团，抱在一起。亲热了一阵后，两位老战友又摘下墙上的相框，一起欣赏当年小分队全体战友的合影，一个一个地回忆战友们的姓名。闹了半天，李薇才弄明白：今天是小分队牺牲的23位战友的忌日，郑刚千里迢迢赶来，就是为了纪念战友们殉国三十周年！

酒菜端上来以后，陈强打开酒瓶盖，对郑刚说："大哥，来，先敬长眠地下的战友们。"郑刚表情凝重地把酒浇在地上，哽咽着说："弟兄们，当时我在小分队里禁酒，实在对不住大家！一班长，我知道你酒量大，你就带头多喝一点儿吧！"陈强也两眼红红，接过郑刚的话茬儿："一班长，虽然咱哥俩也曾经掐过架，但我佩服你是条真汉子！你是为掩护郑刚大哥而牺牲的，大哥又是替我挡子弹受的伤，你也是我的救命恩人。来，我多敬你一杯！"

祭奠了战友，两人都已是泪流满面。

杯盏交错，你来我往，室内酒香四溢，气氛浓烈。五十三度的茅台酒，烧得两张脸盘光辉灿烂。郑刚感叹地对陈强说："唉，小分队25条汉子，就数你小子福大命大。战争结束，只有你全须全尾，毫发无损！而且……"郑刚见李薇在场，咽下了后面的"抱得美人归"。

陈强斟满一杯酒，高高地举过头顶："大哥，我的这条小命，是你救下的，我的这个家庭，是你撮合的。大恩不言谢，来，我敬你一杯！"

女主人李薇也为郑刚敬一杯酒，然后就到厨房忙活去了。郑刚压低声音说："兄弟，大哥没有看走眼，你小子现在是省模范监狱的监狱长，又是全国五一劳动奖获得者，李薇跟了你，值啊！"

陈强有点儿尴尬："大哥呀，我丝毫没有忘记大哥的恩情，也牢记大哥的嘱托，尽力照顾好李薇。那个'首长千金'的谎话，我到现在还瞒着李薇哩！唉，还是那句老话，大哥你好歹也成个家吧！"

郑刚摇摇头说："大哥不是不想成家，兄弟你知道，那颗该死的子弹，恰恰就打在那个地方，大哥已经成了个废人！"

"就算是找个说话的伴儿呗！"

"大哥住在军休所里，热闹着哩！"

两位战友正在掏心掏肺地窃窃私语，猛不防李薇杀了出来！只见她柳眉倒竖，气咻咻地质问："好哇，三十年啦，你们俩一直合伙把我当猴耍！就算是一只猴子，也不能任由你俩赠来转去吧！"

郑刚急忙掩饰："小薇，我们在说别人的事，来，喝酒、喝酒。"陈强也随声附和："对，男人之间的扯淡事，你瞎掺和啥？来，大哥，咱喝！"

李薇一把夺下陈强的酒杯，"啪"的一声摔在地上，怒气冲冲地指着陈强的鼻尖问："说，你小子当年瞒着我干了啥缺德事？"夫妇俩三十年鲜见的战争，终于在此刻爆发了！

陈强从来没有见过李薇发这么大的脾气，他一时怔住，支支吾吾地说："没……没有，天地良心，我确实没有！"李薇继续说："刚才你们说的话，我全都听见了！"

郑刚见此情景，不得已说了实话："小薇，不关陈强的事，当年是我对不起你！特别是'首长千金'的事，是我编出来哄骗你的。我实在不忍心让你跟着我受委屈，都怨我不好啊！"郑刚说着，痛苦地搧自己的脑袋，使劲地揪自己的头发。

李薇反过来又把炮口对准郑刚："既然你没有结过婚，为啥又骗我说你有许多孩子？"

郑刚无奈地对李薇解释，他退伍后，许多学校争相聘请他担任校外辅导员。少先队员们都把"郑伯伯"看作亲人。自己与天真可爱的孩子们在一起，就如同整天与鲜花、朝阳相伴，生活也充满了阳光与乐趣，他确实把这些孩子都当成了自己的孩子。

听了郑刚的一席话，李薇泪眼模糊，她万万想不到，郑刚竟然到现在还是孑然一身，孤独凄凉！她不住地擦着眼眶，埋怨郑刚无情无义，这些年隐身于小县城的军休所里，从未来看望陈强和自己。郑刚长叹一声，说过去的事儿就让它过去吧，他不愿意再来搅和他们夫妻的生活！要不是恰逢小分队23位战友殉国三十周年的忌日，他是绝对不会千里迢迢来打扰他们的。说到这里，郑刚激动地说："小薇，有什么值得难过的？比起牺牲的兄弟们，我们哥俩都赚大发啦！"

李薇擦干泪水，又一次为哥俩敬酒。陈强见夫妻间的战火已经熄灭，如释重负地说："大哥，好啦，咱不说那些陈年往事啦，今儿个咱哥俩要尽兴尽欢，一醉方休！"

又是一阵杯盏交错，你来我往，不觉已到半夜时分。两人的舌头都已经不听使唤，但是，他们还在一边喝酒，一边谈天说地。当说到省模范监狱里的"逸闻趣事"时，郑刚突然不经意地问道："强子，你监狱里，有个叫，叫杨烈宝的犯人，听说改……改造得不错？"

陈强醉眼蒙眬："你说那个抢劫犯？这小子闹……闹腾得欢实着呢，就差把监号的房顶给……给掀翻了！前两天，打伤了别的犯人，至今还在小号里蹲着呢。诶，你们认识？"

郑刚摇着脑袋，轻描淡写地摇出了一句："不……不认识，只是听人说起过，随、随便问问。"

这时，李薇突然脸色大变，她轻轻地起身，悄悄地踩了陈强一脚，便离开了酒桌。陈强嘟囔着："女人就是事儿多！都是过……过命的兄弟，说啥话还用背着大哥？"说着便不情愿地站起来，一摇三晃地跟了出去。

夫妻俩走出客厅后，郑刚掏香烟时，无意中从口袋里带出一张稿纸，郑刚定定地望着稿纸上的字迹，看着看着，眼泪流了出来。郑刚脑袋有点儿清醒，朝自己飞快地扇了两个嘴巴，自言自语地说："一班长，小弟我对不起你呀！"

不一会儿，李薇一个人轻轻地回到了客厅。郑刚问陈强这小子哩，李薇撇撇嘴说，喝多了，在卫生间吐着哩。接着，李薇问道："郑刚，记得你有个姑姑，与你感情特别深，当年跟你探家时，你还特意带着我一起去看望姑姑。她婆家人是不是也姓杨？"

郑刚说："没错，我从小跟着我姑姑长大。那个杨烈宝正是我姑姑唯一的孙子，因为抢劫罪被判了十二年。姑姑思孙心切，眼睛已经哭瞎了，她知道我与强子的关系，可就是从来不向我开口，临咽气前还死死抓住我的手！"

"那你刚才为啥不对强子说明？""有人不允许我说！""谁？""就是躺在地下的一班长，我的亲表兄杨虎烈士！"

郑刚与李薇刚刚说到这里，陈强就闯进客厅，惊异地瞪着郑刚："大哥，你说一班长是你的表兄，我怎么不知道？"郑刚说："杨虎表兄生前有嘱托，为了便于我工作，我们姑舅表兄弟的关系谁也不能告诉！"接着，郑刚又告诉陈强一个惊人的秘密：杨烈宝就是杨虎的遗腹子，"烈宝"这名字就是郑刚给起的，寓意是"烈士的宝宝"！杨虎牺牲后，表嫂改嫁，杨烈宝就跟着奶奶长大，谁想到这小子不成器，竟然成了抢劫犯！说到这里，郑刚失神地望着战友的合影，声泪俱下地说："一班长，我的虎子哥，是我对不起你呀，怨我只顾教育别人家的孩子，却没有教育好自己的表侄！这才是'种了别人的田，荒了自己的园'，我真是混蛋！"

听到这里，李薇与陈强都在抹眼泪。陈强一边踱步，一边自言自语："杨烈宝啊杨烈宝，你小子让我们这些做叔叔的该咋办？"

李薇忍不住插话："咋办？好办！减刑！"

听了这话，陈强两眼瞪着李薇，好像要喷出两团火来。李薇猛然醒悟：自己一不小心，违反了"夫人不得干政"的家规，她吐了吐舌头，急忙闪了。

客厅里又只剩下郑刚和陈强两人了。陈强对郑刚说："大哥，事到如今，我想听听你的意见！"

郑刚点燃一支烟，慢条斯理地喷着烟圈儿，半晌才说："我看，你还是把我也送进监狱吧！"

陈强惊得睁大了眼睛，好像是不认识郑刚似的高声嚷嚷："大哥，你，你是在要挟我？"

没等郑刚继续解释，李薇立马冲出来，指着陈强的鼻尖厉声骂："好哇，长本事了，竟敢对大哥吼，看看你那副忘恩负义、小人得志的嘴脸！"陈强又扭过头来与李薇吵成了一锅粥。

郑刚一声断喝，止住了夫妻俩的争吵。他一本正经地对陈强说："你小子把我想歪了！告诉你吧，大哥我不但是学校的辅导员，而且还是司法部门特聘的犯人心理帮教员。我坚信的一句话就是：'不信东风唤不回！'我是想亲自到监狱里，对杨烈宝进行一对一的帮教，我就不相信这小子他浪子不回头！"说到这里，郑刚显得格外激动，他把刚才那张发黄的稿纸递给陈强，颤声说："这是我看到一班长当年的请战书所受的启发。一班长在战前咬破手指，用鲜血写成的请战誓言，我已经保存了整整三十年！"

陈强用同样颤抖的双手，接过杨虎烈士的请战誓言。誓言内容不长，由于年代久远，血写的字迹已呈暗红色："为了共和国的安宁，为了老百姓的安生，生命不息，冲锋不止！——杨虎"

郑刚接着沉重地说："当年烈士们冲锋陷阵、血洒疆场，就是为了让老百姓能过上安生的日子！如今，我们如果不从根本上改造好杨烈宝们，放纵他们继续出来扰民害民，给社会留下隐患，那不就是彻底违背了杨虎哥的遗愿吗？"

听到这里，陈强热泪盈眶："郑刚哥，杨虎哥，三十年前，是你们救了我一条小命，三十年后，还是你们的理解与支持，让我陈强进一步懂得了如何做事做人！"

两双大手又紧紧地握在一起。

最后，郑刚告诉陈强，他一直在亲情与法理之间左右为难，饱受折磨与煎熬，自己也确实动摇过、妥协过，差一点忘掉了一个共产党员应该坚守的底线，想借着战友聚会来为罪犯说情。说到这里，郑刚感叹地说："唉，我不但身体残疾，而且在道德情操上，也是个残疾！因此，今晚咱们的聚会，只能算是一个半人的战友聚会！"

［本文获第五届中国（浙江）廉政故事大赛二等奖］

"癫蛤蟆"传奇

1. 癫蛤蟆

李琦在中缅边境的翡翠毛料市场上"捡漏",转悠半天,才在废料堆里挑中一块。几番讨价还价,最后以一千二百元成交。

回到家里,老婆就骂起来:"这是啥垃圾料啊,脏兮兮的,像个癫蛤蟆!扔远点儿,看着就恶心!"说着还把"癫蛤蟆"踢得翻了个滚儿。

李琦急忙把石料放好——这可是十二张百元票子啊!再仔细端详这块石头,也确实尖头少尾没个看相。主体部分"种水"不好,颜色脏乱,唯有突出的一小部分透着几分"水",颜色也白得可爱。可是,把突出部分截下来,则什么物件也做不成。李琦也懊悔自己看走眼了,唉,权当抱个傻儿子先放在家里养着吧!

李琦老婆整天唠叨:"癫蛤蟆爬到脚面上——不咬人它硌硬人!我是一见到黑黢黢的'癫蛤蟆'就来气。"李琦只好把"癫蛤蟆"抱到自己的操作间里。他整天只顾忙着加工别的好料,空闲了,才想起自己的"傻儿子",盯着"癫蛤蟆"一待就是半天。这儿比比,那儿画画，今天雕一处，明天刻两刀。

几个月后，经过李琦的精心雕琢，"癞蛤蟆"竟然也上了货架，是一匹白马拉着一辆乌篷车。老婆问价钱，李琦说随便。老婆问起个啥名，李琦说就叫它"踏青图"吧。从此，"癞蛤蟆"摇身变成"踏青图"，踏上了它的传奇历程。

2. 踏青图

老婆"随便"地给"踏青图"定价：料子是一千二买的，就先定价一万二吧！谁知摆了几个月，可怜兮兮的"踏青图"根本无人问津。老婆说一见"踏青图"就上火，越看越来气。她向李琦抱怨，哪怕卖个三两千也行，就是卖个一千二，也能捞回本钱，省得整天看着傻乎乎的"踏青图"窝心。

李琦拧着眉毛想了一阵说："肯定是货价定得太低了，你干脆在一万二后面再加个零！"老婆跺脚嚷起来："什么，什么，十二万？你疯了！"李琦对老婆交代：你把"踏青图"改成"春风得意马蹄疾"试试吧！

向李琦出点子的是市文联的一个作家，作家多年倒腾翠玉，也算半个行家。他认为"踏青图"太俗。改成"春风得意马蹄疾"，马上就灵动起来了，也暗合着现今人们巴望发财、渴望"得意"的心理。李琦直说好，不过，货价十二万倒是李琦自己顺口喃出来的。

"踏青图"改头换面，价钱由一万二翻到了十二万，行情也"春风得意"起来了。客户到店，纷纷围着这个价格不菲的摆件儿品头论足，说那匹白马多精神，油光水滑、四蹄生风；说那辆篷车多奇巧，古色古香、活灵活现。人们递的价钱也水涨船高，从一万递到两万、四万、八万。李琦不为所动，十二万就是十二万，死死不肯让价钱！

3. 春风得意马蹄疾

这天，一辆宝马车"吱"的一声停在了李琦的店门口，一个挺着将军肚的房地产老板走进店里。李琦一见"财神"进店，马上设宴，并喊来作家作陪。

房老板就喜欢附庸风雅，三人喝着茅台，聊着"春风得意马蹄疾，一日看尽长安花"，云里雾里就扯到了唐朝。房老板说，这诗简直就是为自己所写，自己少年受穷，中年有成，现今正赶上他扬鞭纵马、"长安观花"的好时候。他要尽情享受，把世上自己喜欢的宝物尽收囊中。听说李琦有新宝贝，更是喜不自胜。两瓶茅台撂倒，房老板就猴烧屁股似的要"赏宝"。

李琦见房老板已经喝得头大，就随心所欲地介绍"春风得意马蹄疾"。他说，白马的前半身玉石质料好，所以用圆雕手法，把上等料的优点充分展示给人们，让人们全方位地观察到马的传神之处。从马屁股到篷车，质料一般化，就采用浮雕、镂雕、透雕，雕刻成车轮、车篷、篷帘子。篷帘子旁边有一个红点点儿，属于葛花红，自己灵机一动，工笔细雕一个美女头像，正掀开帘子往外看……

说到这里，作家一惊一乍叫起来："妙啊，真是神来之笔呀！正是这个工笔细雕的美女头像，使整个画面活泛起来。也更能引起人们无穷无尽的遐想，正是这一笔，做到了人与物、动与静、历史与现实的完美统一与和谐！"房老板晕晕乎乎，也跟着赞叹："高，实在是高！"并当即表态，这件货他要了。

谈到价钱，李琦很随意地问房老板，你开的宝马车值多少钱？房老板说，是不久前一百三十万买的，现今至少值个一百二十万。

李琦大度地说："这样吧，大家都是朋友，不分彼此。咱们先订个君子协议：车你留下，货你抱去玩。三年之内，无论谁感到亏了，货还是我的货，车还是你的车！"

房老板一拍胸脯："OK（好），成交！"

宝马车留给了李琦，房老板抱着"春风得意马蹄疾"，兴奋得屁颠屁颠走了。

房老板走后，作家指着李琦的鼻子说："好你个李大胆儿，你这是抢钱哪，一百二十万的车你都敢要！你就不怕房老板醒过劲儿再杀回来？"

李琦笑着说："大作家你把心放到肚子里吧！傻子也不会当面说房老板没眼光，拿宝马车换了一辆破马车！况且你忘了艺术品在不断升值、工业品在不停贬值的道理吗？"

作家感叹："厉害呀！今天你小子打出了组合拳：文学、史学、营销学，能用的学问全都用上了，这才叫高呢！"

李琦在本市玉雕界率先开上了宝马车。老婆很舒坦地坐在豪车里，心里却总是不踏实，整天扳着指头算时间，害怕房老板反悔了来讨车。

三年期限快要到了，自从李琦开上宝马车后声名大振，不时有人找他画货、指导；玉器店生意兴隆，自己也不断有玉雕作品获奖。去年，他被评为国家级玉雕大师，还当上了市里的政协委员，真可谓是"春风得意马蹄疾！"

4. 宝马雕车香满路

这一天，省城要举办一个大型珠宝玉雕博览会，李琦开着宝马，拉上作家，谈笑风生直奔省城。

在博览会入口处，一幅介绍本届博览会名优产品的巨型展板吸引了他们。作家说："看看有没有咱们的'春风得意马蹄疾'？"李琦说："'癞蛤蟆'还能跳上凤凰台？"两人仔细看了个遍，还真是没有"癞蛤蟆"的份儿，忽听作家兴奋地叫道："李老板快看！"

不远处立着另一块巨型专版，专版上介绍了一件名叫"宝马雕车香满路"的玉雕精品。精品简介上说：这件获奖作品体现了本省玉雕艺术的新高度，玉雕大师采用了圆雕、浮雕、透雕、镂雕各种技法，工笔写意交融；作品选题高雅，把古典艺术的意境与现代工艺水平有机地结合起来，看后如梦回大宋，余韵无穷，具有很强的艺术感染力与视觉冲击力……

李琦看迷了，也看晕了，图片上的"宝马雕车香满路"正是自己的"癞蛤蟆"！李琦搞不明白：这辆破马车不知咋的竟然从唐朝开到了宋朝！

李琦与作家连忙奔向精品展厅。在"宝马雕车香满路"的专用展台前，围了里三层外三层的人。大家纷纷议论：这件精品原价一千二百万，通过这次轰动展出，一个煤老板扬言出价四千八百万，说要买下捐献给人民大会堂哩！

李琦望着自己的"傻儿子"，绷着脸不说一句话。

作家哭丧着脸，不住地喃喃自语："疯了，大家都疯了！乖乖，四千八百万哪！我捣鼓半月在报上发表一篇小说，稿费才四十八元！这个世界是咋啦？"作家只顾感叹，猛回头却不见了李琦。

在"宝马雕车香满路"的展台前，作家看见李琦正在与房老板对峙。李琦掏出宝马车钥匙还给房老板，说自己反悔了。房老板头摇得像拨浪鼓似的就是不干。李琦开始发飙：把车钥匙摔给房老板，转身"噔噔噔"奔向展台，抱起"宝马雕车香满路"就奔出了展厅。

大庭广众之下竟有人抢展览精品，这还了得！展厅内外像炸了营，几名保安横眉竖眼冲了上来，看热闹的人从四面八方围拢过来。令人更加震惊的一幕发生了：只见李琦把"宝马雕车香满路"高高举过头顶，只听"哐"的一声，"宝马雕车香满路"车仰马翻，被摔碎在马路上！

房老板呼天抢地："我的宝贝！我的宝贝呀！"

李琦不慌不忙地掏出协议书，向大家展示："今天离协议终止期还差三天，应该说这是我的'宝贝'！"说着，他捡起地上的翠玉碴子让大家看，说这是标准的豆腐渣料子，是自己通过雕刻、掩饰，刻意隐藏了这些"豆腐渣"。李琦最后大声地说："现在，人们除了有钱，别的什么也没了！我已经彻底厌倦了浮躁、喧闹、欺诈、炒作，觉得挺没意思的！任凭我赔得一塌糊涂，也要本本分分做事，踏踏实实做人。我绝不容许这辆'破马车'开进人民大会堂，欺世盗名，糊弄别人！"

（选自《乡土·野马渡》2017年第6期）

夜宿荷香村

我们一行八人自驾游辽宁，在游览了辽河口红海滩之后，投宿在一户名叫"荷香村"的民宿里，度过了令人刻骨铭心的一夜。

"荷香村"周围荷叶田田，荷香扑鼻。与优美环境不相称的是，民宿老板的形象有点儿猥琐。这是一位四五十岁的精瘦汉子、两只小眼睛眯成一条缝儿，一副"笑面虎"的尊容。这种人往往深藏不露，工于算计，出门在外，必得小心防备啊。

民宿老板先带着我们参观民宿：客房里清幽雅致，各种陈设干净整洁，甚至各样炊具都一应俱全；院内曲径通幽，遍植奇花异卉、青蔬鲜果。老板告诉我们，可以随意免费采摘蔬菜瓜果做饭菜，真正享受"农家乐"的韵味。在谈到价格时，老板说："价格便宜，一宿是888元，最多可住八人。"

大家都觉得民宿条件不错，价格也确实不贵，况且"888"听起来也挺吉利的，就在这儿住下了。

房间安顿好之后，我们开始在"荷香村"到处溜达，并顺手采摘了晚餐所需的各种蔬果。这时，老板拎来了一袋张牙舞爪的河蟹，议好价格之后，我望着老板深邃的小眼睛笑问："老板，我曾经听说查干湖的胖头鱼天下闻名，有人就从别处拉来冒牌货放入查干湖，冒充胖头鱼，人们叫它'洗澡鱼'。咱这该不是'洗澡蟹'吧？"

听了我的玩笑话，老板一下子瞪圆了小眼睛，好像发现了外星人，半晌才和善地问："请问先生，您见过有人从平地往山上搬运石头吗？您恐怕是第一次来我们这儿吧？"我仔细一想也是，这儿的河里、塘里、稻田里、海滩里，哪儿不是"横行霸道"的螃蟹，还用得着从外地拉来"洗澡蟹"冒充吗？

入夜，我们自己动手做饭，充满辽河口风情的晚宴开始了。大家正在享受河蟹的美味，老板拎着一瓶当地特产的"鹤乡王酒"走了进来，满脸笑意："哎呀，巧啊，真是有缘哪！原来是河北大城县的张姓本家到啦！失敬、失敬啊！"老板说着，真诚地给在座的每一个人敬酒。见我们诧异，老板解释说，他的祖籍也是河北大城县，先祖张永贵于清朝道光年间，"闯关东"来到了东北。张永贵就是张作霖大帅的曾祖父。老板还说，按辈分，少帅张学良还是他的近族叔叔哩！原来是老板在查看我们身份证时，意外地发现了大城县的"本家老乡"。

我望着小鼻子小眼的张老板，无论如何也不能把他与英俊的张少帅联系在一起！这种人久在江湖，善于随机应变。假如我们身份证上写的是山东，说不定他又是山东人哩！张老板一边豪爽地与我们大碗喝酒，一边攀老乡情谊。我在心里打起了小鼓，生意场上有一句口头禅："老乡不捉（捉弄、算计），后悔半月。"说不定这家伙正盘算着如何算计我们呢！

果然，我爱人刚端上一盘自己制作的"藕尖虾仁"，张老板就变了脸色，将筷子拍在桌子上，腾地站起身来，厉声质问："你是不是在屋后的荷田里掐了藕尖？"我爱人点头："你不是说瓜果蔬菜随便取用吗？"张老板急吼吼地说："我说的是我院内的，屋后是别人家的荷田！"接着，张老板又说出了不能掐藕尖的道理：现在正是莲藕成长的季节，雨水又多，掐了藕尖，雨水就会顺着藕秆，流进成长的莲藕里，掐一个藕尖就会坏掉一片莲藕，损失重大！

掐藕尖究竟能坏多少莲藕，造成多少"损失"，还不是凭着老板一张嘴！张老板说着，愤愤离席，虎着脸出门去了。我们的心都扑扑腾腾不安定，宴席也不欢而散了。

真是祸不单行！大家正在盘算着如何赔偿莲藕钱，我女儿突然扑到妈妈怀里，直叫肚子痛。我一瞧，女儿额头上沁出了豆大的汗珠，接着，她干脆在地上打起滚来。糟糕，一定是食物中毒，一定是老板的螃蟹有问题！我没了主意，发疯似的朝门外吼着："老板，老板，出事啦，快来看看！"没听到老板的回应，我又奔到院子里发疯似的吼叫，还是不见老板的踪影，只见电闪雷鸣，大雨倾盆。我把老板的房间门擂得山响，看来老板确实没在家。下这么大的雨，他能跑到哪儿去呢？

我急得六神无主，正要拨打120，大门"吱呀"一声，老板落汤鸡似的回来了。还没等我发飙，老板就解释说，屋后的荷田是邻居牛家的，他冒雨到牛家就是商量藕尖的事儿。我一把抓住老板的肩头："我女儿吃螃蟹中毒要出人命了！你还在扯什么牛家马家？我女儿要是有个三长两短，看我不一把火烧了你这黑店！"老板一听也吃了一惊，他三步并作两步奔入客房，推开只会瞎嚷嚷的人们，一把拉住我女儿的小手，号了号脉象，然后平静地说："不碍事，典型的肠胃痉挛。"说着，他抱起我女儿，让她平躺在床上，先拿一个热水袋敷在女儿肚子上，然后跪在女儿脚边，两手按在她的膝盖骨旁，用拇指不停地推拿起来。

我忍不住喝道："哎哎，你行吗？我女儿是肚子疼，不是膝盖疼！不行就赶紧拨打120！"老板头也不抬，依旧用力推拿着。几分钟过后，奇迹出现了：我女儿渐渐停止了呻吟，慢慢睁开眼睛，望着我说："爸爸，我好了，不疼了！"接着还挺有礼貌地对老板说："谢谢爷爷！"嘿，这丫头，无意中竟使老爸矮了一辈儿！

然后张老板又冲了一杯蜂蜜水，让我女儿喝下，才淡淡地对我说："要是食物中毒啊，大家谁能跑得脱？好了，小姑娘已经没事了。"我幽幽地说："想不到你还有两把刷子！学过医？"老板说："咱闯关东的人家，谁不学他个三般两样？我家祖传的推拿术远近闻名！刚才推拿的穴位叫梁丘穴，专治肠胃痉挛的。"我正要道谢，老板打断我："折腾半夜了，明儿再说事儿，大家都洗洗睡吧！"

明天能说什么事？大不了就是赔偿莲藕钱及给我女儿治病的钱，唉，掉进"无底洞"啦！

第二天清晨，雨过天晴。张老板大清早就来询问我的女儿的状况。我明白他的来意，为了防止他漫天要价，我率先拿出两千元钱交给他，说要赔偿牛家荷田的损失，顺便答谢他昨晚为我女儿治病。谁料张老板手摇得像风摆荷叶，说牛家的事儿昨晚他已经摆平了，乡里乡亲的，谁家的炊烟不会飘到别家院子里？说到给女儿治病，张老板再三申明，他家有祖训家规：针灸推拿，举手之劳，绝不准收取病人一分钱！

临走结账时，意想不到的事儿又发生了：张老板只收下666元，说既然是咱张姓族人，就图个"六六大顺"吧，祝大家一路顺风！优惠的二百来元，权当自己出了广告费，请本家亲人们替我宣传宣传。

离开"荷香村"后，我在路上反复做着一道算术题：888元减去666元，不就是222元吗？我忽然觉得，与张老板这种豁达包容、勇于担当的人相比，自己是不是显得太"二"啦？！

荷花情缘

雨过天晴，张辉站在自己承包的荷花塘边，望着田田荷叶、点点荷花，心里乐开了花。听妈妈说爸爸从住院到去世所欠下的债务已经全部还清了，往后攒钱就是给自己找媳妇了。这样想着他已经开始描绘媳妇的形象：要光彩照人，要温柔贤惠，但具体什么样，他也说不清。但是他做梦也想不到的是，自己曲曲折折的美好情缘竟从这荷塘边开始了。

连天荷叶的尽头是雨后碧绿的庄稼。猛然之间，张辉看见碧绿的底色上出现了一个红点——原来是一个骑单车的姑娘。张辉眼前一亮，只见那姑娘穿一袭红衣，脚蹬红皮鞋，骑着红色的单车悠然而来。像一朵出水的荷花，又像一缕飘动的红霞，张辉拿自己的一片荷塘打赌：他平生没有见过这样漂亮的姑娘！

奇怪了，姑娘竟在张辉面前飘然下了车。是熟人？是问路？是……张辉一面受宠若惊地用手摆弄着衣角，一面紧急调动所有脑神经细胞，来应付这个"不测事件"。那姑娘对张辉莞尔一笑，露出两个迷人的酒窝。张辉正要上前搭话，谁知那姑娘却没有停下脚步，又上车离去，只留下阵阵沁人的荷花香。

　　愣了好久，张辉才搞明白，原来是路上有一道深深的排水沟。那是下大雨时自己"急中生智"的产物，并由此产生了"文官下轿武将下马"的良好效果。张辉眼看着那出水的荷花、飘动的红霞又慢慢变成了一个红点，失落、懊恼的情绪油然而生。他找来铁锹填平了那道排水沟，心中稍稍舒了口气，怅然若失地回到家里。

　　晌午张辉回到家，妈妈却没在家里。听邻居说妈妈在棉花地里打药时，突然感到头晕、恶心，后来被林寨卫生所的柳医生给救走了。妈妈一直是身体倍儿棒，吃饭喷儿香，一年到头从不与医生打交道，今儿个是咋啦？张辉猛然想到去年隔壁村有人大热天到田里打农药，因出汗过多、防护不好而中毒丢命的事。他二话不说直奔林寨卫生所。卫生所里，医生护士正七手八脚为张辉的妈妈检查用药打针输液。医生说："幸亏送来得及时，并无大碍。"张辉心里有说不出的感激，让张辉没想到的是，那红衣姑娘竟在林寨卫生所上班，并且是妈妈的主治医生，正是她从地里路过救了妈妈。注射时，张辉的妈妈很紧张，红衣姑娘刚刚把药棉球擦在她的皮肤上，她就"哎哟"大叫一声，惹得众人大笑。红衣姑娘微微一笑，说："阿姨，没事，请放心吧。"红衣姑娘的柔声慢语很快抚平了张辉妈妈的紧张心理，她乖乖躺下了。

　　两天的治疗过程中，张辉与红衣姑娘一直没有休息，好在妈妈的病情日趋稳定了。病症消失了，妈妈就坚决要求回家，张辉一百个不同意。张辉现在完全沉浸在甜蜜温馨的海洋里，姑娘的一颦一笑、一举一动都深深地印在他的脑海里。几天的接触，他已经打听到姑娘叫柳荷花，本地柳坡人，在南阳医专毕业后自主申请到基层卫生所实习。张辉现在甚至非常感激自己的妈妈，想给她写一封感谢信，感谢她老人家为自己寻到了梦中情人。他拿出手机，假装发信息，把姑娘的倩影悄悄收进了手机里：飘飘的柔顺长发，红红的鹅蛋脸，明眸皓齿，深深的酒窝，从早到晚总是笑吟吟的，分外醉人。

张辉拗不过妈妈，与她一同出院回家了。料想不到的是，柳荷花仍是每天来到他家，又是查温度，又是量血压，又是提醒他们注意事项，她说："根据我学过的医学知识，这种病要谨防反复。"在她的精心照料下，张辉妈妈恢复得比预料的快得多，不久就能下地干活了。她老人家不住地感叹："多好的姑娘呀，模样儿俊，心肠也好，手艺也精，要是我有这样的闺女该多好啊！"张辉打趣说："那你就认她做干闺女呗！"妈妈无奈地对张辉说："怨咱没这种福气啊，怕辱没了人家姑娘。话说这姑娘是我一生中遇到的第二个'贵人'呢。"

说起"贵人"，遇到第一个"贵人"时还发生了一段故事呢。那一年是张辉爸爸去世后，孤儿寡母欠了一屁股债，妈妈把小张辉托付给娘家人照管，自己进城闯世界。刚进城就被一个犯罪团伙盯上，强迫她加入卖淫团伙。性子刚烈的她在大街上就拼死反抗，幸亏一个工人师傅下夜班经过，与歹徒搏斗，奋力救了她，并买票送她回家。那师傅只说他姓刘，后来她曾多次进城打听"刘师傅"却没有结果，落下了一辈子的遗憾。妈妈一再叮嘱张辉：滴水之恩当涌泉相报，刘师傅没影了，一定要善待第二个"贵人"柳荷花。

柳荷花很快成了这一带的名医，她热情和善，医术高明，医德更是没得说。柳姑娘的名声越来越高，张辉越来越感到自己的渺小。妈妈越是唠叨柳姑娘的好，张辉心里越是有一层莫名的烦恼，越是在心里急切地希望见到柳荷花。怎么见呢？一个大小伙子经常到卫生所见姑娘，总是不太好。卫生所又不是代销店，他可以每天去买一包烟，再借机跟姑娘套套近乎，他总不能每天都到卫生所买一袋金嗓子喉宝吧。还是妈妈方便，隔三岔五地到卫生所给柳姑娘送嫩玉米、鲜红薯。张辉百无聊赖，只好每天到第一次遇见柳姑娘的荷塘边，对着手机里柳姑娘的倩影说说悄悄话儿。

这天，张辉又来到荷塘边，他把手机里柳姑娘的照片上下左右反复端详。他把它放在绿草丛中，像含笑的百花公主；放在荷叶之中，像醉人的荷花仙子。他别出心裁地给照片起了一个挺艺术的名字：万绿丛中一点红！他一边对着荷花说话，一边等待他的"荷花仙子"降临。不承想没等到清丽脱俗的荷花仙子，却等来了个摇摇晃晃的醉汉子——一个趿拉着拖鞋、光着脊梁的汉子。只见这个汉子一条大路走不下，一会儿左一会儿右，飘忽不定，一不小心，一个跟头栽进张辉家的荷塘里。张辉慌了神，二话不说跳进荷塘，费了九牛二虎之力才把老汉架了上来。老汉被捞上来后，浑身泥水，嘴里不住地"呸呸"向外吐着，大概是呛住了泥土草叶。张辉连忙帮他清洗一番，却发现老汉腿上有一道血口子还在流血！张辉害怕了，他首先想到这老汉要是"碰瓷"，自己可是脱不了干系的，"这下子可是倒了大霉了！"但闻着老汉浑身酒气，似乎又不像是故意落水。张辉不顾一切跑回家，拿来自己的衣服，给老汉换上。老汉经过这番折腾，酒醒了许多，不住地感激张辉救了自己，还自我解嘲地说："我这是'今朝有酒今朝醉，明日没酒喝凉水'。"真是的，到了这步田地，还老鼠抱住碗边啃——词（瓷）儿还不少哩！

张辉不由分说用电动车载上老汉直奔林寨卫生所，救人要紧，当务之急是要给老爷子包扎止血，顺便也可名正言顺地看看柳荷花。没想到柳荷花恰恰不在，她出诊去了，只好由别的医生为老汉包扎治疗。老汉身无分文，张辉为他付了钱，老汉千恩万谢，众人交口称赞。虽然没有见到自己心中的"荷花仙子"，张辉心里仍是乐滋滋的。他坚持要送老汉回家，老汉无论如何也不肯，大概是害怕大家的议论耻笑，要保全面子吧。在问明了张辉的姓名和家庭住址后，老汉坐上三轮车扬长而去。

晚上张辉回到家里，又想起路上老汉说自己没有儿子，要认张辉做他干儿子的可笑事。不管干儿子能不能当上，妈妈却高兴地说她有干闺女了。张辉急问是谁，妈妈自豪地说："柳荷花呗！"张辉这一惊非同小可，他当然知道妈妈的"干闺女"对自己来说，意味着什么。莫非与今天自己救人有关？不可能。因为从时间差来算，柳荷花根本不会知道得这么快，况且仅凭自己做的这小小的"好人好事"，根本不能打动姑娘的芳心。莫非柳荷花早已看上了自己？可她看上自己什么呢？张辉理不出头绪，躺在床上折腾了一夜，想入非非。

第二天，那老汉如约来给张辉送衣服钱物，并特地买了两瓶好酒感谢张辉。张辉急忙从地里喊来妈妈，不料母亲一见老汉，就惊呆了，手中的东西也掉在地上。她一边用手捋着自己的头发，一边喃喃地问："你……你是刘师傅吗？"老汉也如梦方醒，从沙发上站起来，盯了张辉妈妈半晌，才说："啊，原来是你呀！"接着，张辉妈妈述说了多年进城找刘师傅未果的事。老汉一边谦虚客气，一边介绍了自己的情况："老伴去世后我苦撑苦熬挣钱养活闺女，送闺女上了大学，现在闺女大学毕业了，我想着也该歇心了，这不刚办了病退，回到农村养老。一阵新鲜过后，总感到生活中缺少些什么，我也说不清，近来经常以酒会友，整天喝得地暗天昏，找不着北。"

张辉妈妈赶忙下厨，安排酒菜。正在忙活，门外传来了银铃似的声音："哟，真是来得早不如来得巧，真香啊，今儿个我可是撞上了，有客人？"随着声音，柳荷花飘了进来。她一看到老汉，惊奇地叫道："爸，你怎么会跑到这儿来了？"老汉反问柳荷花："你怎么会找到这儿呢？"

张辉正摸不着头脑，他妈妈从厨房赶了过来，向大家介绍："这是我们张家的恩人刘师傅，这是我刚认的干闺女柳荷花，真是狗鼻子，闻到香气就来了！"接着张妈妈向柳荷花说了当年认识"刘师傅"的经过。不料姑娘一听笑得弯了腰，她说："干娘啊，你刘、柳不分，难怪没把我们父女俩联系起来。这是我亲爸，机械厂退休工人柳天冬。

好了，现在都是亲戚了，我对干娘有一个要求：帮我管好我爸，不要客气，特别是让他少喝酒！"

柳荷花一番话说得两位老人都红了脸。酒足饭饱之后，两位老人在家说话，柳荷花把张辉叫了出来，一本正经地说："跟你说实话吧，我就是看干娘贤惠能干，想让她老人家管住我爸呢。"

张辉急切地问："那……那以后我们俩……"

柳荷花打断他的话："说啥呢，以后给我学乖点儿，多做善事少学歪。日子长着呢，与我相比，你还是个小屁孩，往后我就是你的亲姐姐！"

（选自《百家故事》2014年10月下半月刊）

第三辑　传闻逸事

训康熙

　　清朝的顺治皇帝看破红尘，出家当了和尚，把皇位传给了他八岁的儿子玄烨，玄烨就是后来有名的康熙皇帝。康熙皇帝成年亲政后，文治武功远远超过了他的老爷子，于是就志得意满，飘飘然起来。他常常微服私访，总想亲眼看看自己统治下的锦绣江山，到底是个什么样的歌舞升平景象。

　　这一天，康熙又微服私访，来到一处深山古寺。见一群僧人正在寺外种水稻，他觉得不解，就决定进寺庙看看。

　　一位瘦骨嶙峋的老和尚把康熙迎入寺内。这座寺庙破败不堪，一张破茶几摇摇晃晃，老和尚急忙用瓦片支住一条腿，茶几才算稳当。康熙用手晃了晃茶几，见稳当了，满意地说："这才像人们常说的，康熙帝坐江山——稳稳当当！"老和尚为康熙斟上茶后，长叹一声，慢慢吞吞地回敬道："唉，我也听人们常说，顺治爷定天下——战战惊惊！"

　　康熙见老和尚才思敏捷，想必是世外高人，于是他就想听听老和尚对"康熙盛世"的褒奖、颂扬。

　　奇怪的是，康熙一问起老和尚对时世的看法，老和尚就不停地摇头，一副"不知有汉，无论魏晋"的神态，接下来就是一通"万民苦，众生苦，苦海无边"之类的悲悯之言。康熙感到很扫兴，再加上看到庙宇破破烂烂，他一时怒气冲冲，斥责老和尚不理佛事，丢下黄卷青灯，不务正业地种什么水稻……说着说着，他厉声问道："你身披袈裟，到底做的什么和尚？简直是大煞盛世风景！"

老和尚见康熙发怒，不由微微一笑，不温不火地说："唉，我或许就是个'八叉'和尚吧。"

听到"八叉"和尚，康熙禁不住笑出声来。康熙知道：在本地方言里，"八叉"是个贬义词，老百姓对受到指责、责怪叫作"吃八叉"。康熙就想捉弄一下眼前这个性情宽厚的老和尚，他稳稳神，说："你这古寺太旧太破了，今天我出一上联，如果你能对出下联，我将捐资重修你这寺庙。"老和尚一躬到底："阿弥陀佛，施主功德无量，悉听尊便。"

康熙略一思忖，想起人们常颂扬自己的话，便随口朗声念道：

> 万岁爷，爷万岁，万岁、万岁、万万岁！

这上联可是称颂皇帝的词儿，对不好就容易"犯上"，招来杀身之祸！不料老和尚不假思索，微笑着应道：

> 八叉僧，僧八叉，八叉、八叉、八八叉。

康熙一听，非常惊奇，"八叉"与方言"扒差"同音，"扒差"有岁月艰辛、挣扎度日的意思。用"八八叉"对"万万岁"，简直天衣无缝，妙！康熙不住地夸奖老和尚的下联对仗工整、合律合辙，并且当即表态，改天就将重修庙宇的捐资款送到，然后辞别老和尚下山了。

　　回到寓所后，康熙还在不住地反复品味念叨"八叉僧，僧八叉，八叉、八叉、八八叉"，觉得挺有意思。康熙念着笑着，笑着念着，突然他一个激灵，猛地醒悟，不由得吃了一惊："八叉"二字合起来，上"八"下"×"不就是个"父"字吗？莫非这个老和尚就是早年出家的"皇阿玛"？想到这里，他吓得出了一身冷汗，惊得一夜无眠。

　　第二天一大早，康熙早早来到了寺庙。小和尚告诉他，昨天施主走后，师父当晚就离开寺庙，外出云游了。康熙又吃了一惊，急问大师可曾留下什么话？小和尚摇摇头，只说师父临走时给紫竹院换了一副新对联，是师父自己写好并亲自挂上去的。

　　康熙急奔紫竹院门前，但见龙飞凤舞两行大字：

　　　　未曾出土先有节，
　　　　纵使凌云也虚心。

　　康熙心里明白，这个老和尚定是顺治皇帝，老人家临别还在借着紫竹院"咏竹"的对联，提醒自己谦虚的做人之道。

　　原来，老和尚确实是顺治皇帝，他当年潜离宫廷后，已在这座深山古寺默默无闻地苦修了多年。俗话说："知子莫若父。"他看到康熙的音容笑貌，动作神态，就知道是自己的儿子上山来了。看到儿子张扬跋扈的做派以后，他很不以为然，先"巧"无声息地训诫了儿子一番，又悄无声息地离开了。

（选自《故事会》2014年6月下半月刊）

刘罗锅观星得状元

乾隆皇帝一生喜欢微服私访，有一年，他扮作算卦先生，来到了山东青州一带，一边私访民情，一边游山玩水。

这天天色已晚，乾隆就投宿在青州乾坤集的夜店里。当时正是盛夏，他就与其他住店客商并排躺在地上的芦席上睡觉。这样既凉快又能与三教九流聊天，他觉得挺有趣儿。与乾隆相邻而卧的是一个进京赶考的举子，经过询问，乾隆知道举子名叫刘国耀，山东诸城人，进京路过此地。两人随便聊了一会儿，刘国耀推说要解手就出去了，可是半天也不见回来。

又过了一会儿，乾隆听见刘国耀在门外来回踱步不进来，他心中疑惑，想知道这家伙在外边搞什么名堂，就想把头枕得高一点。恰好旁边有个破斗，他就把破斗扣在地上，自己"高枕无忧"地静听刘国耀的动静。正在这时，刘国耀在门外惊呼一声："哎呀，紫微星已经离位，头枕北斗七星！北斗七星之形乃与山东相似，恐怕皇上已经驾临山东了！"乾隆一听，大吃一惊，怪不得刘国耀半天不回，原来这家伙在夜观星象，他好生了得，竟然能看出皇帝行踪。为避免刘国耀看出自己的身份，乾隆急忙推开破斗，干脆把头枕自己的胳膊肘上。刘国耀在门外又一声惊呼："变了，变了，紫微星头枕浑圆青肘，看来皇上已经来到了青州地界！"乾隆又吃了一惊，他干脆挪开胳膊肘，把头枕在自己的一双大手上，心想：我看你小子还能有什么说法。门外刘国耀又在独说独念："是了，是了，紫微星头枕乾坤巨手，原来皇上已到乾坤集一带了！"

乾隆想：看来这刘国耀确实不是等闲之辈！他干脆不睡了，坐在芦席上等着刘国耀回来。不一会儿，刘国耀进来了，乾隆假装自己什么也没听见，只是顺势与刘国耀黑灯瞎火地攀谈起来。这刘国耀确实不简单，天文地理、治国方略、道德文章、民风民俗，他无所不知，无所不晓。乾隆忍不住赞叹："足下真乃状元之才也！"刘国耀一听急忙说："可惜先生是算卦的，先生若是当今皇上，那我就要'谢主隆恩'啦！"说罢两人哈哈大笑。

第二天，乾隆一觉醒来，刘国耀就不见了。店主告诉他："那个举子急于赶路，五更就悄悄走了。要我代为向先生致意，他说与先生定能后会有期！"

乾隆听罢，又想起昨天晚上刘国耀的"紫微星离位"之说，感到自己在夜店确实是遇到奇人了，只是不知道这个刘国耀有什么来历。

大清乾隆十六年科考会试后，乾隆特别留意山东举子刘国耀是否上榜，但是查遍黄榜也没有刘国耀的大名，山东只有一个姓刘名墉的举子以第一名的名次参加殿试。乾隆叹息一声：看来这刘国耀也只是故弄玄虚之辈，并无真才实学啊。

殿试这天，随着太监的一声吆喝："山东刘墉上殿觐见！"一个弯腰驼背的举子来到了金銮殿上，样子十分滑稽可笑。更可笑的是，这驼背举子竟然大言不惭地高声呼叫："新科状元刘墉谢过皇上隆恩！皇上万岁、万岁、万万岁！"

殿试这才刚刚开始，刘墉竟然自称是"新科状元"，简直是滑天下之大稽，朝堂上顿时涌起了一片哄笑声。大臣和珅笑出了眼泪，他喝令殿前侍卫把这个不知天高地厚的刘墉乱棒打出殿外。

只见刘墉不卑不亢地叩首向乾隆奏道："皇上可曾记得'紫微星离位'吗？在青州夜店里，皇上曾说过我是状元之才呀！君无戏言，所以微臣也就先以状元自称了！"

乾隆一听又大吃一惊，这才想起青州夜店里夜观星象的刘国耀。他厉声问道："青州夜店里的举子名叫刘国耀，与你刘墉何干？你不怕犯欺君之罪吗？"

刘墉笑着说："我是个'罗锅'，在我家乡山东诸城的方言里，罗锅被称为'锅腰儿'，所以家乡人平时都叫我'刘锅腰儿'，我自称刘国耀，并无欺君之举啊。"

刘墉一席话说得入情入理，乾隆顿时无言以对。但是，钦点一个"罗锅"当状元，岂不让天下人耻笑大清朝无人能用了？想了一会儿，乾隆对刘墉说："我朝取士，向来是以'身、言、书、判'作为标准，'身'是排在第一位的。所谓'身'，即形体，需要五官端正，仪表堂堂，以卿之尊容，当官何以立官威？"

刘墉不慌不忙地对乾隆说："皇上提到'身、言、书、判'，微臣之'身'，虽然不合取士标准，但还有'言、书、判'三项可取。微臣常以宋朝范文正公'先天下之忧而忧'自勉，上忧其君，下忧其民，为君为民，微臣虽肝脑涂地，犹无悔也。况且'官威'是要靠政绩树立，而不能凭仪表赢得，望皇上明察！"

乾隆见刘墉言辞恳切，就想再次试试他的才学，他对刘墉说："刘爱卿虽然言之有理，但为堵天下人悠悠之口，朕就以'罗锅'为题，赋诗一首，如你能在八步之内和诗一首，朕就正式点你为状元。"乾隆随即朗声念出一首小诗：

　　卧如心字缺三点，

立似弯弓少一弦。

纵身折桂天下笑，

青州夜阑紫微偏！

刘墉听罢，知道皇帝当时在夜色苍茫之中，没有看清自己是"罗锅"，对夸奖自己是"状元之才"的话已有悔意。他气定神闲，站在原地，立即对出和诗：

心字无点装河山，

弯弓少弦辨忠奸。

背负社稷高耸起，

忧君忧民三寸丹！

刘墉和罢，朝堂上下一片轰动，乾隆及满朝文武无不惊异刘墉才华横溢，反应敏捷。乾隆无奈，只好钦点刘墉为新科状元。

原来，当年在青州夜店，刘墉早就躲在暗处，细细观察了"算卦先生"的一举一动。因家族有人在朝为官，他对乾隆皇帝的做派早已了然于胸。再加上他天资聪颖，经过一番察言观色、旁敲侧击，已知算卦先生是乾隆无疑。至于夜观天象，发现"紫微星离位"之说，则是他穿凿附会、随口胡诌的。而且他怕天明后乾隆发现他是"罗锅"，就五更起床，早早溜了。想不到他这几招，还真"蒙"住了乾隆皇帝，巧妙地赚来了状元之位。

刘墉后来长期在朝为官，他清正廉明，刚直不阿，幽默机智，扬善惩恶，为老百姓办了许多好事，受到后世的千古传颂。

（选自《民间文学》2019年第9期）

神童"伤神"记

　　宋徽宗宣和年间，山东梁山西北的白岭村出了一位神童，叫白士郎。白士郎从小丧父，母亲抚养他长大。他天资聪颖，过目不忘，六岁读书，很快《千字文》《百家姓》就能倒背如流，众人皆惊讶不已。令白母更加惊讶的是：在白岭村与私塾之间有一条小河，学童们每天上学需要从水里走过去，别人家的孩子回家总是满腿泥，唯有白士郎的腿脚总是干干净净。

　　在白母再三追问下，白士郎说出了实情：每天总有一位白胡子老头在河边等着，风雨无阻背他过河。白母听后更觉蹊跷，一定要白士郎问个明白。这天，白胡子老头又背着白士郎过河，白士郎伏在老头背上，好奇地问："学童几十个，为啥单背我？"白胡子老头一本正经地回答："红尘滚滚皆黎民，主宰天下唯有君！"见白士郎不解其意，老头进一步解释说："宋室江山，风雨飘摇，狼烟四起，眼看就要改朝换代了。我背的人是天上下凡的真龙天子，日后是要做皇上，重整河山的。"

　　白士郎好奇地问老头是谁，老头笑答："我是福寿龟，专驮天下大福大贵之人。我天天背您过河，您天天抚摸着我。抚摸我的背，能活一百岁；抚摸我的头，一生不发愁！以后您成了执掌天下的贵人，俺老龟也是功德无量啊！"

白士郎听了十分高兴，把福寿龟的话一五一十告诉了母亲。白母高兴极了，从此她就以"皇太后"自居，整天两眼朝天，谁都瞧不起。街坊邻居稍不入眼，就大发雷霆，吵东家、骂西家，搅得整个白岭村都不安生。

这一年的腊月二十三，白士郎的两个叔叔见嫂子在村里横得不像样，就劝嫂子说："眼看就要过年了，各家都要图个和气，嫂子也该消消火气，不要再与街坊邻居们生气了。"不料白母一听大怒，在两个小叔子的门前，从中午一直骂到晚上。回到家里，她还没有消气，又对白士郎咬牙切齿叮嘱道："我儿将来做了皇帝，一定要有仇报仇，有怨报怨。让前院你二叔白成河流血，后院你三叔白成山挺尸。"白士郎听了母亲的话，不住地点头称是。

白家的灶君听到了，觉得非同小可。这天晚上恰好是众神上天朝拜玉帝的时辰，灶君就把白士郎母子的话，原原本本地禀告给玉帝。

在一片热闹声中，玉帝把灶君的话听成了白士郎将来要是当上皇帝，一定要让天下人"血流成河、尸堆成山"，不由得雷霆大怒："为人君者，理应顺民意、行天道。宋朝皇帝虽然昏庸无道、荒淫无度，但还有点天子气度，哪像白士郎这种人，还没登上龙位就思谋着公报私仇，屠戮人间。若白士郎登基当了皇帝，人世间岂不更加生灵涂炭？"盛怒之下，玉帝当即颁旨：将白士郎抽去龙筋，剥去龙骨，让他这"真龙天子"当不成！

这一天白士郎又要过小河，河边却不见了白胡子老头！他急得大喊三声福寿龟，白胡子老头方才懒洋洋地来到白士郎跟前，慢吞吞地背起白士郎，叹了一口气，对白士郎说："我只能背你这最后一次了，你违背天意，真龙天子当不成了，大福大贵的日子也到头了！"接着把灶君告御状、玉帝震怒颁旨的事统统告诉了白士郎。

白士郎失魂落魄地回到家里，把福寿龟的话对母亲说了。白母听罢犹如五雷轰顶，登时两眼一瞪，口吐鲜血，气绝身亡。从此，白士郎成了孤儿，他整天头不梳、脸不洗，嘴里呼喊着"娘亲"，疯疯癫癫，四处游荡。

这天，白士郎在家里看到了灶君的画像，画像两边还有"上天言好事，下界保平安"的对联。白士郎不由得厉声数落灶君："你言的什么好事，保的什么平安？要不是你这个糟老头子告刁状，我家怎会家破人亡！你枉受一炉香！滚，从家里滚出去！"说也奇怪，听了白士郎的贬斥，灶君画像竟然自动从墙上滑落，飘飘荡荡飞出了白家。白士郎仍怒气冲冲地追着灶君的画像骂，一直追出了白岭村，一阵风吹来，灶君画像没影了。

白岭村外有一座土地庙，土地爷的雕像正对着白士郎傻笑。白士郎又对土地爷厉声数落："土地爷，灶君告刁状时你也在场，你为何不仗义执言，为我申冤？你枉为一方土地爷，受人供奉，还不快快给我滚，滚出庙门去！"怪事又发生了，土地爷的雕像一摇三晃，乖乖地挪出了土地庙，栽倒在门外的沟里。

原来玉皇大帝只是抽去了白士郎的龙骨龙筋，但龙口还在，白士郎仍旧是"龙口无戏言"，这些小神只好唯唯诺诺，听凭白士郎贬斥。

白士郎贬斥了灶君、土地爷后仍不解气，他又想到当时各路神仙都在场，竟没有一个站出来替自己说句公道话！于是，白龙庙、黑龙庙、火神庙、城隍庙……众神像接连不断地被白士郎贬出了庙门。可白士郎还不解气，他想：在天庭里，玉皇大帝根本不会把这些小神看在眼里！于是乎，祖师庙、老君庙、天王庙、二郎庙……这些大神像也纷纷被白士郎贬出了庙门。

白士郎贬斥众神后，仍然余怒未消，他不甘心自己从"真龙天子"

沦落为平民百姓，他想把事情闹大，好让玉皇大帝收回成命，恢复自己的身份！这时，他想起了观音菩萨。观音菩萨在玉皇大帝那里说话最有分量，当时肯定在场，竟然也装聋作哑，一言不发，听凭自己从大富大贵变得孤苦伶仃。这菩萨还有什么资格号称"普度众生、大慈大悲"？对，得让观音菩萨尝尝我白士郎的厉害，知道我所受的冤枉！于是，他怒气冲冲地来到了紫竹林。

紫竹林祥云冉冉，香雾弥漫。白士郎云里雾里苦苦寻找了三天三夜，连菩萨的影儿也没瞧见，正累得筋疲力尽，饿得头晕目眩之时，忽见一座整洁的茅屋庭院。他一头扎进院里，看见一位慈祥的老婆婆。老婆婆热情地招呼他、安慰他，请他喝水吃饭。自从母亲去世，怒斥众神之后，人们都说白士郎中了邪，没有一个人正眼瞧他，连慈眉善目的福寿龟也躲着他，白士郎深切地感受到了世态炎凉、人情冷暖。他喝着香茶，吃着白饭，眼泪夺眶而出，发自内心地对老婆婆叫道："娘啊娘，您真像我的亲娘！"却没人回应他，白士郎感到奇怪。他放下碗筷，抬头一看，哪里还有老婆婆的影子！他在庭院里四处寻找，在一处粉白的照壁上，发现了一首小诗：

> 小小白士郎，盛怒贬庙堂。
> 吃我一顿饭，叫了三声娘。
> 男儿竟如此，焉能为君王？
> 母子皆有错，何故把神伤！

白士郎看罢一愣，明白这是观音菩萨在点化自己。他反复品味：母亲当时说叔叔们的话也确实太歹毒了，自己的气量也确实太狭窄了！"何故把神伤"这五个字，更是一语双关。一是自己不该不分青红皂白贬斥庙堂，伤了众神；二是自己不该整天气冲斗牛，损伤身心。

想通之后，白士郎变得心平气和，不再"伤神"了。从此他默默读书，踏实做人，再也不做"真龙天子"的虚幻美梦了。

当时，宋江等一百零八条好汉已经在梁山水寨站稳了脚跟，眼看就要推翻宋廷，传说新朝天子就是白士郎。只因为白士郎出了这档子事儿，自己没做成皇帝不说，梁山好汉也因没有真龙天子，群龙无首，最后只能接受宋室招安，落了个凄凄惨惨的下场。至今，在水泊梁山上，还有一座石碑记述着白士郎其人其事。

（选自《民间文学》2014 年 12 期）

听月楼

　　晚清重臣张之洞长期在外为官，很少回到家乡。这天他接到家人的信儿，说准备为他盖一座高楼。张之洞很高兴，想着自己告老还乡后，可以优哉游哉地登楼望月、饮酒赋诗了。高兴之余，他亲自为高楼起了一个雅致的名字——望月楼。

　　望月楼竣工这天，张家大宴宾客，楼上楼下张灯结彩，喜气洋洋，张家的亲朋好友都来祝贺。正在热闹之时，忽听望月楼外有人在大声吟唱："而今听雨僧庐下，鬓已星星也。悲欢离合总无情，一任阶前、点滴到天明……"大家一听，就知道是一个叫秦博古的老秀才到了。

　　秦博古是个才子，诗词歌赋、琴棋书画无不精通。晚清科场黑暗，他虽满腹学问，但因无钱无门，不会钻营，所以屡试不第，到老仍混得一文不名。平日里秦博古最欣赏宋词《虞美人·听雨》，认为这词是自己悲凉身世的写照，所以自号"听雨"，人们也就称他"听雨先生"。今天，秦博古也来望月楼凑热闹。

　　张家人知道秦博古的书法非常了得，就请他把"望月楼"这三个大字书写在楼上。几杯酒下肚，秦博古已经喝得头大，他也不推辞，抓起毛笔，晕晕乎乎地爬上了临时脚手架。听到张家总管不停地称他

"听雨先生、听雨先生",秦博古心里挺滋润,谁知他只顾得意,竟把"望月楼"错写成了"听月楼"。

众宾客望着"听月楼"三个大字,觉得怪怪的,心里犯嘀咕:风雨有声皆可听,月亮有形而无声也能"听"吗?这老秀才真是喝多了!

张家总管凑近秦博古,小心地说:"听雨先生,张中堂为高楼拟的名字叫'望月楼',这——"秦博古一时惊醒,顿时吓出一身冷汗,但他是要面子的人,自然不肯认错,于是把眼一瞪,大大咧咧地说:"什么张中堂?别在我面前摆谱,我还是他老师哩!"人们都吃了一惊,不知秦博古何时当过张之洞的老师。但"中堂老师"实在名头太大,谁也不敢多问,听凭秦博古把"望月楼"换成了"听月楼"。

宴席继续进行,人们对秦博古这个"中堂老师"刮目相看,纷纷上前恭维敬酒。

秦博古虽然很陶醉,但毕竟不踏实:刚才题字时走神,把"望月楼"写成了不伦不类的"听月楼",后来又冒充了张之洞的老师,如果此事被张之洞知道,自己还能有好果子吃吗?不过,他又想:张之洞身负社稷重任,常年在外,忙得焦头烂额,哪有机会回老家啊。想到这一层,他又坦然了,竟借着酒劲儿,用筷子敲着盘子,有板有眼地唱起来:"少年听雨歌楼上,红烛昏罗帐……"

正在这时,门外突然一阵喧哗,只听有人高声喊道:"张中堂大人回府——"

张家人与众宾客一窝蜂似的出门迎接。张之洞回乡了!他奉诏从湖广回京面君,顺道祭祖,回到了阔别多年的老家。这下,秦博古傻眼了:对中堂大人出言不逊,该当何罪?题错望月楼名号,又该当何罪?这时的秦博古,真是要溜跑不掉,要躲无处藏,只恨不得有个地缝可以钻进去!

　　张之洞在"听月楼"下驻足良久，细细观看"听月楼"三个大字。张家总管小声告诉张之洞："这是您的老师听雨先生刚刚留下的墨宝。"张之洞一愣，不动声色地"哦"了一声，继续盯着"听月楼"看，看着看着，眉头就拧成了个大疙瘩。秦博古躲在暗处，偷偷观看张之洞的脸色，他看到张之洞望着"听月楼"不住地皱眉头，担心不已，傻愣愣地等着张中堂来处置他。

　　过了好久，张之洞才问道："听雨先生何在？"躲在角落里的秦博古知道躲不过，就战战兢兢地来到张之洞面前，脚一软跪了下去。张之洞却双手扶住秦博古，把他拉到上席就座。秦博古哪里敢坐，张之洞把他强按到首席坐下后，朗声对众宾客说道："刚才我在楼外细细欣赏'听月楼'三个大字，但见听雨先生字迹遒劲圆润、俊秀飘逸，听雨先生真乃吾之师也！"刚刚还吓得魂飞魄散的秦博古慌忙站起来，红着脸不住地说："哪里，哪里，张中堂过誉！都怨我酒后失敬，把'望'错写成'听'，显得不伦不类，贻笑大方，贻笑大方！"

　　不料张之洞竟离开座位，站在厅中，对秦博古深施一礼，继而侃侃而谈："非也，听雨先生过谦！当年李太白在诗里说过——'不敢高声语，恐惊天上人'，可见人间天上声息相通、情景交融。以张某揣度，待夜深人静之时，身临高楼，这圆月美景一定是可以'听'的！有诗为证：'吴刚坎坎伐桂树，玉兔橐橐捣药声。忽闻楼台仙乐起，拂面嫦娥舞袖风。'"张之洞即席赋诗，众宾客听得如醉如痴，大家都感到"听月楼"比"望月楼"更悠远灵动，意味无穷。一个"听"字，确实把"望""观""得""抱"等字比得粗俗不堪！

　　正在这时，秦博古突然离开首席，来到大厅中央，在张之洞面前"扑通"跪下，他两手左右开弓，在自己的脸上不由分说地"啪、啪"扇起来。秦博古声泪俱下地告诉大家，自己是如何酒醉后写错字，下不来台时，又是如何胡编乱造、信口开河地冒充是张中堂的老师。他说："张中堂才高八斗、学富五车，但仍能虚怀若谷、宽宏大量，想到我自己如此轻浮狂妄，简直是无地自容。"

听了秦博古的话，众宾客都十分感佩，叹服张之洞不但有经纬天地之才情，而且有包容四海之雅量。面对众人的一片赞颂之词，张之洞不为所动，他真诚地对大家说："唐朝韩文公说过，道之所存，师之所存也。人生不可无师，人之师有一字之师、一技之师、传道授业解惑之师，不一而足，听雨先生何必耿耿于怀！"张之洞将秦博古扶起，让他坐在首位，向他恭恭敬敬地敬上一杯酒，然后又对大家说："听雨先生即使只是我的'一字之师'，也同样是我的老师！"

（选自《故事会》2015 年 3 月下半月刊）

赵匡胤与王彦超

公元948年农历二月十六这天是赵匡胤21岁的生日。这个平素锦衣玉食的公子哥，做梦也没想到，自己会在生日这天，流落到荒郊野外，靠偷萝卜吃度日！

当时正值兵荒马乱，日子艰难，赵匡胤在家乡待不下去，就千辛万苦来复州（今属湖北）投奔父亲的老友王彦超。原想跟着王彦超这个复州"一把手"定能吃香喝辣，不料世态炎凉，王彦超根本不念旧情，拿出十贯钱就打发了赵匡胤。钱很快就花完了，赵匡胤沦为叫花子，过上了颠沛流离的苦日子。

这天晚上，赵匡胤来到复州的一座寺庙前，他一天没吃东西，肚子饿得直拧绳儿。看到寺庙前种着一地水灵灵的萝卜，赵匡胤便趁无人偷偷地拔出几个，他擦擦萝卜上的泥土，把叶子一拧，不管三七二十一，就"咔嚓咔嚓"地啃了起来。

这时一个须发斑白的老和尚飘然而至，对赵匡胤双手合十，慢吞吞地说："阿弥陀佛，罪过，罪过！"赵匡胤吃了一惊，只当是老和尚怪罪他不该偷吃萝卜。他正要道歉，老和尚却客气地说："贫僧不知贵客驾到，有失远迎，罪过，罪过！请施主到小寺用斋。"赵匡胤在衣服上蹭蹭手上的泥，不好意思地跟着老和尚进了寺庙。

招待赵匡胤吃过晚饭，老和尚盯着赵匡胤，操着沙哑的声音说："贫僧观施主龙行虎步，形容伟岸，绝非常人可比，将来一定会贵不可言！"赵匡胤也"顺坡上驴"，直说自己乃后汉大将赵弘毅之子，是正儿八经的将门之后，绝不是偷鸡摸狗、掐谷扭穗之徒，当前的穷困潦倒都是一时的。

老和尚听了微微一笑，对赵匡胤说："施主所言，贫僧尽悉。孟子曰：'天将降大任于是人也，必先苦其心志，劳其筋骨，饿其体肤，空乏其身。'施主若要肩负天下重任，必先苦身励志，铸就经天纬地之才情，望施主好自为之！"赵匡胤听了劝诫，不住地请求老和尚指点明路。老和尚沉吟道："贫僧观正北方向紫微星熠熠闪烁，明亮异常，施主若能往正北方发展，定可前途无量！"

走投无路的赵匡胤对老和尚的款待与指点非常感激。他眼珠子骨碌一转，把吃剩下的半截萝卜用刀子削平，在上面雕刻了一个大大的"赵"字，赠给老和尚作为凭据，表示有朝一日自己发达了，一定会报答老和尚，为他重修寺庙。老和尚接过这半截萝卜章装入袈裟，双手合十，不住地念叨："阿弥陀佛！"

第二天早上，怪事发生了：赵匡胤一觉醒来，老和尚不见了！他怀疑昨晚是自己饿昏了在做梦，莫非是神仙在托梦点化自己？但是，昨晚的情景真真切切、历历在目。到寺庙外面一看，自己昨晚偷吃萝卜的地方，还乱七八糟地扔着一地萝卜叶子。赵匡胤好生疑惑，好一个神秘的老和尚！

尽管赵匡胤年轻气盛，不太相信观星看相的虚妄之事，但他还是按照老和尚的指引，往正北方向去了。他先在"正北方向"的随州混了半年，并无收获，就慢慢淡忘了老和尚的话。掉头向西走，辗转襄阳、泾阳、原州、镇州等地仍旧是一文不名。赵匡胤万般无奈，只好又按照老和尚的指引，到了"正北方向"的中原一带，投奔到大将军郭威的帐下。赵匡胤跟着文韬武略的郭威，渐渐如鱼得水，经过艰难地闯荡打拼，十多年之后，他竟然"黄袍加身"，成了宋朝的开国之君。

宋朝的皇帝被称为"官家"，当了"官家"的赵匡胤威加海内，风光无限。可是每当赵匡胤回想起当年竟然赠送别人半截萝卜章作为凭据，总觉得有点"跌份儿"，他暗地里派人到复州苦苦搜寻当年的老和尚。世事沧桑，哪里能找到老和尚的影儿！赵匡胤念念不忘在复州落魄的经历，对造成这段屈辱经历的王彦超，更是恨得牙痒痒！他暗自发誓：任凭地老天荒，也绝不饶恕这个薄情寡义的王彦超！

再说王彦超，作为乱世名将，因缘际会成了大宋的凤翔节度使。赵匡胤总想找机会报复王彦超，但因王彦超常年拥兵在外，鞭长莫及，迟迟找不到机会。大宋开宝二年十月，机会终于来了！赵匡胤召王彦超与武行德、白重赞等一批拥兵在外的节度使同时入朝，在皇宫隆重设宴招待众将。御花园里灯火通明，君臣畅饮尽欢。突然，赵匡胤举杯对赴宴的各位节度使说："卿等均系国之重臣，随朕鞍前马后，南征北战，戎马倥偬，至今尚无休养安乐的时候，这实非朕礼待贤臣之本意。"众将都喝得头大，还以为赵匡胤要对他们论功行赏，纷纷借着酒意显摆自己的"光荣"履历，喋喋不休地述说自己是如何"过五关斩六将"的，希望能得到更多的封赏。只有王彦超打了一个寒战，担忧不已。他当即离席，扑通一声跪倒在地，诚惶诚恐地奏道："臣素来功微，承蒙恩宠，领凤翔节度使一职。现年事已高，还请官家恩准我告老还乡。"大家知道王彦超与当今"官家"有"过节儿"，都等着瞧王彦超的笑话儿。谁想到赵匡胤听了王彦超的话，反而微微一笑，起身离席，亲自扶起了王彦超，和颜悦色地嘉勉道："卿可谓谦谦君子矣。"

第二天，意想不到的事发生了！赵匡胤大概是玩熟了"杯酒释兵

权"的把戏，这一次如法炮制。他突然下诏，撤销了武行德等人节度
使的职务，收回了他们的兵权。不仅如此，赵匡胤还以阴谋作乱的"罪
行"，将散指挥都知杜延进等十九人斩首示众。令人意外的是，赵匡
胤不但没有报复王彦超，反而继续留任他为凤翔节度使加中书令。

王彦超不但逃过一劫，而且还升了官职，难道赵匡胤已经忘了复
州受难之事？错，赵匡胤是那种有仇必报的人物，他只是在盘算时机。
接着，王彦超的祸事就来了！

这一年的中秋节，秋高气爽，皓月当空，赵匡胤心情特别好，与
众人围猎后设宴，还特意邀请了中书令王彦超到场。君臣对月豪饮，
不由得都有了几分醉意。突然，赵匡胤对王彦超发飙了！只见他两眼
喷火，直勾勾地盯着王彦超问道："昔日你在复州的时候，朕去投奔
你，你为何不收留我？"

乌云遮月，天色晦暗，宴席上霎时间产生了一股凉飕飕的杀气！
众人把眼光"唰"地投射到王彦超身上，都以为这个有"历史污点"
的王彦超，今晚是在劫难逃，必死无疑！

听了赵匡胤的质问，王彦超立马到台阶下跪下，战战兢兢地奏
道："浅水岂能藏得住神龙，当日陛下不留滞于复州小郡，实在是天
意呀！臣当时只是一个小小的刺史，官家有经天纬地之才，吾若是留
汝，官家安有今日乎？"

大家都听得出，王彦超的回答虽说有些道理，但确实有恭维、搪
塞的成分。只见赵匡胤怒气冲冲地起身离席，手握佩剑，一步一步逼
近跪在地上的王彦超。众臣都屏住呼吸，看看赵匡胤，又看看王彦超。
王彦超吓得大气不敢出，只顾磕头如捣蒜。当赵匡胤踱到王彦超身边
时，王彦超突然小声奏道："臣有一珍藏多年的宝物，愿意献与官家
过目，并乞官家恕臣死罪！"赵匡胤一愣，急问是何宝物？王彦超又
奏道："请官家先饶恕臣欺君之罪！"赵匡胤不明白王彦超葫芦里卖

的什么药，他一把把王彦超提溜起来："好，少啰唆，恕你无罪！"

王彦超小心翼翼地从怀中掏出一个精致的描金盒儿，从盒里取出用锦缎包着的一个黑乎乎的物件，恭恭敬敬地献给赵匡胤。赵匡胤定睛一看，哪里是什么宝物，锦缎里包裹的竟然是早已风干的半截萝卜！萝卜虽然已经风干萎缩，但上面刻着的"赵"字还依稀可辨。赵匡胤大惊：这不是当年自己赠给老和尚的信物吗，怎么会落到王彦超手里？莫非是王彦超杀害了老和尚，夺走了"御赐宝物"？谁料王彦超小声奏道："后汉乾祐元年二月十六明月之夜，在复州的一处寺庙里，官家亲手为臣御制的宝玺，微臣安敢不珍惜！十多年来，此宝物须臾不曾离身！"说罢还附在赵匡胤耳边嘀咕了几句。

不料赵匡胤听罢王彦超的悄悄话，愣了一愣，突然哈哈大笑起来，他一边笑一边莫名其妙地说："好你个王彦超！当年原来是你在装神弄鬼呀！唉，我明白爱卿之良苦用心，'艰难困苦，玉汝于成'，说得好！昔日越王勾践卧薪尝胆成就霸业，朕岂有不效法先贤之理？"说罢，更为不可思议的事发生了：赵匡胤竟然张开大口，把干枯的半截萝卜送入口中，"咯吱咯吱"地啃起来，干枯的萝卜噎得他直伸脖子翻白眼儿。

众人都弄不清楚王彦超到底对赵匡胤嘀咕了些什么，只知道从此以后，赵匡胤更加励精图治，与群臣同甘共苦，把大宋江山建设得繁荣昌盛。他不但不再纠缠王彦超在复州的"历史旧账"，而且还对王彦超封赏有加，后来还加封他为太子太师、邠国公。

这究竟是怎么一回事呢？原来，当年王彦超与赵匡胤的父亲是一对铁哥儿们，他对赵匡胤的老底儿也了如指掌。当时在复州一见赵匡胤那公子哥的做派，就知道他是不经磨砺断然不能成器的角儿！当赵匡胤拿着十贯钱，满腹怨恨地离开后，王彦超不敢掉以轻心，就化装尾随赵匡胤，想看看这个未经风雨的公子哥该如何在乱世生存。当王彦超看到在月下啃萝卜的赵匡胤时，他心里彻底踏实了——有道是"咬得菜根则百事可做"啊！王彦超在性命攸关的时刻，小声告诉赵匡胤的是："那天晚上点化官家的老和尚，其实就是我王彦超乔装打扮的！"

（选自《传奇故事·百家讲坛》2016 年第 5 期）

人与狗的那些事儿

麦穗儿

传说古时候，张、李两家同住一个村，张家有个张能，李家有个李憨。张能真是有能耐，他从不下地干活，地里有杂草，他就坐在自家院里树荫下，拿铜锣"咣咣"敲一通，说也奇怪，地里的杂草就全光了；李憨呢，憨头呆脑，整天与他的狗一起顶着毒太阳到地里侍弄庄稼，忙忙碌碌。

这一年，张能又有了新招：媳妇生了小孩后，他嫌洗尿布太麻烦，就用煎饼当尿布，煎饼沾了屎尿后，就扔到牲口圈里喂牲口，那可真是一举两得哩！

玉皇大帝下界微服私访，见到有人这样糟践粮食，不由大怒。他怒气冲冲来到地里，顺着麦苗根部就往上捋，麦穗纷纷落地，眼看就剩梢尖上最后一个"蚂蚱头"了。李憨家的狗不住地央求："老天爷呀，您发发慈悲，不要再捋了！"玉皇大帝忍住怒气："好，就留一个麦穗儿！"

狗问："只留一个麦穗儿，那我吃什么？"

"没啥吃你就吃屎吧！"

从此，麦秆上就剩下最后一个麦穗儿让人吃，狗也就只好吃屎了！至今，人们在祭祀之后，总要先扔一个馍给狗吃，就是感念狗给人们争得了最后一个麦穗儿。可感念归感念，人终究没有对狗高看一眼，称呼狗的词儿总免不了是：畜生、狗腿子……狗真是冤啊，但还有更冤的事儿在等着狗呢！

敲破锣

玉皇大帝只留下麦梢上一个小小的麦穗儿，从此人们管麦子叫"小麦"，大家只能凭着这个"蚂蚱头"维持生计了。

李憨整日面朝黄土背朝天地在地里干活，他的狗也不离半步地陪着他。张能呢，仍是整天窝在家里吃喝玩乐。玩够了，就拿起铜锣来到院子，"咣咣咣"地乱敲。他想着自己每天敲锣，地里的杂草应该早就光了。

这日天气清爽，张能在家里待腻歪了，就想出门踏青散心。谁知道他到地里一看，大吃一惊：自家地里的草不但没有"光"，反而疯长得漫过了麦苗。张能正在纳闷，冷不防一只大灰狼从荒草中窜出来。张能吓得大喊大叫，正在危急时刻，李憨家的狗叫着扑过来，吓跑了大灰狼，救了张能。

虽然李憨家的狗救了张能一命，但是，张能瞧不起李憨，更瞧不起李憨家的狗。狗还在朝大灰狼跑的方向叫着，叫得张能心烦，他飞起一脚把狗踹翻，骂道："滚蛋，畜生！"

张能望着自家地里的荒草很纳闷，他又到李憨家的麦田里察看，一看就傻眼了：李憨家的麦田里不但没草，而且麦子长得旺旺实实。张能明白了：怪不得李憨从来不敲锣，如今这乾坤反转了，铜锣敲得越响亮，杂草就长得越欢！

张能心里不平衡了，晚上，趁着地里没人，他拎着铜锣，抡起锣槌，对着李憨家的麦田敲起来，一边敲，一边咬牙切齿地诅咒："咣咣咣，叫你草苗旺旺、麦苗光光！"

李憨家的狗听到动静，立马跑过来，对着张能叫起来。张能一边使劲地敲锣，一边用脚踢狗。狗顺势把张能的脚脖子啃了一下，张能吃痛使了狠劲，只听"咣"的一声，铜锣被敲破了。后来，人们就把处处挤对别人、说别人坏话的行为叫作"敲破锣"。

李憨家的狗啃了张能一口，这还了得，更悲惨的厄运就要降临狗的身上了！

狗叫汪

张能扔下破锣，怒气冲冲地跑到李憨家，他指着自己脚脖子上的一道狗牙印向李憨"兴师问罪"："我好心在你家地里帮忙敲锣除草，你家的狗不知感恩，反而啃了我的脚。"李憨信以为真，大骂自家的狗是"狗咬吕洞宾，不识好人心"，说着抄起木棍，死命地朝狗打去。

李憨家的狗做梦也想不到主人会这么凶狠地对待它，一个猝不及防，被打折了一条腿。它平时对主人百依百顺，忠心耿耿，它认为人是万物之王，所以总是轻声"王、王"叫着，亲切地唤主人。即使发现张能在做坏事，它也只是用重音"王、王"地叫着，恼怒之中还带着几分敬畏。想不到张能用脚死命地踢它，李憨用棍死命地打它，它搞不明白，今天这些"王"是怎么了，竟然这样对待自己！

晚上，李憨来察看狗的伤势，狗一条后腿疼得钻心，不住地呻吟。它依偎在自己的"王"的身边，想着伤心的事——想到它求老天爷给人留下唯一的麦穗儿，自己从此却只能吃屎，难过得流下了第一滴泪；想到张能使坏，李憨却浑然不知，着急得流下了第二滴泪；想到自己阻止张能干坏事，反被主人打折了腿，委屈得流下了第三滴泪。三滴泪水洒在自己的"王"身旁，自然就是个"汪"字。它望着李憨，哀怨地"汪——汪——"哭诉了起来。

从此以后，狗叫声就变成了"汪汪汪"了。

狗唤主

再说被张能"敲破锣"之后，李憨家的地里不但没有长杂草，反倒是麦子越长越旺。张能对李憨的称呼由原来的"憨子"，变成了"憨哥"。李憨一高兴，从此与张能称兄道弟。张能平时总向李憨借麦子，不管借多少，李憨都答应。李憨老婆看在眼里，急在心上。

这日，张能约李憨喝酒，酒过三巡，他附在李憨耳边问："哥呀，你知道老天爷姓啥吗？"李憨摇摇头。张能神秘地说："姓张啊，叫张玉皇，是我的本家呢！"

李憨听着，佩服极了。张能又说："张玉皇给我托梦说要让我们张家全都上天去享福，可是我无论如何也割舍不下憨哥，就求了老天爷，让我带上你，就算是我老婆的娘家人也一个都不带呢。"

李憨听了既感动又高兴，他当场表态，要把老婆打发回娘家，把家中的粮食全部送给张能的小舅子。李憨说罢，趁着酒兴，就带着张能的小舅子到自家拉粮食。

李憨的狗见有生人半夜三更来家拉东西，叫着扑上来，被李憨一脚踢翻。李憨老婆见自家的粮食正被装车，赶紧出来阻拦，被李憨一巴掌打了个满脸花，并要她"滚回娘家去"。李憨老婆哭哭啼啼地走了，张能小舅子搬了东西也溜了，李憨酒劲儿上头，感到天旋地转，一头栽倒在院子里，晕倒了。

李家的狗从地上爬起来，自从被李憨打折腿以后，它整天病恹恹的，现在瘦得皮包骨头。它看到主人不省人事，就依偎在主人身边，用自己的体温温暖着李憨。它不停地朝主人"汪——汪——"叫着，把最后一滴泪滴在了李憨的额头上。

李憨正做着升仙梦，梦见自己来到了蟠桃园。那桃子又大又红，李憨摘桃时，露珠落下来，他感到额头上凉凉的。

李憨睁开眼，发现自己的头枕在狗身上。狗奄奄一息，仍有气无力地叫着。李憨细听狗叫声，不似早先亲切的"王、王"，不似后来哀怨的"汪、汪"，这叫声短促而凄厉，听起来很像是"主、主、主"。李憨摸摸自己湿漉漉的额头，知道是狗的一滴眼泪。他猛然醒悟："王"字头上一滴泪，不就是个"主"吗？

是啊，人是万物之主，人更应该有主意、有主见、有主心骨！

狗死了，李憨完全醒了。

（选自《故事会》2017 年 4 月上半月刊）

丹珠情缘

民间传说，世上形形色色的蛇类中，大多数有毒，但是偏偏白蛇无毒，被白蛇咬过，顶多红肿一阵子就会慢慢好起来。这究竟是怎么一回事呢？据说这种奇怪的现象，与传说中的白娘子有关。

春秋时期，鲁国有个打柴的小伙子叫公冶长，为人忠厚善良。一天，在进山打柴的路上，公冶长远远看见一只老鹰抓着一条白蛇在空中盘旋，白蛇在老鹰的利爪下不停地扭动挣扎。公冶长看白蛇可怜，就用力把手中的镰刀向空中抛去，锋利的镰刀不偏不倚地割伤了老鹰的爪子，老鹰受痛松开了爪子，扔下白蛇，惨叫一声飞走了。

公冶长走近一看，白蛇躺在草丛里已经奄奄一息。尽管它身上的伤口还在不停地向外渗血，但是它还是忍住剧痛，不住地向公冶长微微点头，好像在感激他的救命之恩。公冶长急忙撕下衣角，细心地为白蛇包扎伤口，然后小心翼翼地把它放归草丛深处。

晚上，公冶长在睡梦中突然看到一个美丽的白衣姑娘站在自己的身边，白衣姑娘对公冶长说，她是白天公冶长所救的白蛇，为报答公子的救命之恩，她已经把自己修炼五百年的丹珠悄悄放在饭菜里，让公冶长吃了。虽然没了丹珠废了她五百年的修行，但是为报答公冶长的救命之恩，她心甘情愿。公冶长很想再问问明白，白衣姑娘却飘然隐去，不见了踪影。

第二天，奇怪的事情发生了：公冶长感觉自己耳聪目明、神清气爽；更奇怪的是，他居然能听懂鸟语了，他感到非常新奇。一有空闲，公冶长就静听群鸟对话。进山打柴，按照群鸟的指引，柴捡得又快又多。公冶长高兴极了，完全把自己融入了鸟的世界，兴致勃勃地分辨群鸟的鸣叫，分析它们的秘密，分享它们的快乐，分担它们的忧伤。公冶长根本没有想到，白蛇一颗小小的丹珠，竟然有这么神奇的力量。

白衣姑娘这颗神奇的丹珠，使公冶长过上了快活的日子，但是，因为他能听懂鸟语，还莫名其妙地惹上了一场人命官司，被下了大狱。公冶长的老师孔子听说自己的学生犯了杀人罪，大吃一惊，他知道公冶长宽厚仁义，绝不会杀人。于是多方奔走，大声疾呼："公冶长虽然被抓进监牢，但是我绝对相信他是清白无罪的！"为了证明自己对公冶长无比信赖，孔子还当众宣布：把自己的女儿嫁给公冶长为妻！孔子的多方奔走营救，加上公冶长凭借能听懂鸟语的技能帮助官府捉到了真凶，最终帮助公冶长洗刷了罪名。

这天晚上，公冶长在睡梦中又见到了美丽的白衣姑娘。白衣姑娘凄楚地告诉公冶长，自己因为报恩而赠送丹珠，想不到反而害恩人吃了官司，受了委屈，她十分内疚。白衣姑娘还对公冶长说，虽然她十分感念公冶长，但是因自己道行太浅，无法再来报答恩人；再加上还要躲避老鹰无休止的纠缠，她已经决定要潜入峨眉山继续修行，天长地久，生生世世，她相信终能等到报答恩人的那一天。

从此以后，公冶长果然再也梦不到美丽的白衣姑娘了。但是公冶长与孔夫子的女儿结婚的那天，他惊喜地发现，孔小姐竟然长得与白衣姑娘一模一样！公冶长与妻子相亲相爱，过着和和美美的日子。后来公冶长跟着孔夫子矢志为学，成了孔府弟子中的七十二贤之一，还被后世封为高密侯。

再说那个被公冶长用镰刀砍伤的老鹰，原来是由东海一个老鳖精所化。老鳖精长期贪恋白蛇的美色，朝思暮想要把白蛇弄到手。那天他好不容易抓到白蛇，却又被公冶长救走。因此，老鳖精恨死了公冶长。公冶长之所以惹上人命官司，其实就是老鳖精借着一桩人命案，精心设计来陷害公冶长的。要不是白蛇暗地里向孔子通风报信，要不是孔夫子果敢地出手相救，公冶长早就没命了。老鳖精虽然恨得牙痒痒，但是碍于孔夫子的圣人之位，他是干瞪眼没有办法。老鳖精无计可施，又找不到白蛇的踪影，只好到灵山如来佛祖那里听经修炼去了。

转眼一千多年过去，时光已经走到了南宋时期。白蛇在峨眉山又经过千年的修炼，已经得道成仙，能呼风唤雨，能幻化人形。白蛇与一同修炼的一条青蛇朝夕相处、情同姐妹。白蛇向青蛇述说了自己在千年前为了感恩，把修炼多年的丹珠赠送给公冶长的一段往事。青蛇听了，不住地埋怨她太傻、太痴情！"丹珠关乎自己的修行道行，关乎自己的身家性命，怎能够轻易送与他人？"白蛇莞尔一笑不再说话。

这一天，春光明媚，风和日丽，白、青二蛇化作两位如花似玉的姑娘，相偕来到京城临安的西湖游玩。在西湖岸边，白娘子突然看到，一个手拿雨伞的美少年，活生生就是自己失散千年的恩人公冶长。她禁不住悲喜交集，款款走上前去，对美少年轻施一礼："恩公万福，别来无恙？"

美少年一愣："小生还礼，我怎么想不起来在哪里见过大姐？"

"难道恩公不是公冶长先生吗？"

"哦，原来是大姐认错人了！我叫许仙，家住在清波门外。"

一听说对方名叫许仙，小青眼珠子骨碌一转，一把拉过白娘子悄声说："我咋说这小子有一身灵秀之气，原来是他体内含有你修炼的宝贝丹珠啊！好机会，快快从他身上讨回你的宝贝，咱们赶紧溜吧！"

白娘子回头深情地望望许仙，然后微笑着对小青摇摇头，与小青耳语了一番。姐妹俩随即暗暗作法，呼风唤雨，演出了一幕许仙西湖风雨助佳人的好剧，成就了许仙与白娘子的一段美妙姻缘。

再说那个在如来佛祖宝座下听经修炼的老鳖精，经过千年的修炼，也已经得道成仙。成仙之后，他仍旧对白娘子念念不忘，记恨曾经坏过他"好事"的公冶长。当他听说公冶长已经转世为许仙，与白娘子成就了美好姻缘之后，他恨得头上冒火星。这天，他偷走了如来佛祖的锡杖与紫金钵，来到镇江金山寺，害死住持，自己当了方丈。老鳖精为自己起名叫法海，取来自东海，法力无边的意思。法海拎着偷来的宝贝法器找到许仙夫妇，定要拆散他们夫妻。白娘子与小青拼死与法海抗争，法海法器在手，再加上白娘子因没了丹珠损失了五百年的道行，自然打不过法海，最后只好败下阵来。

姐妹俩逃到西湖断桥边遇到许仙，小青拔出宝剑，一定要杀死许仙。后人在《断桥》戏文里说小青之所以要杀许仙，是因为许仙投靠法海，背叛了白娘子。其实根本不是这样的，小青追杀许仙，是因为只有杀了许仙，才能使白娘子从他身上顺利地收回丹珠，增强法力，战胜法海，保全性命。

白娘子哪里肯伤害自己的郎君，她一把搂住许仙，死死不松手。小青柳眉倒竖，对白娘子嚷道："姐姐，快杀死这个冤家，收回宝贝丹珠！"

"任凭粉身碎骨，也绝不收回丹珠！"

"咱们的命都没了，还护着他何用？"

小青说着，又挺剑冲了过来。白娘子奋不顾身地迎上去拖住小青，向小青苦苦哀求，说她与许仙已经有一千多年的情缘，千百年来虽然历经重重劫难、生死轮回，但她始终不能忘怀自己的恩人。白娘子还说，无论是修仙、做人，都要知恩图报，一心向善。要收回丹珠，许仙就必死无疑！如果连自己的恩人、亲人都能下手加害，那还去做什么人，修什么仙？

一席话说得小青哑口无言，只好收了宝剑。三人正要离开断桥回家，猛然间狂风大作，湖水翻卷，法海手持紫金钵威风凛凛地站立云端。他狂笑着吼道："白娘子，只要你收回丹珠，皈依佛门继续修炼，老衲一定既往不咎，绝不食言！"

白娘子知道老法海对自己图谋不轨，妄想先害死许仙，新仇旧恨涌上心头，她决定以死相拼，于是拔出宝剑迎上前去。突然一阵飞沙走石，法海把紫金钵口对准了他们。白娘子奋力一把推开许仙，自己却被收进紫金钵内，然后又被法海压在雷峰塔下。

小青侥幸落荒而逃，来到灵山如来佛祖处告状，如来佛祖得知法海偷走了自己的法器，非常生气，他念动口诀，收走了锡杖和紫金钵，推倒了金山寺的雷峰塔，放出了白娘子。法海没了法器，失去了法力，被白娘子姐妹打得落花流水，他走投无路，只好再次潜入东海，因无处可藏，只好躲进大螃蟹的蟹壳里。

白娘子与许仙劫后相逢，恩爱如初，他们和和美美，偕老百年。后世人们传说，白蛇之所以无毒，是因为她体内没有了丹珠，且永远装着一颗温柔良善的心！

（本文入选 2017 年中国故事节·"白蛇传传说"故事会
"中国好故事"）

樊山恨

一

清咸丰九年腊月，少女冬梅被领入恩施城内，到西正街姓樊的大户人家当了丫鬟。冬梅一进入樊家，就撞上了一件怪事儿。

樊老爷之前当过总兵，被朝廷罢官后回到恩施老家。他到家伊始，就热热闹闹地大宴宾客，好像被削职为民是一件挺荣耀的事。冬梅恰好就是宴客这天进入樊府的，樊老爷看她品貌端庄，而且粗通文墨，宴席散后就指派她专职侍奉在读书楼上攻读的两位公子。樊老爷一再叮嘱她，不管在读书楼上看到些什么稀罕事儿，都要守口如瓶，不准向外人说起！

读书楼上能有什么秘密呢？第二天，冬梅怀着好奇到读书楼送饭。一进门槛儿，冬梅就吓得惊叫一声，食盒儿也差点儿掉在地上：只见两位如花似玉的小姐正在读书！樊老爷明明说让她侍奉两位公子，怎么一夜之间变成小姐啦？冬梅再定睛一看，没错，确实是两位穿红挂绿的小姐，面如傅粉，异常漂亮！

冬梅正在惊异，其中一人款款起立，对着冬梅轻施一礼，轻启朱唇："冬梅姐姐辛苦，小生樊增祥这厢有礼啦！"呀，分明是男儿的声音！冬梅正在惊异，另一位年龄稍大的也同样给她见礼，冬梅明明白白地听出，这一个也同样是一位男儿！

侍奉他们吃完饭之后，冬梅才搞明白：先与她见礼的是二少爷樊增祥，后见礼的是大少爷，也就是樊增祥的哥哥。

冬梅满腹狐疑地下了读书楼，她做梦也不敢相信，今天看到的奇怪场景是真的！但是，令冬梅更加闻所未闻的稀罕事儿，还在后边呢。

按照樊府的规矩，那两位男扮女装在读书楼潜心攻读的公子，平时严禁下楼，吃喝拉撒全在楼上。只有每月初一、十五的卯时，哥俩才能下楼到供奉祖先牌位的"报本堂"祭拜祖先，聆听樊老爷庭训。

这天恰逢十五，大清早，樊老爷就命冬梅去打扫报本堂。冬梅开门后，只在牌位上扫了一眼，就吓得惊叫一声退出门来——原来在神龛下面还竖着一块木牌子，木牌上竟然龙飞凤舞地书写着六个大字——"王八蛋滚出去"。

冬梅心惊肉跳地退到门槛外，那六个大字还在横眉竖眼地对着她，仿佛在骂她是"王八蛋"。冬梅想，自己虽然身份低下，但是初进樊府，小心谨慎，并没有半点差池，况且又是听从樊老爷的安排前来打扫厅堂，木牌上的话绝对不可能是在骂自己。想通了，她才又打扫起来。

不一会儿，樊老爷就领着两位公子来到报本堂。父子三人焚香祭拜了祖宗之后，樊老爷盯着木牌子，表情凝重、声调凄楚地对儿子们说："儿啊，为父平白无故受如此奇耻大辱，实在是心有不忿。有道是父辱儿耻，我要你们当着祖先的牌位立誓报仇雪恨！"

大公子对着祖先牌位抢先立誓："不得功名，不脱女装！"

二公子樊增祥对着木牌子凝视良久，朗声说道："功名超压左师爷，回乡焚烧洗辱牌！"

这是怎么回事啊？在一旁侍奉的冬梅如堕五里雾中，不知所以。待两位公子上读书楼以后，樊老爷叫住了冬梅，一五一十地向她细说了原委：

樊老爷名叫樊燮，原是湖南永州的总兵。

一日，樊总兵前往湖南巡抚衙门，向巡抚大人禀报军务，不巧巡抚大人有事在忙，就叫他去见左师爷。左师爷就是后来大名鼎鼎的左宗棠，当时他仅仅是个举人，在巡抚大人帐下当师爷。这个左师爷非常了得，仗着自己在湘军里谋划镇压太平军有功，志得意满，忘乎所以，根本没把樊总兵放在眼里。仅仅因为樊总兵没有向他请安，左宗棠就勃然大怒："全省各镇官员无论官职大小，见我都要请安，汝何故不然？"

樊总兵哪吃这一套，振振有词地说："我乃朝廷正二品总兵，岂有向你小小师爷请安的道理！"

左宗棠平时见惯了全省各地官员低眉顺眼的样子，哪里忍得了有人这样趾高气扬，他立马跳将起来，破口大骂："王八蛋，滚出去！"最后官司打到皇帝那里，因当时朝廷正倚仗曾国藩、左宗棠等湘军势力，所以就贬了樊燮的官，而左宗棠不但没获罪，反而步步高升。

受了这等奇耻大辱，樊燮哪能甘心！他一回到家，便大宴宾客，告知其事，并当众宣布要重金聘请名师教导两个儿子，誓要后代子孙在功名上超压左宗棠。为了要儿子们牢记父辱，发奋攻读，樊燮才让儿子们穿上女装，并在家里设了"洗辱牌"。

最后樊老爷对冬梅说，他与冬梅的父亲原是军中好友，曾经一同入川征讨白莲教之乱。冬梅的父亲也是受左宗棠所参才含恨而死。相同的遭遇，让樊燮分外同情冬梅父女，他也把冬梅当成了自己的亲人。樊老爷要冬梅也牢记父仇，倾力帮助两个公子，一同报仇雪耻。

二

听了这些话，冬梅方才明白，樊老爷为什么对自己分外信任与器重。

从此以后，冬梅把自己完全融入樊家这个大家庭之中，全心全意地侍奉两个公子。后来，樊家的日子过得越来越清苦，甚至到了朝不保夕的地步。丫鬟仆人纷纷离去，只有冬梅一个人留了下来，她咬紧牙关，不辞辛苦，帮助樊老夫人料理家务。天有不测风云，樊家大公子因劳累过度，不幸去世。这样一来，洗辱雪耻的重任就落在了二公子樊增祥一个人身上。

这天，冬梅上楼送饭，只见樊增祥一个人站在角落里，手捧着哥哥的画像，泪流满面。冬梅上前递过自己的手帕，不料樊增祥推开手帕，突然转身抓起笔来，含泪在墙上写下五个大字：左宗棠可杀！

从此，樊增祥除了每月初一、十五在报本堂盟誓之外，足不出户，终日在读书楼发奋苦读。每天开课前，他都要面壁而立，对着"左宗棠可杀"五个大字，高声自问："樊增祥，你忘了父辱兄仇了吗？"

功夫不负有心人，三年之后，樊增祥考中秀才，脱去了外罩女装；四年之后，他又考中同治六年的举人，脱去了贴身女装。冬梅与樊增祥也因长期相濡以沫而渐生情愫，最后由樊老爷做主，成就了二人的美好姻缘。

樊增祥中举以后，受到湖广总督张之洞的赏识，成了总督大人的得意门生。在张之洞的提携下，樊增祥在湖北多地出任教谕之职，他更加发奋苦读，终于在光绪三年他三十二岁时，高中丁丑科进士。

樊增祥得中进士，在功名上彻底超过了只有举人身份的左宗棠！樊家大宴宾客，以示庆贺。在酒宴上，樊老爷拿出洗辱牌当众焚毁，他一边烧一边哈哈大笑："左师爷，你听着，我儿的功名压过你啦！"

谁知乐极生悲，樊老爷突然嘴歪眼斜，昏倒在地。

樊老爷在病床上一躺就是三年，弥留之际，他把樊增祥叫到床前，告诉儿子，虽然樊家后人在科举功名上压过了左宗棠，但是如今的左宗棠早因收复新疆而成为封疆大吏，气焰高涨。他要儿子继续不忘父兄之恨，建功立业，彻底压过左宗棠。见樊增祥庄重地点头应允，樊老爷方才咽气。

父亲去世以后，樊增祥牢记他的临终遗言，为官勤谨，为学严谨。在恩师张之洞的提携下，他一步一步地坐到了陕西布政使的位子上。左宗棠逝世后，朝廷下旨要在西安建立左宗棠专祠，陕西巡抚要樊增祥致祭，樊增祥不忘父兄遗恨，一口拒绝："宁愿违命，不愿获罪先人！"

三

转眼又过去多年，樊增祥成了江宁布政使权署两江总督。不仅仕途得意，他还是文坛上的翘楚。他的《樊山文集》有十五册六十余卷，代表作《彩云曲》风靡全国，将赛金花的传奇人生描绘得酣畅淋漓，被誉为清朝的《长恨歌》。而樊家的世仇左宗棠死后，他的四个儿子全都默默无闻，只有他的小儿子左孝同勉强中举，花钱捐了个道员。

这年的中秋之夜，樊增祥带夫人冬梅到莫愁湖游玩散心。天上乌云遮月，把湖光山色笼罩在一片雾霭之中。远处江中传来西洋军舰凄厉的汽笛声，近处是几个东洋骄兵醉酒之后的笑闹声。一个东倒西歪的日本浪人撞了一下冬梅，竟然还骂了一声"八嘎"扬长而去。

夫妇俩敢怒而不敢言，相偕来到相对安静的阳春亭内。冬梅见樊增祥郁郁寡欢，极力找话题让夫君开心。她说："夫君虽说在安国定邦方面不及左宗棠，但在道德文章方面谁人能比？再看看左家的后人，简直是一塌糊涂，这报应啊，也来得忒快了吧！咱家老爷子地下有知，也该闭眼啦！”

樊增祥并没有接夫人的话茬儿，他望着云遮雾罩的湖月楼台，随口吟出一首诗：

> 亘古清光彻九州，只今烟雾锁浮楼。
> 莫愁遮断山河影，照出山河影更愁。

“好诗，好诗！”忽有一人来至阳春亭外，向樊增祥抱拳施礼，“好一个‘照出山河影更愁’啊！”樊增祥急忙还礼：“樊某见中秋无月，又感山河破碎，不堪入目，遂有此句，献丑了！还望先生赐教。”不料那人进了阳春亭，“扑通”一声跪倒便拜：“卑职左孝同不知樊大人驾临，多有冲撞，请大人恕罪！”

这个左孝同不是别人，正是左宗棠的四儿子，最近刚刚当上了江苏提法使。冬梅大吃一惊，真是冤家路窄呀！她望着可怜兮兮的左孝同，心想也活该这小子倒霉，看夫君如何来羞辱这个仇家的小子！

想不到的是，樊增祥不但没有发飙，反而搀起左孝同，恭恭敬敬地扶左孝同坐下，然后躬身向他深施一礼：“左大人在上，樊某这厢有礼了！”

樊增祥的这一举动，把冬梅与左孝同都给弄糊涂了——谁见过上司对下属见礼，更何况是仇家？

冬梅正不知所措，又听樊增祥发自内心地对左孝同说：“要不是令尊大人当年羞辱家父，樊家就不可能有穿红洗辱、卧薪尝胆之举，樊某也就没有今日！”左孝同以为樊增祥是在揶揄嘲讽自己，尴尬地说：“当年家父狂傲气盛，多有得罪，还请樊大人海涵！”樊增祥强按左孝同入座，真诚地说：“眼见列强侵扰，山河动荡，大清社稷，风雨飘摇，樊某十分怀念内靖祸乱、外拒四夷的令尊大人！请左大人代替令尊文襄公受樊某一拜！"左孝同诚惶诚恐，急忙扶起樊增祥。樊增祥也不管一脸惊异的冬梅与左孝同，转身望着苍茫的莫愁湖水，云遮雾罩的中秋夜空，苍凉地呼喊着："皇天在上，后土在下，保佑我中华大地再出几个左宗棠吧！"

从此以后，樊、左两家冰释前嫌，再也没有产生过嫌隙与过节儿。

（选自《民间文学》2018 年第 6 期）

县令三谒诚意伯

明洪武四年，诚意伯刘伯温辞官回到处州府青田县老家。当时的青田县令名叫何更，他知道此事后非常高兴，心想：可逮住一个结交朝廷重臣的机会啦！刘伯温为大明立下了汗马功劳，很受朱元璋的器重，为此，朝廷还免除了青田县的赋税。刘伯温虽然"下野"了，但是他在朱元璋面前还能说上话。想到这一层，何县令决定把刘伯温请到县衙"供"起来，创造条件让老先生"发挥余热"，自己也好"近水楼台先得月"，他想：巴结上这个长袖善舞的老爷子，还怕没有飞黄腾达的好日子？事不宜迟，何县令急忙修一封拜帖，派师爷送到刘伯温的老家南田乡武阳村。在拜帖里，何县令对刘伯温极尽歌功颂德之能事，吹捧刘伯温是"诸葛再世，当朝子房"，恭维刘伯温系"功垂天下，泽被桑梓"，并一再诚邀刘伯温"玉趾光临，教诲晚生"。

想不到两个时辰以后，师爷灰溜溜地回了县衙。师爷说，他连刘伯温的影儿也没有见到！刘伯温的长子刘涟木着脸，一副"非诚勿扰"的姿态，直说父亲刚刚习惯了恬淡的日子，请勿再打扰"无官一身轻"的老爷子，说着还交给师爷刘伯温刚刚写就的《致仕诗》：

买条黄牛学种田，结间茅屋傍林泉。

因思老去无多日，且向山中过几年。

为吏为官皆是梦，能诗能酒总神仙。

世上万物都增价，老了文章不值钱。

何县令一看刘伯温的《致仕诗》，就意识到自己做了一件糊涂事：虽说刘伯温已经老归林下，但是他先前总归是朝廷的一品大员，岂是他何更一个小小县令能呼来喝去的？大凡从高位上退下来的，总会有一种莫名其妙的不平衡心理，总会有一种挥之不去的寂寞和失落，生怕别人忘却自己，小看自己！特别是那《致仕诗》的最后一句，刘伯温明明是在发牢骚，不满他自己已经"不值钱"了。如果刘伯温随便与朝中哪个大员"歪歪嘴"，还有自己的好果子吃吗？想到这一层，何县令吓出了一身冷汗！他决定亡羊补牢，亲自去拜谒刘伯温。

第二天，何县令带上精心准备的"万民伞""功德匾"，坐着八抬大轿，三班衙役鸣锣开道，风风光光地直奔刘伯温的老家。那"功德匾"上，何县令还亲自写了"资兼文武""千古人豪"几个大字。在拜谒的队伍里，还有一顶专供刘伯温乘坐的空轿子。何县令想：这样的大阵仗，给足了刘伯温面子和排场，这个在山中受尽冷落的"下台军师"，一见到这种热闹排场，一定会乐得眉开眼笑！

队伍行至山前，突然，一个醉汉拦住了去路。醉汉东倒西歪，口中喊着："敲破锣啦，敲破锣啦！"他喊着喊着一个趔趄撞到敲锣衙役身上，大锣也"咣"的一声掉在地上。衙役大怒，斥责醉汉酗酒闹事，要绑他回衙治罪。醉汉醉得不轻，不但不知害怕，反而还指指戳戳地说："嘿嘿，万民伞'散'啦，功德匾'扁'啦。"众人不约而同地抬头看，只见"万民伞"与"功德匾"都好着呢！大家哄笑起来，师爷怕耽误大事，对衙役们说："山野刁民，况且又是醉酒之人，不与他理论。"接着，他指着醉汉的鼻尖大声嚷嚷："还不快滚！"何县令隔着轿帘，闹不清发生了什么事。队伍继续前行，后面远远又传来了醉汉的声音："刘伯温遭'瘟'啦，官爷们甭费心啦！哈哈……"这一句骂刘伯温的话，何县令却听得真真切切，他怒火中烧，对轿外喝道："大胆刁民，竟敢咒骂诚意伯大人，还不快给我拿下！"

几个衙役扑过去捉拿醉汉。醉汉身子一闪隐入了树丛花影之中，哪里还能寻得着？何县令心里纳闷：真是世态炎凉啊，刘伯温辞官才几天，连乡里乡亲都不再抬举他老人家啦！

何县令一行人大张旗鼓地进入武阳村，村内空空如也，只有一条老黄狗朝他们"汪汪汪"叫着。半晌才有刘伯温的次子刘璟从家里慢腾腾地走出来，他向何县令轻施一礼："家父已经预知何大人今日会光临，早就去迎接何大人了！何大人没有遇见吗？"何县令大吃一惊，这一路上只撞见一个醉汉，难道这醉汉竟是刘伯温？

何县令送来的"万民伞""功德匾"，刘璟坚辞不受，他对何县令说："家父既然已经退隐，就是平头百姓一个，世外之人，不胜何大人盛情，恭请何大人见谅。"

何县令垂头丧气地打道回府。回到县衙后，他回想起路上对刘伯温的不敬之处，吓得打了个冷战：如果刘伯温为报自己的一"骂"之仇，向皇帝打个"小报告"，自己丢了乌纱帽事小，恐怕还要人头落地呢！一定要赶紧见到刘伯温，说说清楚、套套近乎，给刘伯温留下点好印象，自己才好平步青云啊！

这一天，何县令身穿破布衣，头戴破草帽，手拿扁担、镰刀、绳索，精心打扮成一个樵夫的模样，独自去拜谒刘伯温。功夫不亏有心人，何县令费尽周折，一直转悠到中午时分，终于见到了刘伯温。

刘伯温身穿粗布衣衫，面色黝黑，胡须老长，正在茅屋前的小溪边洗脚。一见有樵夫站在小溪边口口声声说是专程来拜谒自己，刘伯温急忙站起身来，亲切地与客人寒暄，热情地把客人请入茅屋，吩咐儿子准备午饭。何县令高兴极了，正要自报家门，想不到刘伯温却恭敬地扶他在主位坐定，退后几步，整整衣帽，表情恭肃地向他深施一礼："刘基拜见何大人！"

刘伯温来这么一手，何县令一下子愣住了！那天自己坐在轿内没有露面，刘伯温根本看不清自己的面目，他如何能认出自己？再说今天自己又乔装打扮了一番，从衙门到县城大街一路走来，也没有一个人能够认出他。这个刘伯温，是如何一眼就看穿了他的身份呢？何县令惊慌失措，急忙离开座位，"扑通"一声跪倒在地，不住地向刘伯温叩首请罪，承认自己就是县令何更，再三乞求诚意伯大人饶恕他的欺瞒不敬之罪。刘伯温急忙拉起何县令，语气平和地说："老夫既然辞官归隐，就是何大人治下的山野布衣，何大人是朝廷命官，哪有县令大人向治下的百姓下跪的道理？"

何县令被扶起来后，战战兢兢地对刘伯温说："前两次虔心敬意地拜谒诚意伯大人，都吃了闭门羹。这一次我化装成樵夫，就是希望能亲睹大人尊颜，聆听大人教诲，实在是不得已之举。"说罢，他惴惴地请教刘伯温："敢问诚意伯大人是如何识破下官身份的？"

刘伯温微微一笑："请问何大人可是镇江丹徒人氏？"

何县令吃惊地问："诚意伯大人如何晓得？"

刘伯温坦然回答："何大人不要忘了，在我朝开国之初，老夫就任御史中丞兼太史令，有纠察百僚之责。天下州县官员之履历，我岂有不晓之理？"

何县令仍然不解："虽说诚意伯大人有过目不忘之才，但是，您与我从未谋面，下官又扮作樵夫模样，您如何一眼便能看穿？"

刘伯温听罢哈哈大笑，然后告诉何县令，他早先曾经在丹徒当过两年私塾先生，对丹徒方言比较熟悉。从何县令的口音就判断出他是丹徒人氏，丹徒距此千里之遥，那里的樵夫断不可能到这儿打柴！而且何县令肥胖的身材、白皙的皮肤，哪一点儿也不像是打柴人。再加上此前何县令屡屡求见刘伯温未果，所以刘伯温断定樵夫就是何县令。

何县令一听，恍然大悟，对刘伯温更加佩服，也为自己的拙劣表演感到无地自容！他想，这些囧事儿传扬出去必然要被嘲笑，自己又如何在官场立足，他急得额头冒汗，正要再次向刘伯温谢罪，刘伯温却借故出门去了。

刘伯温一去不返，午间，只有他的次子刘璟陪着何县令喝酒吃饭。酒是自酿的柿子酒，菜是山野菜。整日锦衣玉食的何县令哪里吃得下去，他每扒拉一口，就要皱一次眉头。再看刘璟，仿佛胃口特别好，大碗喝酒，大口吃菜，直吃得满头大汗。他一边吃，一边对何县令说："家父赴山中棋友的约，已经出门去了。他临行前再三要我代为向何大人致歉。家父退隐之后，已经习惯了闲云野鹤的山中岁月，请何县令好自为之，以后不要再来了。"

何县令明白了，刘伯温这是在故意躲自己，自己已经不可能再见到诚意伯大人了。何县令忽然眼珠子一转，急忙打开了他的干粮袋，干粮袋里没有装干粮，却装着白花花的银子。何县令干笑着说："我观诚意伯大人生活极其清苦，特留下这百两纹银聊补生计，恭请笑纳。"何县令的举动遭到了刘璟的厉声斥责。在何县令被迫收回银子后，刘璟对何县令说："家父退隐以后，自励自律更严！"说到这里，刘璟指着墙上的一副楹联继续说，"何大人请看，这就是家父亲笔撰写的座右铭！"何县令抬头一看，果然是刘伯温遒劲的字迹：

何耻堂上无贺客，更期林下有清流。

这副楹联既是刘伯温的自况自喻之言，又何尝不是对何县令的警示警策之语呢？何县令细细揣摩楹联的含义，突然，他望着这副楹联的首字愣住了，两个首字合起来不就是"何更"二字吗？何更不就是自己的大名吗？看来，这副楹联确实是刘伯温专为告诫何县令而写的！是啊，作为一县之令，理应为官清正，心系百姓，如果总想着攀高结贵，结党营私，又如何能真正做出有利于百姓的事呢？

何县令无意中又从楹联落款处看到刘伯温撰写的日期，那日期不早不晚，正是今日。何县令的一颗心上下翻腾："原来，诚意伯大人今儿个已经预知我要来访，提前写好楹联张挂起来警示我。唉，刘伯温这个倔老爷子，可真是油盐不进、料事如神啊！"

（本文入选 2018 年中国故事节·"刘伯温传说"故事会
"中国好故事"）

唐伯虎赶脚

　　明朝成化年间，苏州城出了一个姓唐的才子，因他生于寅年寅月寅日寅时，所以取名叫唐寅，又因寅为虎，故取字伯虎。唐伯虎天资聪颖，十六岁便成了秀才，轰动了苏州城。他博学多能，能书善画，名冠一时。正当他春风得意之时，家里却突遭横祸，先是父母相继下世，妹妹亡于夫家，接着爱妻娇儿也离他而去。在不到一年的时间里，家里共死了五口人，巨大的打击，使唐伯虎万念俱灰，一蹶不振。于是他在苏州城西北的桃花坞建了一座"桃花庵"，自号"桃花庵主"，整日放浪形骸，与诗酒为伴。

　　这一天，春和景明，唐伯虎戴一顶破草帽，身穿旧衣布鞋，骑着毛驴到郊野踏青游玩。他一边欣赏美景，一边唱起了他自编的《桃花庵歌》：

　　　　桃花仙人种桃树，又摘桃花换酒钱。
　　　　酒醒只在花前坐，酒醉还来花下眠。
　　　　半醉半醒日复日，花落花开年复年。
　　　　…………

恰在这时，有两个赶考的举子看到了唐伯虎。他们见唐伯虎穿得破破烂烂，以为他是赶脚的脚夫，就要雇他的小毛驴驮行囊。唐伯虎想，反正自己也是游山玩水，消磨时光，跟两个举子一起走也免得寂寞，就爽快地答应了。

三人同行，两位举子只顾自己谈笑风生，根本没把"赶脚的"唐伯虎放在眼里。晚上住店，两位举子借口他俩夜里要攻读诗文、切磋学问，所以二人同住一间客房，请唐伯虎"自便"。言外之意是他们雇毛驴，已经付了脚力钱，其他住店花销，自然是要唐伯虎自理。唐伯虎一笑，要了一间最顶级的客房，并要店老板把好酒好菜尽管端来。

晚上，两位举子在他们的客房里吟诵诗文，唐伯虎在顶级客房里独酌豪饮。饮至半酣，唐伯虎突然想到自己今天出门没带分文，那酒菜房费该当如何自理呢？现在就向两位举子讨要脚力钱，实在有辱斯文，这可怎么办呢？他眉头一皱，叫来了店老板，声言自己愿为店老板画一幅画抵房钱、酒钱。店老板看唐伯虎衣衫不整、蓬头垢面，心想他一个赶脚的能画出什么画？他非常好奇，就犹犹豫豫地拿来了文房四宝，要看看他能捣鼓出什么东西。

唐伯虎展开宣纸，不假思索，几笔画就。但见一竿青竹临风而立，数点竹叶青翠欲滴，在疏密有致的枝叶之间，一个纺织娘翘首挺立，活灵活现。店主见画大喜，忙拿去张挂在自己的客厅里。

半夜时分，奇怪的事情发生了：客店上下突然响起一阵阵清脆悦耳的纺织娘叫声，叫声惊醒了店老板、举子等一干人。纺织娘一般在夏秋之间鸣叫，春季里从来也没有听到过纺织娘的叫声，大家都非常惊奇。店老板与伙计掌了灯四处寻找，一直闹到四更天，仍没有发现纺织娘的踪影。两位举子反正也睡不着觉，就叫醒唐伯虎，起早摸黑赶路。

唐伯虎赶着小毛驴在前面走，两位举子在后面直打哈欠，不住地埋怨那奇怪的纺织娘。走了一会儿，一位举子对同伴说："为不误工夫，消除困顿，咱俩吟诗吧！"说着就吟出一句："晨行何其早。"另一个举子抓耳挠腮，吭哧了半天，才接了一句："十里天未明。"再往下，两人都哑口了。这也叫吟诗吗？唐伯虎忍不住"扑哧"笑出声来。他假意吆喝一声小毛驴："嘚儿！"接着小声嘟囔道：

满肚青草屎，一对糊涂虫！

不料被两个举子听得真真切切，两人不由大怒，与唐伯虎争吵起来。唐伯虎一再声言自己没有骂他们，骂的是小毛驴和自己。两位举子哪里肯依，双方一直争吵到天明也没个结果。恰在这时，一乘官轿迎面而来，两位举子赶忙拦轿喊冤，非要坐轿的官老爷为自己主持公道。

轿夫无奈停轿，衙役分立两厢，请出了清早出巡的县令。两位举子对县令细说了"赶脚的"不识好歹，吟诗辱骂他们二人的恶行。县令一听大怒，对唐伯虎喝道："大胆脚夫，竟敢不守本分，口出狂言，辱骂读书之人，该当何罪？"

戴着草帽的唐伯虎大呼冤枉，说自己是看到两位举子吟了两句诗以后接不上下文，热心帮他们对出全诗，两位举子听不清楚，反倒污蔑他骂人。县令急问他下两句的内容，唐伯虎朗声吟出一句：

不见青山在，只闻流水声。

听了唐伯虎对出的诗句，县令大吃一惊，他万万想不到一个赶脚的脚夫竟有这等文采，再加上他听这人的声音耳熟，就疾奔到唐伯虎面前，一把摘下他的破草帽，惊呼一声："哎呀，原来是唐兄！"唐伯虎也哈哈一笑，朝县令深施一礼："久违了，祝兄！"原来那县官正是唐伯虎的好友祝枝山，他路过此地，恰好撞上了这桩争执。

二位举子见与他们争执的脚夫竟然是县令的熟人，也不知这赶脚的是何方神圣，正在疑惑，猛听到后面有人大喊："客官慢走！"两位举子扭头一看，原来是昨晚的店老板慌慌张张地奔了过来。他们非常好奇，不知店老板追来所为何事，莫非这赶脚的昨晚偷了店里的东西？这一来好了，看那赶脚的与县令如何下台！

只见店老板手拿《青竹图》喘着气对唐伯虎说："客官，我们昨晚折腾半夜，一直没有找到纺织娘在何处鸣叫，后来大家见到这幅画，都认为定是画上活灵活现的纺织娘在叫，客官真神了！可否在画上署上尊姓大名，钤上印章，小店也好装裱起来挂在前厅招徕顾客。"

县令祝枝山见状哈哈大笑，他告诉大家说，这赶脚的就是大名鼎鼎的江南第一才子唐伯虎！两位举子早就听说过唐伯虎的大名，他们羞愧满面，对唐伯虎纳头便拜，声称自己有眼无珠，浅薄轻狂，请唐伯虎原谅，并甘心拜他为师，请"唐先生"不吝赐教。

唐伯虎急忙扶起两位举子，连声说"不敢当"。他先在《青竹图》上盖上"晋昌唐寅"的印章，又诚恳地对两位举子说："伯虎近来时运不济，为人更加狂放，得罪之处，还请二位恕罪！俗话说，勤能补拙，两位'悬梁刺股'的苦学精神，确令伯虎感到自愧弗如！以后还望多多指教。"

后来，两位举子果然拜唐伯虎为师，也与他成了朋友。有了唐伯虎的提携帮助，再加上哥儿俩勤奋上进，最后双双中了举人。唐伯虎也很快从家庭变故的消沉中解脱出来，发奋攻读，终于在弘治十一年（1498年），二十八岁时在乡试高中解元，轰动江南。此后更因诗、书、画等方面的造诣名满天下。

武则天嫁宫女

武则天当了皇帝以后，倡导开女科、取女官，允许寡妇改嫁，又将宫中许多大龄的宫女赏赐给有功未婚的将士。一时间，人们纷纷称颂武则天的恩德，尤其是天下女子莫不感到扬眉吐气。

这一天，武则天在御花园散步，行至一道清溪边，见到艳阳高照，溪水潺潺，溪畔青松翠柏，鸟语花香。她观赏着溪水里一些恬然自得而又笨拙爬行的螃蟹，觉得非常有趣儿，便兴致勃勃地观赏逗弄着。正在高兴，忽有一太监来报，宫中遣嫁的宫女，大都欢天喜地而嫁，唯有宫女史嫒嫒不尊皇帝旨意，不听宫中遣配，死活不肯出嫁离宫。兴致很高的武则天心里不大高兴：这宫女史嫒嫒也太不识好歹了！武则天把脸一沉，命太监传宫女史嫒嫒见驾。不一会儿，史嫒嫒就被押来，跪倒在皇帝武则天面前。太监怒喝一声："大胆史嫒嫒，不感皇恩，抗旨不嫁，你该当何罪？"

史嫒嫒忙不迭地叩头领罪。武则天见这宫女有闭花羞月之貌，不免生了怜惜之意，再加上她早就听说史嫒嫒颇有文采，就想试试史嫒嫒的水平。她舒了一口气，心平气和地说："朕今日畅游御花园，神清气爽，颇有兴致。现偶得一联，如你能对上，朕就恕你无罪！"说着她眼望溪水里可爱的螃蟹，随口吟出一联：

> 松柏映春溪，笑看几多蟹攀树。

史媛媛抬起头来，仰望晴空，但见成群的燕子在清溪之上、晴空之中穿梭飞行，她即景对道：

> 云霞照晴空，乐见无数燕飞波。

武则天一听非常惊奇，不住地夸奖史媛媛文思泉涌，对仗工整。接着她问史媛媛为何抗旨不嫁，史媛媛委婉地推托说，她仰慕皇帝陛下是圣明天子，自己愿意侍奉皇上一辈子，不想嫁人出宫。武则天听罢微微一笑，知道史媛媛没说实话，必定另有隐情。她故意对史媛媛说："你有此意，朕心甚慰！但是男婚女嫁，乃人之常情。朕愿为你做主，一定要给你找一个品行端庄、声势显赫的王公贵胄，包你满意！"史媛媛一听又急忙跪下，叩谢皇恩，然后泪流满面地对武则天说："奴婢出身微贱，配不上王公贵胄，皇上如果一定要奴婢嫁人，奴婢情愿嫁入寻常百姓之家。"

听了史媛媛的一番话，武则天又是微微一笑，这史媛媛不嫁达官显贵，看来定是早就有了意中人。可谁是史媛媛苦等苦恋的情人呢？联系到史媛媛的容貌才情，她的情人必定是一个才华横溢的平民公子！武则天眉头一皱，计上心来。

第二天，宫门外赫然贴出一张奇怪的黄榜，黄榜上说，遵照大周皇帝的旨意，现有一位才貌双全的宫女，将于某月某日公开征联招亲。届时无论士农工商、五行八作之平民，皆可参与应征，唯有王公贵族、官宦人家的公子不得参与。征婚的规则是：应征者要首先写出上联，在上联中要暗含自己的职业身份，又不得明说。上联由太监传入宫中之后，才女将随即对出下联，如果才女回复横批，且在横批中点破应征者的身份，则此人落选。入选者则由太监导引入宫完婚。黄榜最后说，大周皇帝届时将亲临现场，监看整个征联嫁宫女的过程。

黄榜一出，立时轰动了京城，数不清的人摩拳擦掌、跃跃欲试，恨不得到时自己一联惊人，入宫成就好事，抱得美人归。京城内外、茶馆酒肆，大家都兴致勃勃地争说才女，个个摇头晃脑吟咏对联。到了征联这天，皇宫外更是人山人海，热闹非常。宫门外摆放一张桌子，桌子上放着文房四宝，有太监专管进进出出传递对联。宫内，皇帝武则天坐在史媛媛身旁，亲自监看整个征联招亲的过程。

征联招亲的盛举自上午卯时正式开始。太监首先捧上一纸上联，史媛媛与武则天一看，上联龙飞凤舞地写着：

宁人宜世，百花千草悉归我。

史媛媛出身于中医世家，一看上联这内容，就知道是中医同行到了。她不假思索，立即对出下联：

祛疴弭灾，三乡五里全赖君。

接着史媛媛把下联连同横批"妙手回春"一同交给太监传出宫去，那位中医应征者只好铩羽而归。武则天看后，不住地点头微笑。

紧接着，太监又递进一纸新的上联，上边用歪歪扭扭的"童体字"写着：

热热闹闹出出进进水生财。

史媛媛接上联后"扑哧"一笑，一挥而就对出下联：

　　熙熙攘攘来来往往人赏光。

　　武则天看了史媛媛对的下联及横批"茶博士家"，不由得也笑出声来。看来这位茶馆老板与刚才那个药店医生遭到了相同的落选命运。

　　征联活动进入了高潮，太监忙不迭地出出进进，传递应征者的上联及史媛媛的回复，一批批的应征者被无情地刷了下去。忽然，一纸由太监呈进来的上联引起了武则天的注意，这纸上联不但字迹遒劲圆润，有王羲之字体之风骨，而且文辞清丽、儒雅飘逸：

　　桂绕蟾宫，迫近蟾宫桂又远。

　　武则天一看上联，就知道这位应征者是一位希望"蟾宫折桂"的落第秀才。她又见史媛媛对着上联反复审视，心里顿时咯噔一下子：莫非这位落第秀才就是史媛媛的有情人？武则天顿时心生怜意，便有意促成。于是她绕过史媛媛，亲自奋笔疾书，代替史媛媛拟出了下联：

　　月隐帝阙，深入帝阙月更幽。

　　武则天正要让太监传旨，让落第书生觐见，不料史媛媛轻轻叹息一声，马上回复横批"再跃龙门"，让太监递出宫去。看来这位落第秀才并不是史媛媛属意的情人，同样被刷下去了。武则天十分惋惜，禁不住纳闷：这史媛媛的情人，到底是个什么样的人物呢？

　　武则天帮宫女征联择婚的盛举从卯时一直进行到午时，仍旧没有一个应征者入选。大家正在纳闷，正午时分，又一纸上联被呈了上来：

鸳鸯地处两端，魂牵蓬莱，魂魄恍若见史妹。

武则天一看上联，面带怒色：这小子的上联虽然情真意切，但是他竟敢藐视黄榜，公然违规：他在上联中不再暗含自己的职业身份，而是"直奔中心"，直抒胸臆！更蹊跷的是，这小子怎么会知道宫女姓史？再看史媛媛，她早已泪流满面，提笔飞快地对出下联：

凤凰天各一方，梦断巫山，梦中仿佛会潘郎。

武则天感到蹊跷，不住地催促史媛媛赶紧回复横批，打发了这个不知天高地厚的痴狂小子！谁料到史媛媛早已掩面泣不成声，武则天一看这情景，心中明白了八九分，立即命太监传旨，让这个"违规"的后生进宫觐见。

那个后生进入宫中，叩拜过皇帝以后，竟然与史媛媛相拥在一起抱头痛哭。

武则天故作恼怒："大胆后生，你竟敢违抗旨意，在上联中不暗含自己的职业身份，恣意轻狂，该当何罪？"那后生擦干眼泪辩解说："启禀圣上，小生并无职业，况且已在上联中道出小生是相思病患者的身份。"武则天一时语塞，只是轻轻地叹息一声，口中喃喃自语地说："唉，罢罢罢，只是可惜了那位'桂绕蟾宫'的后生！"

不料听罢武则天的喃喃自语，那后生反而跪倒在地，不住地磕头请求皇帝赦免他的"欺君之罪"。武则天感到非常蹊跷，在恕他无罪之后，那后生才承认前一纸"桂绕蟾宫"的上联也是他所为。原来在第一纸对联被史媛媛"打发"之后，他心急如焚，无奈急中生智，二次应征"直抒胸臆"，终于使心爱的"史妹"发现了自己。

武则天听后大为惊奇，经过询问，方知这个后生名叫潘文彦，与史媛媛是同乡，二人从小青梅竹马、情深意长。两人曾海誓山盟，永不相负。不料后来史媛媛被征入宫，鸳鸯离散，天各一方。潘文彦常常伫立于宫墙之外，千遍万遍地呼唤史媛媛，无奈宫阙森森，两位有情人始终无缘相见。史媛媛今天第一次看到她熟悉的字体，就想着该是潘郎到了。但是她又知道潘文彦从小淡泊功名，无心科举，况且天底下字迹相似的人多的是，所以就不顾武则天的热心催促，犹犹豫豫回绝了潘文彦的第一次应征。直到第二次接到潘文彦的上联，她才悲喜交集，热泪横流……

武则天看到一对苦命鸳鸯经过了百转千回、坎坎坷坷方才团聚，心中也十分激动。她干脆令二人当面对出一联，若对得好，就赐他们成婚。史、潘当场向皇帝陛下叩拜谢恩，两人不假思考，当即脱口对出一联：

感圣意碎玉复旧；
沐皇恩破镜重圆。

武则天非常高兴，当即降旨，由自己亲自为史、潘二人主婚，并厚赐妆奁，在宫中拜堂成亲，成就了一对有情人。

（选自《民间故事选刊》2019 年 2 月下半月刊）

徐庶暖坟

中原大地有这样的习俗：谁家死了人，在埋葬后的三天里，每天晚上都要由家人在坟前笼上一堆火，叫暖坟或捂火。这是怎么一回事呢？

相传三国时期，徐庶在新野辅佐刘备，帮助刘备打了许多胜仗。曹操听说后，把徐庶的母亲软禁了起来，后又模仿徐母的笔迹，写了一封家书，把徐庶骗回了许昌。徐母见徐庶上了当，把他大骂了一顿，盛怒之下悬梁自尽。徐庶是个有名的大孝子，他见母亲身死，当即哭昏了过去。

这天，徐庶痛不欲生地安葬了母亲，可心里无论如何也割舍不下，到了晚上他干脆夹上行李卷儿，睡在了母亲的坟上。夜深了，凉气下来了，徐庶冷得受不住，就笼起一堆火，哭着说："母亲啊，您生前孩儿没有孝顺您，孩儿就在这儿守您老人家一辈子吧。"这时冷不丁有个黑影儿来到坟前，粗门大嗓地说："徐先生说这话算个啥，老太太也哭不活啦，你不如还去投奔刘皇叔，杀了曹操为老太太报仇！"徐庶一愣，循声望去，那人戴顶破草帽遮住脸，大高个儿背对着火堆站着。徐庶脑子一转圈儿，对着那黑影喝道："你是何人？"那人嘿嘿一笑，走了。

第二天夜晚，徐庶照旧来到母亲的坟上，刚笼着火，那个大个子黑影儿又来了。只见他走到火堆旁，把遮脸的破草帽一去，脸正对着火光，把徐庶吓得愣怔了一下，原来那黑影儿正是张飞！

只见张飞笑嘻嘻地上前深施一礼说："徐先生受惊了，俺是奉大哥之命来请先生的。"徐庶心里一热，流下泪来，握着张飞的手说："张将军，你辛苦了，刘皇叔可好？请代我向刘皇叔问好。母亲一死，我已百念成灰，决计庐墓终身，恕我无法再为刘皇叔孝犬马之劳了。"张飞哪里肯依，死扭活缠，逼得徐庶无法，只好松口说："且容我为母亲守墓三年再议。"张飞说："不中，三年太长了。"徐庶改为一年，张飞仍是"不中"！徐庶无奈只好说："最少也得仨月！"张飞不容分辩地说："最多不过三天！"徐庶没法子，只好哄张飞说："明日再说吧。"

徐庶是拿定主意"不求闻达于诸侯"了。第二天，他便在老娘的坟上搭起草棚，心想：张飞一见此情，定会死心回去了。谁知这天晚上，徐庶刚要进草棚入睡，那草棚却忽地着了火。顷刻之间，化为灰烬。徐庶正惊异，只见张飞哈哈大笑着窜过来，拉着徐庶的手说："徐先生，俺这一把火也算是帮您给老太太暖坟了，她老人家也该闭眼了，徐先生请跟我走吧！"

徐庶为张飞的真诚所感动，对他说了真心话："张将军，对你实说了吧，我徐庶飘荡江湖，学业无成：从刘皇叔半途而废，是谓不忠；对母亲无奉无养，是谓不孝；再加上不辨真伪、弃明投暗，已自取恶名。我再抛头露面，失笑于天下不说，更玷污了刘皇叔的英名。我已发誓终生不附曹贼，望张将军早日离开这是非之地！"张飞看徐庶心意已决，只好连夜回新野复命去了。

天亮以后，曹操召见徐庶，问他说："听人说，昨晚令堂坟上起火，不知何因？"徐庶心里一惊急忙掩饰说："母亲过世，我实难割舍，连日笼火暖坟，昨已够三日。"

曹操一听，百般称赞徐庶孝顺，并要手下人向徐庶学习。后来老百姓不明就里，谁家死了人，就笼火三日暖坟，这个习俗就沿袭了下来。

（选自《故事会》1985 年第 8 期）

专诸跪妻

专诸是《史记·刺客列传》中的四大刺客之一，但是，这样一个在历史上赫赫有名的人物，一生却深深地怕着两个女人。

1. 豹子变羔羊

专诸是吴国堂邑的一个屠夫，生得虎背熊腰、五大三粗。他平生好赌，对掷骰子异常痴迷。由于赌博时掷出"豹子"能赢钱，所以专诸在掷骰子时总会大呼小叫："豹子，来个豹子！"天长日久，人们就干脆就叫他"豹子"。

这天，一群泼皮赌友嫉妒专诸赢钱，就诬陷他"出老千"。专诸一听哗啦一声摔下骰子，瞪圆了豹眼，与这群泼皮斯打起来。他们从赌场一直打到大街上。专诸先是被打倒在地，拳脚像雨点一样落在他身上，他的一颗门牙被打飞，满脸是血，但他仍奋力挣扎。忽然他一个鲤鱼打挺跳将起来，从街铺上抄起一把菜刀。那群泼皮纷纷各自逃命，行人急忙躲避，街上乱成一锅粥。

正在热闹之时，忽有一个年轻貌美的女子，手持拐杖飘然而至，厉声叫道："专诸，专诸，咱娘叫你回去！"说着还晃了晃手中的拐杖。奇了怪了！专诸一见女子，立马收了拳脚，由愤怒的豹子变成了温驯的绵羊，乖乖地跟着年轻女子回家了。

满大街的人都感到惊异：一个行动利索的女子怎么会手拿拐杖？凶狠的"豹子"怎会害怕一个柔弱女子？

这番热闹引起了一个大人物的注意，这个大人物就是逃难到此的楚国大将伍子胥。急欲向楚王报父兄之仇的伍子胥，正在结交天下英雄好汉，他看到专诸是个勇武之士，就连忙尾随专诸到了他家。

专诸早听说过伍子胥大名，两人相见恨晚，遂结为八拜之交，商量着如何干一番大事业。

午间，专诸设宴招待伍子胥，酒至半酣，伍子胥才向专诸问起一个他迫切想知道的事儿：像专诸这样凶蛮豪强的"豹子"，为什么见到拐杖、见到媳妇，就变成了绵羊呢？

2. 孝母誓戒赌

专诸满面羞愧地告诉伍子胥，他幼年丧父，是母亲含辛茹苦把他养大，年轻女子是他媳妇，一家人靠专诸杀猪宰羊为生。因专诸为人豪爽，花钱如流水一般，再加上他好赌钱，所以家里总是吃了上顿没下顿。不过，专诸是个大孝子，哪怕自己和媳妇饿得肚皮能拧绳儿，也绝不短母亲的茶饭。每天晚上，即使忙到半夜三更才回来，专诸也总要到母亲的床前去问安，等到母亲安睡，再回到自己房里去。专诸历来对母亲言听计从，母亲与儿子早有约定：只要见到母亲的拐杖，就如见到母亲一样。所以，每当专诸犯横要蛮之时，只要媳妇晃动母亲的拐杖，一声"咱娘说"，专诸立马就规矩了。伍子胥听了以后，对专诸更加敬佩。后来，伍子胥投靠了吴国的公子光。伍子胥向公子光介绍了专诸的情况，公子光也很欣赏专诸，没少周济专诸一家。

一天，母亲把专诸夫妻二人叫到堂前，不住地询问儿子："既然已经答应跟随伍子胥干大事，又为何赖在家里？"专诸说："上有老母在堂，绝不涉足江湖！"母亲一听，大声数落专诸："儿啊，伍子胥是帮助公子光成就大业的好汉，咱举家受公子光的恩惠，应当报答。自古忠孝不能两全，你要是能跟着公子光成就大业，荣宗耀祖，连我都会感觉荣光哩！"

专诸仍在犹豫，母亲不由得皱着眉头，又顿了顿说："儿啊，我这把年纪了，有今年没明年的。我只有一件事放心不下：那就是你的赌瘾太大。俗话说：玩物丧志，十赌九输！你应该学学伍子胥，胸怀天下，志存四方！今儿个我先要你在我面前盟誓，从此以后绝不能再涉赌！"

专诸当即"扑通"跪倒在母亲面前："娘啊，您的话我一定铭记在心。以后孩儿要再赌，就剁俺的手指头！"

母亲听了专诸的盟誓，这才放下心来，她推说内心不爽，想喝清泉水，一定要专诸到村边河里去取。待把专诸支走以后，专诸母亲又与他媳妇交代了一些话。

专诸取来清泉，却不见了母亲，急忙问媳妇，媳妇说刚刚侍奉母亲睡下了。

专诸急忙来到母亲卧室，卧室门已经从里面闩死，专诸大惊，撞开门板一看，母亲已在卧室自缢了。后人无不感慨专诸母亲为女中豪杰，并有一首赞诗曰：

愿子成名不惜身，肯将孝子换忠臣。
世间尽为贪生误，不及区区老妇人。

母亲生前，专诸已经发下誓言，要坚决戒赌，当一个忠臣孝子。母亲死后，他果真戒赌了吗？

3. 人生一场赌

母亲死后，专诸披麻戴孝，哭得天昏地暗，还在母亲坟前搭了一座草棚，要夜夜与母亲相伴。媳妇想，专诸总算是"浪子回头"了。谁知过了许久，专诸还是天天不回家，媳妇觉得有点不对劲儿。这天，媳妇无意中发现专诸少了一根小指头！她尖叫一声，一把捧住专诸残缺的右手问原因。专诸羞愧得脸都红了。媳妇惊异地问："难道你又……"专诸嘿嘿作答："跟伍大哥干大事就得把生死置之度外！我想开了，人生不就是一场赌？但赌过之后，我又想起对母亲发过的誓言，感觉对不起她老人家，就剁了一根指头！"

专诸这种满不在乎的口气，让媳妇是又惊又气又心痛，她瞪圆杏眼："你呀，我看你是没治了！"说着她抄起母亲生前的拐杖，就要教训专诸。专诸心里一震，拍着胸脯说："媳妇，你放心，我记住了咱娘的话，对着咱娘的拐杖，我再次盟誓：要是我再赌，就自己动手剁去贱爪子！"

从此以后，专诸果然洗心革面，早出晚归，兢兢业业干自己的营生，踏踏实实挣钱养家，不再进赌场了。

按照与伍子胥的约定，专诸进宫跟着公子光干大事的日子越来越近了。这几天，专诸又是连续几天几夜不回家。刚开始，媳妇也没十分在意，只以为专诸快要动身了，需要做准备。但是越到后来，媳妇就越发感到不对劲儿。

这天，媳妇出来找专诸。她来到赌场，天哪，专诸果然在这里！

媳妇不声不响地站在专诸身后，见专诸正在与几个赌客掷骰子。

只见专诸光着膀子，瞪着血红的眼珠子，正在专心致志地"坐庄"。右手只剩下了四根指头，他还在不停地往碗里掷骰子，嘴里还发疯似的大嚷大叫："豹子，豹子来啦！来个六六六啦！"专诸媳妇气得脸上一阵红一阵白，忍不住在专诸身后厉声叫道："专诸！"

赌客们都吃了一惊，大家回头一看，原来是一个标致的美人！有人坏笑着对专诸说："好小子，艳福不浅哩！"赌客们哄笑起来，专诸正输得一塌糊涂，他哗啦一声把骰子摔在碗里，大吼一声"混蛋！"但大家都不明白，专诸是在骂媳妇、骂赌客还是骂他自己。

4. 闹市惭跪妻

媳妇气得"哇"的一声哭着跑了出去。专诸愤愤不平地坐下来，又一局开始了。专诸昨晚梦见了金钱豹，原想今天赢了钱就此罢手，一心一意跟伍子胥干正事。不承想他越想赢越是输，他怀疑是媳妇带来了背运，直恨得牙痒痒！最后他完全输红了眼，输一千押两千，输两千押四千，四千又搭进去了，专诸颤着嗓子喊："八千！"

有个"老鼠眼"阴阳怪气地说："豹子啊，八千是闹着玩的吗？把你小子的一身膘当龙肉卖，能值八千吗？"

赌客们又在起哄："怕啥，把媳妇押上！"

这时背后突然传来了专诸媳妇的声音："老娘今儿个和你拼了！"

赌客们循声扭头一看：只见专诸媳妇身穿婆婆生前的全套衣裳，手执拐杖，又杀回来了。赌客们心里犯嘀咕：这个小娘子怎么打扮成老太婆的模样！再扭头看专诸，专诸张开豁了门牙的大嘴，用红红的两眼死死地盯着媳妇，好像要滴出血来。

忽然，只见专诸"砰"的一声摔碎了赌碗，腾地蹿起身来，"哇呀呀呀"地怪叫着，转身跑向墙角落里，从自己油腻腻的工具袋里掏出了杀猪刀。

不好了，要出人命了！众赌客都吓得像木头一样一动不动。还是"老鼠眼"冲上前去结结巴巴地对专诸说："豹……豹子，别……动火，咱这是玩儿呢！赌账咱一笔勾销！"

不料专诸媳妇一把推开"老鼠眼"，手举拐杖抢先一步来到专诸身前。说时迟，那时快，只见专诸左手抄刀，右手已经摊在桌面上。原来专诸不是要杀媳妇，而是要履行自己的誓言，剁掉自己的右手！眼看杀猪刀就要落下，却被拐杖一拨，"咣当"一声掉在地上。专诸媳妇顺手抓住了他的双手，她柳眉倒竖，厉声数落："专诸啊，你看你那德行，枉披了一张人皮！亏得母亲有先见之明，生前安排我代替她老人家来管教你！"

原来专诸媳妇身穿婆婆的全套衣裳，手持婆婆的拐杖，是在遵照婆婆生前的嘱托，代替婆婆管教专诸。

专诸蹲在地上，像个孩子似的妈呀娘呀地哭了起来，一边哭一边打自己的耳光："娘呀，是儿不孝，是我对不起你……"忽然，他停住哭叫，站起来一把抓住媳妇说："媳妇，我错了！你留我一只手，我还你一个愿。"说着他拉着媳妇来到大街上，当着一街两行看热闹的人们，"扑通"一声给妻子跪下，并且对天盟誓："皇天在上，后土在下，从今往后，我专诸如若不忠不孝再去赌博，必遭天谴！我专诸立志做一个堂堂正正的男子汉，立于天地之间！"

接着，专诸辞别妻儿，来到吴国都城会稽，跟着伍子胥，为振兴吴国，发愤图强。两人帮助公子光杀了昏庸残暴的吴王僚，帮助公子光做了吴王。这公子光就是春秋五霸之一的吴王阖闾。阖闾在伍子胥的帮助下，打败楚国，灭了越国，横扫天下，成就了他的春秋霸业。专诸在刺杀吴王僚时，以身殉国，青史留名。正是：

男儿有志气，先除坏习气。

忠孝两不弃，方能成大器！

（选自《中国故事》2014 年第 6 期）

木头惊醒开国皇帝

明朝开国皇帝朱元璋小时候家里很穷，放过牛，当过和尚，当过长工。当长工时，王二、张三和李四三人与朱元璋最要好，因兄弟四人中朱元璋年纪最长，所以大家都叫他大哥。

这天，他们四人在田里锄草，早饭时候，东家送了一罐豆粥放在地头。谁知兄弟四人锄到地头，就看见一只狐狸正把头伸进罐里偷吃。朱元璋挥舞着锄头打跑了狐狸，却也不小心打破了罐子，豆粥撒了一地。兄弟四人没有办法，只好把撒在地上的豆子捡起来吃。几粒豆子如何能填饱肚子？三位兄弟不但没有埋怨朱元璋，反而都争着把少得可怜的豆子捡给朱元璋吃。朱元璋非常感动，眼圈红红地对三位兄弟发誓："将来我发达了，一定与兄弟们有福同享。"

后来，朱元璋打下了江山，在南京当了皇帝。三位兄弟知道后，高高兴兴地来到南京，想找机会见见当了皇帝的大哥，顺便谋个差事。

王二自告奋勇，第一个兴冲冲去找朱元璋。他在午朝门外咋咋呼呼地让人向里通报：幼时的结拜兄弟王二前来看望大哥。王二到了偏殿里，一见朱元璋就大呼小叫："大哥，你现在发达了！想当年咱们兄弟四人在南坡锄草，饿得头晕眼花捡豆子吃，你……"这话让朱元璋感到很没面子：贵为开国皇帝，咋能提起那段落魄的历史？没等王二说完，朱元璋袍袖一甩，哼了一声就离开了，手下人便把王二轰了出去。

第二天，张三说："昨天王二去碰了一鼻子灰，一定是他那张嘴咋咋呼呼没有说清楚，我就不信大哥会忘了咱们兄弟的情分！"说着就小心翼翼地来到午朝门外，让人向里通报：同乡友人张三前来拜见皇帝。朱元璋在偏殿里召见了张三，张三恭恭敬敬地对朱元璋说："大哥，王二说你忘性大，哪能呢！我知道你不会忘了咱们兄弟在南坡撵狐狸的事！那一天……"朱元璋听得满脸通红，浑身不自在。他把身子一扭，背朝张三，手下人一见，同样把张三赶出宫去。

第三天，李四要两位哥哥不要烦恼，说自己前去皇宫，一定会马到成功。他穿戴整齐、斯斯文文地站在午朝门外，让人向里通报：自幼与陛下一起打拼的老友前来拜见。李四被人客客气气地请进金銮殿。在金銮殿见到朱元璋后，李四一边行三跪九叩的大礼，一边喊着"万岁、万岁、万万岁"！朱元璋满脸堆笑，客气地让他坐下。李四辞了座，站着继续说道："启奏陛下，陛下功高盖世，威加海内，真可谓是千古一帝！您可还记得当年咱们兄弟四人南征北战的事吗？"朱元璋点点头说："愿闻其详。"李四侃侃而谈："想当年，咱们兄弟四人保苗王、除（锄）草王、打破灌州（罐粥）城，赶走胡（狐）元帅，活捉窦（豆）将军，斩尽草王子孙，得胜而归。那情景至今仍叫人难以忘怀！"

朱元璋听了，心里像熨斗烫过那样舒展。他笑得双眼眯成了一条线，忆起当年当长工的苦日子，想起兄弟们对自己的好处，也记起自己当年说过的"有福同享"的话。朱元璋感到自己前两天对王、张二人太失情分了，就连忙让人喊来王二和张三，在宫中设专宴款待他们三人。

宴席上，朱元璋推说自己才打下江山，事儿太多，所以没有顾上兄弟们。现在江山已逐渐稳固，既然兄弟们来求助大哥，大哥一定帮忙。

兄弟三人都希望大哥能赏自己一件宝贝，朱元璋问大家都想要什么宝贝？三人你看看我，我看看你，你推我让谁都不肯先说。后来只好按年龄从大到小让王二先说，王二红着脸说："前朝官吏凶恶腐败，不管百姓死活，我想给老百姓办点事儿，请大哥随便给我弄个小官儿当当，我也好为咱老百姓做主。"朱元璋看了看王二，当即封他为七品知县。王二有点发怵地说："我当知县镇不住人咋办？"朱元璋随手拿出一块长方木说："镇不住人时，你可把这块方木在公案上猛地一拍，人们又惊又怕，事情就好办了。"王二问朱元璋："这块方木叫什么名字？"朱元璋说："就叫它'惊堂木'吧。"王二高高兴兴地把惊堂木揣在怀里。

轮到张三，他吭吭哧哧老半天才说："我想出家当和尚，行遍天下，云游四方。只是出门在外，人地生疏，没有人理会，化不到斋饭咋办？"朱元璋听张三说想当和尚，感到非常好笑：想不到如今还有人想干自己当年落魄时干过的营生！他拿出自己当和尚时用过的木鱼，交给张三，要他拿上这物件儿，到有人家的地方边敲边唱："乓乓乓，来化缘，或化米，或化面，或化银子或化钱。"张三接过木鱼，对朱元璋千恩万谢。

最后只剩下李四了，李四说自己想当个说书卖唱的艺人，也好到处宣扬大哥的文治武功；自己也可以游山玩水，逍遥自在。只求大哥也赏赐一件东西，好让自己说书时能镇住听众，引起大家的注意。朱元璋又是微微一笑，拿起一块小方木交给李四。李四连声说自己不愿意当官，不要惊堂木。朱元璋笑笑说，这不是惊堂木，是专供说书艺人用的，听书人想打瞌睡时，你用它在书案上重重一敲，惊醒大家，因此就叫它"醒木"吧。

　　从此以后，惊堂木、木鱼、醒木这三样木玩意儿，就成了皇上御封的宝贝。

　　王二、张三、李四兄弟三人，各自捧着皇上亲封给自己的宝贝，高兴得不得了。他们划拳喝酒，闹腾得忘乎所以。喝醉后，他们又不停地摆弄着各自的宝贝，最后竟当着朱元璋的面敲打起来，手舞足蹈，又喊又唱，三种木头发出了"啪啪啪""梆梆梆""乒乒乒"的不同响声。

　　朱元璋看着兄弟们的高兴劲儿，心里感到非常好笑。他听着三种木料敲出的清脆响声，仿佛回到了年轻时代，也跟着手舞足蹈起来。乐过之后，他又感慨不已：自己略施"恩惠"，三位兄弟就开心不已，看来这平民百姓的欲望真是太容易满足了！他又想到自己一开始对二弟、三弟的态度，心里挺不是滋味儿。

　　朱元璋心里翻腾了一会儿，猛然醒悟：自己对李四的态度为什么就转变了呢？还不是因为他伶牙俐齿，能说会道，会说奉承话？自己贵为天子尚且喜欢听奉承话，更何况普天之下的芸芸众生！他又想到当今朝中有多少满腹经纶、巧舌如簧的大臣，说起顺耳话、奉承话来，不知比说书的李四强多少倍！以后自己还能听到真正有利于大明王朝长治久安的真话吗？

　　从此以后，朱元璋洗心革面、改弦更张，把别人的奉承话当成耳旁风，喜欢倾听忠言直谏。他几十年励精图治，身体力行，终于成了一位大有作为的开国皇帝。

善恶井

　　苦水县城内的井水都是苦的，所以叫苦水县。唯有城西村外有一口井，井水是甜的。说也奇怪，城里人喝着苦水结果大都得了怪病，咽喉变粗、肿大，下巴上就像结了个葫芦，既痛苦又难看还不好治。而城西村的村民喝着甜水井的水，就没有得这种怪病。

　　这事引起了两个人的注意——城北的李善和城南的李锷。李善是个郎中，治病救人，扶困济危，为人和善；李锷开中药铺，财大气粗，脾气火暴，像头倔驴。这一天，李善、李锷不约而同来到城西村。他们同时到甜水井附近的一个饭馆吃饭，两人同时落座、齐声吆喝："小二，四两牛肉、一壶酒、一碗烩面。"

　　不一会儿，店小二端来酒菜，先放在李善面前。李锷一见大怒，拍着桌子骂店小二狗眼看人低，瞧不起自己。李善连忙起身谦让，说自己开腔稍晚，又不太饿，情愿把这份先让给李锷。店老板也来赔礼，李锷觉得自己很有面子，往桌上放了一锭银子，非要请客。两人互通了姓名，方知是同行相聚，把酒言欢，分外亲近。

　　两人都听说过对方大名，几杯酒下肚，话就多起来了。李锷知道李善医术高明，今儿一见，更觉得李善面善可交，吃过饭后就拉李善来到甜水井旁，说要借这儿的灵气，对着天地神明与李善八拜结交为兄弟。李善年长一岁为兄，李锷就以小弟自称。俩人相见恨晚，越处越投缘，后来干脆就把生意合在一处，字号叫"四海春"。李锷在大哥李善的影响下，勤勉肯干，火暴脾气也改了不少。"四海春"生意兴隆，蒸蒸日上，引得不少人眼红。

这一天太阳落山后，兄弟俩悄悄来到甜水井旁，想趁着天黑没人瞧见，偷偷下井，看看井下有何奥妙，能使井水变甜。

李善文弱胆小，他眼珠子骨碌碌一转就往后躲。李锷拍着胸脯，要李善在井口拉着井绳，自己抓着井绳下了井。谁料李善身子一抖，手一松，只听"扑通"一声，李锷连人带绳落下井去，在井水里乱扑腾。李善慌了手脚，对着井口大喊："兄弟，兄弟，你先撑着，我去喊人救你！"他却没有喊附近城西村村民帮忙，而是返回城内找伙计帮忙救人。

李锷在井水里扑腾一阵，眼看没救了，忽见水面上方井壁有一小洞，就奋力钻了进去。

侥幸活命的李锷，窝在井下洞里，苦等大哥李善来救自己。约莫一更时分，李锷听到井口有人说话，还以为是李善喊人回来了，仔细一听，原来是八仙路过此地，正在喝水歇脚。李锷暗暗惊服甜水井的灵气，他屏住呼吸，静听八仙说话。等了一会儿，好像是铁拐李疯疯癫癫地唱：

> 苦水县，苦水县，
> 县城何日水变甜？
> 衙门案下埋金砖，
> 金砖里面藏机关！

李锷听后非常惊异。不一会儿，八仙飘然离去，李善带领伙计们赶到，从井里救出李锷。李锷顾不得听大哥解释，将八仙的话匆匆告诉了李善，说完拉着大哥一路小跑直奔县衙大堂。

衙门里的人一看是本县名人李善、李锷，连忙迎入。李善、李锷说明来意，众人半信半疑，连忙掘开县衙大堂文案下的地面，没有发现金砖，却挖出一个描金盒子，打开盒子，里面放着一条锦缎子，锦缎子上写了四句诗：

> 县城西，赵河弯，
> 河水清清又甘甜。
> 谁能引来赵河水，
> 造福百姓当知县！

识文断字的李善把诗念给大家听，大家都很惊讶。苦水县多年贫瘠苦寒，没有人到这里当官，因此知县之位已空缺几年。因为李善在县里很有人缘，所以众人要推举李善做知县并上报朝廷。李善眉头一皱，心想这引水工程简直比登天还难，就把这事儿推给了李锷。

李锷毫不推辞，当上了苦水县的知县。他一上任，就贴出告示，限令每家每户出钱出工，筑堰修渠。他一时高兴，半吊子脾气又上来了，把自己积攒多年的家财全拿出来用于工程。李锷身先士卒、雷厉风行，再加上他一贯凶巴巴的，对稍有迟缓的人家不是打就是罚，百姓都怕他，谁还敢怠慢？不到一年工夫，赵河水真的引入了护城河。城内不管大井小井，井水都由苦变甜了。几年过去，奇迹出现了：苦水县百姓的怪病全都不治而愈了。

尽管李锷为苦水县百姓做了一件大好事，但是说他坏话的也不少。有人说，虽然李锷带头捐了家财，但这都是驴粪蛋——表面光鲜，是让别人看的，背地里官府的银库还不都姓李，李锷早就捞够了！再加上李锷当官之后，公务繁忙，接触的人都是府官州官，整天喝得醉醺醺的，且好发酒疯骂人，人们都躲他远远的。

李善为人和善，救苦救难，俨然是人们心中的活菩萨。再加上人们听说知县之位是李善让给李锷的，心中更加敬重李善，讨厌李锷。

在苦水县的怪病消失之后，李善的生意明显冷清了。再加上李锷没有多少时间理会他这个结拜大哥，李善更是心里窝火。

这一天，李善闲来无事，一个人溜达到城西村，站在甜水井边发呆。他想："上次李锷下井，恰好遇上八仙，成就了苦水县的一桩大好事。我何不拽着井绳下去偷偷猫在井里，说不准也能遇到八仙，兴许还能撞上更大的好事哩！"

李善趁着天黑藏在甜水井里，约莫一更时分，八仙还真的来了！他吓得大气不敢出，静听八仙说话。

好像是何仙姑叽叽喳喳地说：当朝公主得了怪病，不吃不喝不说话，整天昏睡在床，连御医也治不好。李善家院子里有一棵花椒树，树南面对着正南方向的那片大叶子，保准能治好公主的病。她还说，黄榜已经贴出来了，谁要能治好公主的病，就能被招为驸马！

李善听了大吃一惊。等八仙走后，他赶忙爬出甜水井，奔回自己院里一看，花椒树上果真有一片碧绿硕大的花椒叶子对着正南方。救人如救火，他急忙摘下来，连夜快马加鞭直奔京城，揭了黄榜，进宫为公主治病。

皇上也是"病急乱投医"，顾不得许多，就让公主喝了李善熬的花椒叶水。奇怪了，还真是"药"到病除，公主立马醒来，身体康健如初。皇上龙颜大悦，招李善入宫当了驸马！

李善当了驸马爷，真是"土地奶嫁给老天爷——一步登天"。他在宫里过着神仙般的生活，也不再回苦水县了。人们都说，好人自有好报，李善行医积德，与人为善，这才当上了皇亲国戚。

李锷仍在苦水县当他小小的知县，他几次进京去拜访大哥，结果连李善的人影儿也没见，就被门官给挡了回来。

"屋漏偏逢连夜雨"，吏部行文说李锷当官不合规程，再加上他有酗酒的劣迹，有失官体，就把他削职为民。新来的知县查抄了李锷的家产，李锷在"四海春"的份子钱也判给了李善。李锷一夜之间沦为乞丐，流落街头。人们说，李锷老坟上没有风水脉，祖辈没有积德，当了几年县官肯定是老天爷睡迷糊了！现在老天开眼，惩办了李锷，这是恶有恶报。

几年之后，朝中出了乱党，图谋篡位。传闻乱党杀死了公主，掠走了驸马爷李善，皇上下旨寻找驸马，剿灭乱党。各地官府不敢怠慢，纷纷贴出告示，重金悬赏寻找驸马爷李善的下落。

李锷看见榜文大吃一惊：李善毕竟是自己结拜的大哥呀！如今大哥遭难，生死不明，李锷急得茶饭不思，日夜四处寻找，希望能搭救大哥。

这天傍晚，李锷又困又乏，迷迷糊糊靠在一棵大树上睡着了。隐隐约约，李锷听到有人在说话，仔细一看，好像是八仙，就听何仙姑对铁拐李说道："这个李善偷听了咱们的话，坐上了驸马之位，却不知足，一心想黄袍加身，登基做皇上。谁知公主发现了这个秘密，他见事情败露，牙一咬、心一横，索性杀了公主，悄悄出了宫。"

铁拐李在一旁埋怨道："我说何仙姑，这还不是你闹的，他在甜水井下听到你说的话，做了驸马。现在他又潜回苦水县，藏到甜水井内，想再听听咱们说什么，好让他顺利登基。曹国舅，你看怎么办？"

"这好办。"曹国舅生气地说，"咱们移动巨石，封住甜水井口。"

"唉，可怜的李善啊，想当皇帝不成，反而害了自己的性命。"

"大哥……"李锷突然大喊一声醒来，原来是做了个梦。他觉得很蹊跷，急忙来到甜水井边，他又大吃一惊：不知谁用一块大石头把井口封住了！李锷光着膀子，移开巨石，下井探看究竟，不料在井壁洞里发现了李善的尸体！

这时，一队官兵包围了甜水井，他们下到井里，把李善的尸体打捞了上来。官兵在李善身上发现了乱党名单，名单上清清楚楚地写明：李善登基做皇帝。下面是新朝的公卿、宰相、尚书、侍郎……连苦水县现任的"芝麻官"也成了兵部侍郎！

李锷不敢怠慢，快马来到京城，将李善身上藏的名单呈与皇上。皇上大惊，马上下令，拘捕了名单上的相关人等，剿灭了乱党，真相立时大白于天下。

早先谁也没看出李善的面善心恶：那一次李锷下井，他知道李锷不识水性，故意丢掉井绳，本想淹死李锷，自己独占"四海春"。谁知李锷命大，侥幸逃命不说，还为苦水县百姓办了一件大好事。这件大好事反而使得李善的生意冷清，他自然对李锷恨得牙根痒痒！他当上驸马有了权势之后，暗地里对李锷使绊子、下刀子，害得李锷被削职为民，穷困潦倒。

继任的苦水知县也是李善的同党，是十足的赃官，几年时间就把苦水县搞得乌烟瘴气、民不聊生。老百姓怨声载道，十分怀念李锷当知县的日子，这也导致赃官乱党更加记恨李锷。但是，没等到他们对李锷下更大的毒手，就东窗事发了。

由于李锷平叛有功，皇上要调他到京城当官，李锷却要求留在苦水县。后来他彻底戒了酒，在苦水县干了几十年知县，为老百姓做了许多好事。他为官清廉，到死家无余财。死后被尊奉为苦水县的城隍爷，受到人们世世代代的怀念、祭祀。

后来，人们在甜水井旁竖立一块石碑，上书"善恶井"三个大字。正是：

是是非非善恶井,
善善恶恶终分明!
善恶到头总有报,
是非善恶后人评。

（选自《民间文学》2014年第3期）

红骏马

撞上仨司令

故事发生在抗日战争时期的豫东一带。

当时，这里的各路顽匪、溃兵轮番祸害百姓，各色"司令"多如牛毛。老百姓中流传着这样的说法："一天撞上仨'司令'，不脱层皮就丢命！"

书案店的光棍陈老大，一天之内还真的撞上了三个司令，从而开始了他那令人唏嘘的后半生！

这天是陈老大老婆的忌日，他来到地头刚打算给老婆上坟，土匪周司令就带着一队人马路过。周司令根本没有正眼瞧陈老大，他的马弁却瞧上了陈老大脚上的一双新鞋。马弁用枪管点着陈老大的脑壳，要他把新鞋脱了"支援抗战"，陈老大瞬间变成了"赤脚大仙"。

陈老大两脚冻得像红萝卜，还没等他骂出口，远处的枪声像炒豆子似的响起来了。只听有人大喊："快跑啊！又过队伍啦！黄司令的人马过来了！"黄司令名叫黄秋叶子，他的队伍就像蝗虫，所到之处寸草不生！陈老大不敢停留，赤脚跑了起来，生怕黄秋叶子再扒他一层皮！不料他的脚被一个尖利的树杈扎到，疼得他一个趔趄滚进了路边的沟里。

令他没想到的是，黄司令的队伍竟一路奔逃，他们一边逃一边咋呼："不得了啦，彭司令的队伍过来了！"陈老大在心里暗暗叫苦："这一下子撞上了仁司令，今儿个我还能活命吗？"再看看脚丫子，鲜血正从伤口处不断地往外冒！他想跑跑不了，想躲无处藏，干脆两眼一闭，躺下装死。

彭司令的队伍秋风扫落叶般地收拾了土匪黄秋叶子的残兵败将，陈老大忍痛躺在地上，等着彭司令的队伍顺便来"收拾"自己。

"卫生员，这里有老乡受伤了，快来给他包扎！"听到有人在身边吆喝，陈老大偷偷睁眼一看——一匹高大的枣红马就站在自己的身边。一个身穿灰军装的牵马人扶起他，一边查看他脚上的伤口，一边埋怨他不该在这么冷的天打赤脚。陈老大眯着眼不敢乱说话，只说家里穷，穿不起鞋子。给陈老大包扎好伤口之后，牵马人二话不说，把他架上枣红马，牵着缰绳就要送他回家。

陈老大战战兢兢地坐在马背上，心里犯嘀咕：周司令的马弁顺走了自己的新鞋，这彭司令的马弁却为自己牵马……他惴惴不安地问身边的卫生员："咱们的彭司令在哪儿呢？"卫生员笑指牵马人："喏，你的'马夫'呗，他就是我们新四军游击支队的彭雪枫司令员，你骑的枣红马就是彭司令的'宝贝'！"陈老大一听大吃一惊，原来这个牵马的高高瘦瘦的年轻人就是彭司令！再看这匹高头大马，油光水滑，浑身通红，就像一条红色的蛟龙！陈老大平生哪里骑过这样漂亮的骏马，哪里见过这样的队伍和这样的司令！更想不到是，自己竟然与这匹枣红马结下了不解之缘。

将军夜"观星"

彭司令的队伍在书案店驻扎下来后，陈老大再三邀请彭司令住进自己的家里，并主动要求为他养马。彭雪枫说："队伍上有专门的饲养员，不能再麻烦老乡了。"陈老大说："我家有一头小青驴，一头驴是喂，一驴一马也是喂，这就是搂草打兔子——捎带的事。"彭雪枫拗不过陈老大，只好听凭他把枣红马牵到驴槽边。

夜里，陈老大一拐一瘸地起来给枣红马喂夜草。院里静悄悄的，借着朦胧的月光，他看到彭司令正坐在一块石头上，一动不动地望着星空。陈老大想：彭司令一定是在思谋着大事哩。他不敢打搅，正想悄悄走开，彭司令倒先打起了招呼："陈大哥，还没睡呀？请过来一下。"陈老大来到彭司令身边一看，大吃一惊：虽然彭司令嘴里叼着烟斗，两眼望着星空，手却没有闲着，正在用白麻与扁扁草编草鞋。他长满厚厚老茧的双手翻飞自如，白麻与扁扁草在他的手里瞬间就被搓成绳子，绑在草鞋上，这手艺可真是绝啦！

陈老大惊问："彭司令还会这一手绝活儿啊，黑灯瞎火的也能行？"

彭雪枫笑道："我这也是在长征路上学的。"

说话间，最后一只草鞋已经锁好边，彭雪枫割下多余的绳子，交给陈老大："陈大哥，来，试试大小。"陈老大穿上草鞋，不由得吃惊道："哎呀，彭司令，您的脚怎么和我的一般大？"彭雪枫又笑了："咱当过侦察兵，白天我已经'侦察'过了！"说着又从口袋里掏出一双棉布袜子，递给陈老大，"我的这双棉袜请您穿上，草鞋也是我特意为您编的。大冷天的打赤脚怎么能行啊！"

陈老大浑身一震，热泪盈眶。他颤抖着双手接过草鞋和棉袜，哽咽着对彭雪枫说："老婆一年前被黄秋叶子凌辱后上吊自尽，撇下我孤身一人。我也寻思着找黄秋叶子报仇，却不知道如何下手。为此，乡亲们都瞧不起我，骂我懦弱没有血性，不像男子汉。老婆生前给我做了一双鞋，我一直舍不得穿，今天特意穿上新鞋去给老婆上坟，竟然被土匪抢去了！是新四军消灭了黄秋叶子，为我报了仇、雪了恨。"最后，陈老大握着彭雪枫的手说："彭司令，我已经没了亲人，您和新四军就是我的亲人，您放心，您的枣红马，我也一定会当亲人一样对待！"彭雪枫笑着握紧了陈老大的双手，再三向他表示感谢。

此后，陈老大果真把枣红马当作亲人对待。俗话说："马不吃夜草不肥。"为了方便喂马，他干脆把铺盖卷儿搬到马棚里，不分白天黑夜，一心一意地照料枣红马。陈老大喂养枣红马之后，性情发生了很大的变化——原来的他，一天到晚低着头，没个精气神儿；现在的他，整天昂首挺胸，说话也比以前有底气了。他逢人就滔滔不绝地讲彭司令的枣红马，一说到枣红马便两眼放光，中气十足。

不料，没过多久，却传出了一些有关陈老大的风言风语，说自从陈老大为彭司令养马之后，他的身价看涨，人也跟着"抖"起来了！这不，老婆去世才一年，陈老大就交上了"桃花运"，有一个叫"阿红"的女人缠上了他。

阿红与小青

这天深夜，彭司令的警卫员换岗路过马棚，听到马棚里陈老大正与人说话。警卫员警觉地把耳朵贴紧墙缝，只听陈老大深情地说："阿红啊，你真是我的福星。你到了我家，就给我带来了福气！有了你，我这狗窝才像个家！只是委屈你啦！你千万别见外，有我一口吃的，就保证饿不着你！"

警卫员大吃一惊，听陈老大的口气，他已经"金屋藏娇"，把一个叫阿红的女人领进了家里。这还了得！在首长居住的院落里，怎能随便留女人过夜？情况紧急，警卫员急忙悄悄地叫醒了彭司令。彭雪枫一听，连忙跟着警卫员，蹑手蹑脚来到了马棚外。马棚里又传来陈老大的呵斥声："小青，别仗着你是坐地户，就了不得了，你怎么能比得上阿红？你若再敢欺负阿红，与阿红争抢草料，老子揍扁你！"

听了陈老大的话，彭雪枫不由得摇头笑了笑，示意警卫员回去休息，自己一个人进了马棚。马棚里没有别人，陈老大正在往马槽里加草料，他有意地把精细饲料往枣红马这边搅动，他的小青驴正挣着缰绳往枣红马这边抢吃的。

彭雪枫笑着批评陈老大："陈大哥呀，看来是我的马'喧宾夺主'了！您这样做就不对了，马和驴应该一视同仁嘛！"

陈老大为自己深夜惊动了彭司令感到不好意思："彭司令，我家的小青不是个东西，整天和您的'阿红'争食吃！哦，我还没有跟您商量，就私自给您的马起了个新的名字，叫'阿红'。"

彭雪枫高兴地说："好啊，它来自红军队伍，就叫它'阿红'吧。"

彭雪枫挨着陈老大坐下，两人一边抽着旱烟，一边唠嗑儿。陈老大这才晓得了枣红马不平凡的来历：那是在太原城失陷之后，身为八路军驻太原办事处主任的彭雪枫，亲自护卫中共中央副主席周恩来到了山西临汾八路军驻地。因为彭雪枫要遵照党中央指示远赴千里之外的河南竹沟领导中原敌后抗战，周恩来副主席就亲自挑选了这匹枣红马送给彭雪枫。彭雪枫骑着这匹枣红马从山西到河南，从豫西到豫东，风风雨雨一路走来，枣红马对彭雪枫忠心耿耿，曾经几次救过彭雪枫的命。说到这里，彭雪枫来到枣红马身边，深情地拍拍它的脑袋，笑着说："老伙计，等将来革命胜利了，给你也挂个功勋章吧。"

从此以后，陈老大对枣红马照料得更加细心，整天"阿红"长"阿红"短地叫着，与阿红说话唠嗑。每天傍晚，陈老大都要牵着枣红马到野外遛弯儿，后面紧跟着他的小青驴。一马一驴形成了鲜明的对比：枣红马膘肥体壮，周身像红缎子那样透亮；小青驴瘦骨嶙峋，俨然一副骨头架子。

有灵性的阿红

转眼到了1939年的春节。新四军的到来使书案店充满了喜庆的节日气氛。俗话说："宁苦一年，不苦一节。"家家户户纷纷拿出仅存的白面来包饺子，都想在大年初一让新四军战士们吃上一顿香喷喷的年饭。

除夕夜，陈老大给枣红马加过草料以后，按照当地"熬年"的习俗，想与彭司令守岁唠嗑儿。他隔窗看见彭司令一个人坐在油灯下，手按胸口，眉头紧蹙，豆大的汗珠子从额头滚落下来。"准是彭司令的胃病又犯了。"陈老大这样想着急忙进屋为彭司令倒水，埋怨他不按时吃药！彭雪枫苦笑着说："不碍事，老毛病了，忍一阵子就会好的。现在根据地正困难，药就留给其他伤员吧。"陈老大叹了一口气，只好劝说彭司令早点休息。他心中暗想：明天是大年初一，我一定要早早起床，让彭司令吃上一顿热腾腾的饺子。

大年初一凌晨，清脆的鞭炮声响彻了书案店的大街小巷。陈老大一骨碌爬起来，煮好饺子，就来喊彭司令。奇怪，屋里怎么还没有亮灯？陈老大想：彭司令昨晚胃疼得难受，没有休息好，就让他多睡一会儿吧。天色微明，还是没有动静。陈老大急忙推开房门，只见彭司令的被褥叠得整整齐齐，而人已不见了踪影。陈老大急忙打开大门，天哪，大门外齐刷刷地站着一溜儿乡亲，每人手里都端着香喷喷的饺子！他一问才知道，住在镇里各处的新四军战士全都没影了！乡亲们急得团团转，最后只好端着饺子来找彭司令。

陈老大眼珠子一转，顿时有了主意。他牵出枣红马，亲切地拍拍马头："阿红，走，咱们一起去找彭司令！"枣红马一边打着响鼻，一边用前蹄子不停地在地上刨着。人们正诧异，只见陈老大纵身跨上枣红马，一抖缰绳，大喊一声"驾"，向镇外奔去。

出了镇子，枣红马奋蹄狂奔，径直奔向数里外的包河弯！隔着芦苇荡，陈老大就听到河滩里人声鼎沸。陈老大急忙下马，勒紧缰绳，屏息静听，听到了彭司令那洪亮的声音："同志们，现在我宣布，我们的春节会餐正式开始！吃我们的布尔什维克面包、无产阶级香肠，喝我们的抗战牌牛奶！"接着是一阵欢快的笑声。陈老大在心里嘀咕：我说咋大过年的不见了彭司令和新四军，原来队伍上还有这么多好吃的洋玩意儿！

陈老大一时没有攥紧缰绳，被枣红马挣脱了，它前蹄腾空，仰天长嘶一声，向包河湾里飞奔而去。陈老大急忙分开芦苇荡跟了上去。到队伍近前一看，他完全惊呆了：彭雪枫所说的"布尔什维克面包"竟是黑窝窝头，"无产阶级香肠"是腌萝卜缨子，那"抗战牌牛奶"呢，不过是行军壶里装着的清水！原来，彭司令为了不打扰乡亲们过年，在除夕夜带着队伍悄悄开拔，到包河弯"躲年"来了！而枣红马居然能知晓它的主人彭司令的行踪，真是太神奇、太不可思议啦！然而，还有更神奇的事儿呢！

阿红的眼泪

难熬的1939年春荒来了。

陈老大已经切身感受到了春荒的威胁。他用来喂马的饲料越来越少，盛饲料的布袋也见底了。昨天夜里，他狠狠心把家里仅存的一点春播玉米种子，拿出来拌在马槽里。可是怪事发生了：当小青驴欢实地争抢饲料时，枣红马却无动于衷，它随意地嚼上几口，就停下嘴，

— 251 —

抬起头来，一动不动地望着陈老大。陈老大好生奇怪，掌灯照照马槽，马槽里没有什么异常。又掌灯照照马脸，哎呀，陈老大清楚地看到，枣红马的双眼里流出了两行浑浊的泪水！陈老大鼻子一酸，颤声对枣红马说："阿红啊，我知道你不喜欢吃苞谷料，对不住，让你受委屈了！改天我一定想办法买来你爱吃的豌豆！"可是，无论陈老大如何劝说，枣红马仍然是泪流不止。

看着枣红马不痛快，陈老大心里非常难受。他牵着枣红马来到小河边，细心地为它洗刷身子、梳理马鬃。他一边梳洗，一边对枣红马说："阿红啊，你身上的泥，就是我陈老大脸上的灰，我要把你打扮得一尘不染，人见人爱！"平时枣红马一到小河边，就对陈老大撒欢儿，今天任凭陈老大如何絮叨，枣红马都没有一点反应。陈老大正感到蹊跷，枣红马忽然"咴儿——"叫了一声，继而挣着缰绳，向着正北方向跑去。陈老大攥紧缰绳，跟着枣红马一起奔到一棵大柳树下。原来是彭司令正对支队的供给处长资风发脾气。

陈老大从来没有见过彭司令发这么大的火，只见他指着资风处长的脑袋批评道："什么？你说什么？动员全体战士挖野菜、捋树叶？这不是在与老乡们争食争利吗？这馊主意亏你想得出！"

资风苦着脸说："彭司令，现在全军只剩下三块钱了，伤病员的药品已经用完了，每人每天三分钱的菜金也没了着落！"

彭雪枫斩钉截铁地说："不行，我们有困难，老乡们的日子更难过！咱们好歹都年轻力壮，哪有克服不了的困难！"

枣红马来到彭雪枫面前，亲昵地靠近主人，打着响鼻，踏着前蹄，开心地甩着尾巴，在彭雪枫身上蹭来蹭去。彭雪枫亲切地抚摸着马头，陷入了沉思。突然，彭雪枫打了一个激灵，想起来一桩往事，他对着枣红马感叹地说："哎呀，我的老伙计呀，我差点忘了今天是什么日子。正是在去年的今日，你从山西临汾开始跟着我，眨眼间咱们在一起都一年了！老伙计，咱们该如何庆贺一下呀？"

枣红马好像听懂了什么，马脸紧紧贴在彭雪枫的脸上。正在这时，警卫员前来报告说，新四军在永城打了胜仗，缴获了敌人十多匹战马！彭雪枫一听，高兴得连声说："好哇，好哇，这一来就有办法啦！"

在场的人都非常高兴，陈老大甚至激动得跳了起来，当场表示要卖掉自己的小青驴，腾出地儿专门为新四军养马。

与大家欢呼雀跃的高兴劲儿相反，枣红马定定地望着彭雪枫，突然长嘶一声，两眼又渗出了泪水。资风笑着说："彭司令，这宝贝儿见您长时间不骑它，正在向您诉说委屈哩！"

彭雪枫把脸紧紧地贴在马耳朵上反复厮磨着，深情地说："好，就让我们俩再来一次狂欢以示庆贺吧！"说罢，他翻身跨上枣红马，只听一声"驾"，枣红马四蹄生风，驮着彭雪枫，消失在原野上。

直到很晚了，彭雪枫才一个人回来了，不见了他的枣红马。他木着脸告诉陈老大，支队领导集体研究决定，枣红马交给饲养班统一喂养，集中管理。陈老大一听就蒙了，彭司令怎么能这样办事？他想向彭司令提出申请：把自己调到饲养班专门照顾阿红，但是看到彭雪枫表情严肃，就没有说话。

陈老大百无聊赖地躺在马棚里，翻来覆去睡不着。刚一合上眼，就梦见阿红从远处缓缓走来，阿红的身后还跟随着数不清的好马。陈老大感觉自己变成了孙悟空，当上了弼马温，他精神抖擞地喊了一声"阿红"，就要去骑枣红马。哎呀，不对！阿红为什么还是泪流满面，瞪着双眼望着自己？

归来兮骏马

陈老大一夜没有睡踏实，醒来时日头已经老高了。他急忙去找彭司令，彭司令不在，他就发疯似的直奔部队饲养班。奇怪，饲养班的马棚里空空如也，不要说枣红马，就连一条马尾巴也没有！一个饲养员战士流着泪告诉陈老大，昨晚在彭司令的主持下，部队领导召开紧急会议，研究如何度过春荒。彭司令当机立断，决定卖掉自己的枣红马和部队的二十来匹战马，帮助老乡们度过春荒。

陈老大听后，又发疯似的往集市上跑。途中遇到资风处长，处长交给他一袋春播种子，说是彭司令亲自交代要陈老大抓紧播种。陈老大把粮袋狠狠地摔在地上，满大街地寻找枣红马。他找罢骡马市场再奔牛羊市场，甚至连鸡鸭市场也跑了一遍，哪里还能寻着阿红的影子啊！他鞋子跑掉了也顾不得捡，赤着一只脚还在一边跑一边大声喊："阿红，你在哪儿？快跟我回家！"

枣红马被卖掉后不久，彭司令就带着队伍离开了书案店。后来有人说，自从被卖到新主家，枣红马连续好多天不吃不喝，最后瘦得只剩下一副骨头架子，临死前眼角还淌着泪。陈老大却始终坚信他的阿红还活着，可四里八乡他都找遍了，根本没有阿红的踪影！随后陈老大大病一场，躺了一个多月，病好以后就像失了魂一样，四处找马，嘴里念叨着"阿红"……

后来，彭雪枫任新四军第四师师长，他带领部队转战豫、皖、苏，横扫日、伪、顽，打出了一片敌后抗日的大好局面。他所带领的新四军第四师，还被豫、皖、苏一带的老百姓誉为"天下文明第一军"。

1944年9月11日，彭雪枫在河南夏邑县八里庄战斗中壮烈殉国。彭将军牺牲后秘不发丧，他的遗体几经辗转，被秘密安放在洪泽湖上的一条小船里，由一队新四军战士严密保护。有传言说，每逢阴天下雨、雷鸣电闪之时，总能看到一匹红骏马，腾云驾雾来到洪泽湖畔，一边沿着湖边不停地奔跑，一边仰天长啸。

陈老大听到这些传说后，带着干粮，穿上彭将军当年亲自为他编的草鞋，跋山涉水，来到洪泽湖畔，终日对着湖水撕心裂肺地喊：“彭司令，您在哪儿？阿红，回来吧！”

书案店的老人们后来回忆说，陈老大那个蒙羞而死的老婆，名字就叫“阿红”。

（选自《传奇·传记文学选刊》2018 年第 9 期）

双星会

一

大清嘉庆三年正月，朝廷重臣戴衢亨到四川微服私访。戴家两代为官，声势显赫，戴衢亨本人是乾隆四十三年的状元，又当过嘉庆皇帝的老师，自然是志得意满、自命不凡。

这一天，戴衢亨扮作客商模样，来到了四川长寿县（今重庆市长寿区）。这时突然下起雨来，戴衢亨便到镇上的酒店歇脚躲雨。只见酒店对面一户人家大红灯笼上都写着一个大大的"祝"字，想必这家主人姓祝。祝家张灯结彩，院内更是鼓乐齐鸣，宾客络绎不绝，想必是在操办什么喜事。

一个戴着斗笠的汉子正在酒店沽酒，从背影看去，虎背熊腰，异常壮实。戴衢亨忍不住在汉子的肩上拍了一下，问道："老弟，请问对面人家为啥这般热闹？"汉子摘下斗笠一转身，戴衢亨先吃了一惊：汉子虽然满面红光，但是已经须发皆白，看来年纪不小。戴衢亨为刚才莽撞地称呼人家为"老弟"感到不好意思，不料老汉毫不介意，呵呵笑着说："那是我家，今日家里要为老寿星举办隆重的寿诞典礼，客人实在太多了，我怕酒不足，特来沽酒备用。"戴衢亨急忙问："老伯您今年高寿？"老汉说："我年龄不大，今年刚刚九十岁。"戴衢亨想：原来祝家要庆祝老寿星九十岁寿诞，怪不得这般热闹！不过，既然是老寿星过生日，为何不差子女或下人来沽酒，而是寿星亲自前来，莫非四川人有寿星亲自沽酒的怪风俗？他正在诧异，忽有一个三十来岁的年轻人来到面前，口称"给爷爷送伞"。戴衢亨正要埋怨年轻人不该让老寿星亲自冒雨沽酒，又有一个儿童蹦蹦跳跳地过来扯住老汉的衣角，不住地催促："太爷爷赶快回家，就等着太爷爷您回去行礼呢！"

戴衢亨初次到四川，对当地的民风民俗感到好奇，就向沽酒老汉随了一份贺礼，然后跟着他们祖孙三人前去瞧热闹。

进到祝府院内，只见花团锦簇，喜气洋洋。戴衢亨跟随众人进入寿诞典礼大厅。看到大厅内红毡铺地，红绸结彩，场面隆重豪华。戴衢亨把目光落在流金溢彩的祝寿台上，只见一人多高的"寿"字中堂前面，摆放着一张蒙着虎皮的太师椅，太师椅空着，单等着老寿星登台落座。戴衢亨二话不说，扯住沽酒老汉就要往太师椅上按，不料沽酒老汉挣脱开来，粗声大嗓地笑着说："要不得！您搞错了，今天是俺太爷爷过一百五十岁大寿哩！"

戴衢亨完全愣住了！这时，忽听笙箫奏响，鼓乐齐鸣，只见两位盛装美女搀扶着一位老人家，颤巍巍地走出锦绣帷帐，登上祝寿台。老人家银须垂胸，精神矍铄，依次向各方来宾抱拳施礼，然后端端正正地坐在太师椅上。原来这才是今天的老寿星！

二

隆重的寿诞典礼开始了。在鼓乐笙箫的伴奏下，亲属们按长幼次序，分批向老寿星行礼。当地有头有脸的人物纷纷上台致辞，祝贺老寿星的一百五十岁寿诞。向来自视为"一人之下，万人之上"的内阁大学士，竟然沦落为台下的普通看客，戴衢亨感到浑身不舒服！

让戴衢亨更加不爽的是他的座次。众人按长幼尊卑入席就座，而戴衢亨是生客，大家都不知道他的身份，自然没有人招呼他。只有沽酒老汉与戴衢亨相识，让他在自己的身边就座。

戴衢亨身为状元，自认为是"文曲星"下凡，他想：坐在普通宾客之间、老寿星的曾孙子旁边，日后传扬出去，我内阁大学士的面子往哪里搁？从来是"居其所而众星拱之"的戴衢亨，如何能甘居人下？只见戴衢亨眼珠子骨碌碌一转，忽然站起身来，径直奔向祝寿台，在老寿星的身旁坐下。

众宾客都不知道戴衢亨是何方神圣，他的这一举动让寿诞大厅像炸了营，大家对着沽酒老汉议论纷纷——"这位是谁，竟敢与德高望重的老寿星平起平坐！""这个位置可是给知县大人留的啊！知县大人公务繁忙，随后才到，到时知县大人的位置又往哪里摆？""哪里蹦出来的毛桃青杏，太不知天高地厚了吧！""看胡子也不像是个愣头青，是不是脑瓜子有毛病？""真是瓜子里嗑出来个臭虫，啥仁（人）儿都有啊！"

沽酒老汉面对众人的指责百口莫辩。他只好傻愣愣地站着，无可奈何地向老寿星与戴衢亨望去。

老寿星转过身来，看到有生客唐突地坐到自己身边，还以为是哪个远房亲戚来向自己说事哩。老寿星不急不恼，笑容可掬，先向戴衢亨拱手施礼，然后声如洪钟地问道："敢问贵客尊姓台甫？"

听了老寿星的问话，戴衢亨吃惊不小，想不到一个一百五十岁的老翁，说话的语气还是这样厚重而有底气，这样体面又温文尔雅！他明白老寿星是在询问自己的名号和身份，于是微微一笑，想着考考老寿星的反应与见识，顺便也显摆一下自己的才学，就根据自己是皇帝老师以及先朝状元的身份，站起身对老寿星轻施一礼，随即摇头晃脑地吟咏道：

天子门生，门生天子，文星拜寿星！

戴衢亨的口气可真是大——我是皇帝的学生，皇帝同样也是我的学生，文曲星来给老寿星拜寿啦！他不但为刁钻地回答了老寿星的问话而自鸣得意，而且也为恰如其分地显摆了自己而沾沾自喜！戴衢亨歪着脑袋乜斜着老寿星，心想：一个幽居在闭塞乡野的老人家，整天大门不出二门不迈，必然是孤陋寡闻，我看你如何来接招！

三

面对咄咄逼人的戴衢亨，众宾客都面面相觑，谁也听不懂他的话，也搞不懂他的身份。沽酒老汉微笑着摇摇头、摆摆手，示意大家往下看，且看自己的太爷爷如何应付局面。众人把目光又投向老寿星。老寿星起先也愣在那里，盯着戴衢亨不说话，接着便双目微闭，不住地用手捋着自己胸前长长的白胡子。

戴衢亨见此情景更为得意，他扫视了一下众宾客，又紧盯着老寿星，不住地拱手催促道："恭请老寿星赐教！"仿佛入定的老寿星，突然睁开眼，仰天哈哈大笑。只见他颤巍巍地站起身来，向戴衢亨深施一礼："想不到啊，原来是状元公戴莲士（戴衢亨号"莲士"）大人驾到啦，失敬，失敬！大人光临老朽寿宴，老朽实乃三生有幸！"老寿星说罢，又一次躬身施礼，郑重邀请戴衢亨坐在自己身旁。

这一次轮到戴衢亨蒙了。他想不到，一个从未谋面的乡野老人家，不但知道自己是状元公，而且知道自己"莲士"的名号，真是太不可思议了！戴衢亨愣愣怔怔地站着，睁大两眼定定地望着老寿星。老寿星不管戴衢亨发愣，连声把沽酒老汉叫到自己的身边，一面大声斥责他不该有眼无珠，怠慢了贵客，一面指着沽酒老汉，向惊傻了的戴衢亨抱拳朗声回敬道：

　　曾孙太爷，太爷曾孙，塾师谢帝师！

　　戴衢亨闻言彻底坐不住了，他想不到老寿星竟能接招，而且还是这样的对仗工整！不但道出沽酒老汉是他的曾孙，而且指明沽酒老汉也当上了太爷！同时，还诚挚表达了自己这个私塾先生，对戴衢亨这个皇帝老师的真诚谢意。老寿星不但文思泉涌，而且语气不卑不亢，十分谦逊。对照自己此前的行为，字里行间显露着自己的轻狂、傲慢、浅薄与浮躁！戴衢亨根本不相信这位文思敏捷的老寿星，竟然已经一百五十岁高龄了。戴衢亨想：这个老寿星，简直就是一个人精，我今儿个定要与这个人精较较劲儿。

四

　　戴衢亨与老寿星分宾主而坐，开怀畅饮，不断接受众宾客的敬酒。老寿星从不辞杯，一边痛饮，一边与敬酒人相互酬答，还不时地与人插科打诨，惹得众宾客开怀大笑。相形之下，"文曲星"反倒受了冷落，人们对戴衢亨是不冷不热，这让他觉得很不是滋味儿。戴衢亨心中暗想：我到哪种场合不是威风八面、风光无限？今儿个反倒是"落毛的凤凰不如鸡"！不行，一定要找个机会杀杀这老寿星的风头。

　　戴衢亨首先想在酒量上压倒老寿星。他想自己正值盛年，在朝中又被称为"饮中八仙"，是海量之人，定不会输给这个已经一百五十岁的老寿星！只见戴衢亨忽地站起身，恭恭敬敬地举起酒杯，道："老寿星，今日在下躬逢华诞，不胜感佩！且容我先敬您三杯！"老寿星一听又一次哈哈大笑，连声称谢，接着大声呼叫沽酒老汉的小名儿："碾盘儿，快快换大杯，今儿我高兴，一定要与戴大人一醉方休！"戴衢亨与老寿星推杯换盏，用大杯连饮了三杯，老寿星当即回敬了三杯，凑成了"一心敬""两相好""三星照""四季发""五魁首""六合顺"。六大杯酒下肚，戴衢亨已经觉得浑身轻飘飘的，再看老寿星，仍是气定神闲，毫无醉意。看来，在酒量上，戴衢亨首先败下阵来。

已经晕晕乎乎的戴衢亨异常亢奋，但他心里终归不服气——一个堂堂的内阁大学士，不论斗文还是拼酒，竟然都败在一个乡野老人家手里。如果让朝堂同僚得知，岂不笑掉大牙，以后又如何在官场里走动！他眼珠子一转，思谋着：老寿星已经一百五十岁，那他的记忆力岂能不衰退？如果他记忆出错导致张冠李戴，肯定会出洋相下不来台！于是，戴衢亨向老寿星拱手问道："晚生酒后计算不清，敢问老寿星的生辰年份是顺治何年？"老寿星同样拱拱手，说："老朽生于顺治五年正月，就是前明宗室朱容藩在夔州造反那年。历经顺治、康熙、雍正、乾隆、嘉庆五朝，今天恰好虚度一百五十个春秋！"戴衢亨故作惊讶地说："哎呀，顺治五年，早已过了两个古稀之年，可见老寿星是天下少有的祥瑞之人！敢问顺治五年我大清朝有哪些祥瑞之事发生？"天哪，谁能记得起一百多年前的事儿？这不是故意坑人的吗？戴衢亨感觉找到了老寿星的破绽，他乜斜着老寿星，有点忘乎所以。

听了戴衢亨的问话，老寿星躬身起立，沉痛地对戴衢亨说："老朽乃一介布衣，岂敢妄称祥瑞！恰恰是我出生那年，大清乱象纷呈，天下扰攘。北有和硕肃亲王豪格谋逆作乱，南有前明宗室朱容藩聚众造反，再加上南明王、大西王的进犯，真可谓是烽烟四起、山河变色！"听了老寿星的话，戴衢亨惊得张大了嘴巴：状元出身的他虽然被人称颂过目不忘，但是，对顺治五年发生的大事也不甚了了。这老爷子竟然能一口气和盘托出，实在不简单。戴衢亨再一次凝望着老寿星，觉得此人的的确确是一个奇人！在他的身上，一定还有许多鲜为人知的离奇故事。

五

戴衢亨与老寿星越谈越投缘，大有相见恨晚的意味。寿诞结束后，老寿星诚恳地挽留戴衢亨，戴衢亨也急于了解老寿星背后的故事，两人一拍即合，便在客厅品茶聊天。

戴衢亨感叹地说："老寿星经历大清五朝，膝下现有六代子孙，虽身居乡野，却世事洞明，人情练达，晚生实感自愧弗如！今日狂悖之处，万望海涵。"老寿星不住地摇头，说："大人过誉，老朽实在汗颜！"

攀谈过程中，戴衢亨才知道老寿星的大名叫祝煌。在戴衢亨的一再恳求下，祝煌向戴衢亨讲述了一段惊人的亲历故事。

大清顺治五年正月，明太祖朱元璋第六子楚王朱桢的后裔朱容藩趁着天下大乱在四川夔州起兵造反。朱容藩自封"监国"，妄图与大清顺治皇帝、南明永历皇帝争夺天下。恰在这时，朱容藩的儿子出生了。朱容藩刚刚当上"监国"就喜得贵子，高兴得不得了，以为是"天降祥瑞"，就按照宗谱给儿子起名叫"朱宏祥"，希望儿子能给自己带来吉祥，助自己顺利当上皇帝，大展宏图。朱容藩把夔州临江的天字城改为"天子城"，大封群臣，还煞有介事地把刚刚出生的朱宏祥封为"太子"。可是好景不长，很快南明永历皇帝就派军攻打朱容藩。

朱容藩平素荒淫无度、残暴异常，导致众叛亲离，军队一触即溃，最后惶惶如丧家之犬的他，丢下老婆孩子，只身逃入深山，很快被南明军队擒获斩杀。朱夫人抱着小宏祥，在一个"兵部侍郎"的帮助下，侥幸逃出已经陷入一片火海的夔州城。

朱宏祥母子逃离夔州城后，为躲避乱军追杀，埋名改姓混入逃难的老百姓中。孤儿寡母风餐露宿，颠沛流离，最后流落到长寿县一带。长寿县不但山清水秀，而且民风淳朴，母子二人好不容易才在长寿县安顿下来。

长寿县是有名的长寿之地，朱宏祥在这个长寿之乡里慢慢长大。年轻的朱宏祥与人为善，与世无争，只为韬光养晦保全性命。年长后他又看到清朝前期政治清明，民众安乐，便随遇而安，忘情于山水之间，陶醉于耕读之乐。百岁之后，眼不花、耳不聋，仍能教书、下田。时光如梭，倏忽之间两轮古稀之年就过去了。

听到这里，戴衢亨睁大眼睛看着老寿星，疑惑地问："啊，朱宏祥，祝煌，莫非那个'太子'就是您老人家？"老寿星大笑着告诉戴衢亨，朱容藩的那个独生儿子，不是别人，正是自己。其实自己姓朱，是正儿八经的前明皇室后裔！

戴衢亨这一惊非同小可，望着祝煌唏嘘不已，想不到眼前的老寿星竟然有着这样不平凡的故事。不料老寿星却告诉戴衢亨："最先发现我前明宗室身份的不是别人，正是你们戴家人，我与戴家还有着一段不寻常的渊源呢！"

六

老寿星望着惊呆了的戴衢亨，缓缓站起身来，非常客气地邀请戴衢亨，说："莲士大人请随我来！"戴衢亨懵懵懂懂地跟随老寿星进了一间密室。密室里香烟缭绕，正中供奉着一方牌位，牌位上用隶书工工整整地写着："供奉恩师戴公讳玉庵先生之位"。戴衢亨好生疑惑：自己的祖父的字不就是玉庵吗？天哪，世上难道有这等机缘巧合的事儿？

老寿星撇下一脸疑迷茫的戴衢亨，转身虔诚地在牌位前上香，庄重地对着牌位行叩拜大礼。礼毕，才回头问戴衢亨："尊祖父是否姓戴名佩字玉庵？"戴衢亨疑惑地点头称是。老寿星告诉戴衢亨："尊祖父确实系老朽的恩师！"戴衢亨哪里肯相信——自己的祖父生于康熙二十七年，比老寿星祝煌整整小了四十岁，如何能成为老寿星的"恩师"？

老寿星祝煌拉戴衢亨坐下，满含深情地讲述了他与戴佩先生的一段感人的往事。

那是乾隆年间，楚、川、陕一带的白莲教密谋起事，教主秘密串联，发展教徒，搞得声势浩大。事有凑巧，当年在夔州救出朱宏祥母子的那个"兵部侍郎"的后人，竟然当上了四川白莲教的教主。教主好不容易找到了朱宏祥——也就是后来埋名改姓的祝煌，想利用祝煌是前明宗室后裔的身份造反起事。这样一来，就可以名正言顺地打着"反清复明"的旗号，号令天下，一举推翻清朝。

祝煌一听这天大的喜讯，心有所动，就准备设立香案，供奉白莲教诸神。但是他想到父亲朱容藩当年兵败身死的前车之鉴，想到他前半生所受的颠沛流离之苦，心里终归不踏实。

这一天，祝煌正在家中纠结白莲教造反之事，忽有一位自称"大庚戴佩"的算命先生路过府前。祝煌以前也曾听人说起过这位戴先生，说他不但精通星卜之术，善断吉凶之事，而且言行忠信，与人为善，就急忙把戴先生请入府中，为自己占卜算命。

在询问了祝煌的生辰八字后，戴先生掐指一算，滔滔不绝地对祝煌说："祝员外生于戊子年，戊子乃水中之火，亦称神龙之火，神龙之火为六气中之君火，遇水则是贵重之格。祝员外临水而居，已入贵格，入贵格则宜静不宜动，若能放下贪念，舍得私利，包容万物，定会广结善缘，福寿绵绵！"

听了戴先生的指点，祝煌如醍醐灌顶！他想让戴先生进一步为自己指点前程，就手书"祝煌"二字递给对方，要戴先生为自己测字，以卜吉凶。

戴先生扫了一眼两个字，先说了一些祝煌有"龙凤之姿、大富大贵"之类的套话，接着便手捧写着"祝煌"二字的纸条，突然环顾左右不再说话。祝煌明白戴先生的暗示，连忙屏退家人。待室内只剩他俩时，戴先生才盯着祝煌说："祝者，与朱同音，煌者，火中之皇也，暗含员外五行中的神龙之火。另，'煌'字乃是宏祥二字音之反切也。恕我直言，莫非祝员外就是前明宗室楚王后裔朱宏祥先生？"

听到戴先生道破自己的身世，祝煌吓得浑身冒冷汗。要知道，在当时的情势下，如果让清廷知晓自己的身份，那可是株连九族的大罪！祝煌盯着戴先生半晌，才冷静地告诉他："戴先生说得一点儿也不错，在下就是前明宗室后裔朱宏祥，请戴先生押我到朝廷请赏吧！"不料戴佩坐在椅子上纹丝不动，半晌才慢条斯理地说："祝员外此言差矣，您把我戴佩看扁了！晚生岂是那种落井下石、见利忘义的小人。佛说：放下，便得自在。善于放下是一种大智慧、大境界。人世间的清晰与混沌，超然与世俗，生死之途、进退之间，差异就在于'放下'两个字。诚望祝员外好自为之！"祝煌听了戴佩一番劝诫之词，扑通一声跪倒在地，连连叩首。祝煌非常敬佩戴先生的人品，一定要拜戴先生为师。戴佩连忙扶起祝煌，连说："岂敢岂敢！"两人遂成为莫逆之交。

祝煌听从戴先生的话，"放下"了皇帝梦，与白莲教彻底断了联系。后来听说戴先生英年早逝，祝煌就在自己的密室里设下恩师戴佩的灵位，几十年如一日地祭祀。

七

虽然祖父一生点化劝善别人无数，但戴衢亨做梦也想不到他老人家与老寿星祝煌之间，还有这等奇缘！

老寿星拉住戴衢亨的手，意味深长地说："尊祖父一生漂泊落魄，但是他的儿孙辈能'一门四进士，叔侄同为官'绝非偶然，定是尊祖父教导有方！"说到这里，老寿星又向戴衢亨透露了一个惊人的秘密："其实，尊祖父用测字的方法测出的我的前明宗室身份，实际上是他事先在一个白莲教教众那里打听到的，那个教众已经原原本本地告诉了我！"听了这些话，戴衢亨惊得睁大了眼睛问："既然如此，您为何不说破，反而仍把先祖父当恩师来祭祀呢？"祝煌拉住戴衢亨的手哈哈大笑，说："识破而不说破，这一招就是尊祖父教给我的啊。虽然他在测字方面善意地蒙了我，但是他却教我懂得了'放下'，教会了我如何做人，他做在下的恩师，受老朽晨昏供奉，当之无愧！"

说到这里，老寿星反问戴衢亨："敢问戴大人，人生在世，所面临的来自功名利禄、荣华富贵的诱惑，有超过当太子、当皇上的吗？"戴衢亨不停地摇头。老寿星继续侃侃而谈："是啊，如果一个人连这些诱惑都能够视若浮云，毅然放下，那么，世上还有什么东西不能放下呢？一百多年来，流离失所的愁苦，放下；己不如人的怨怼，放下！放下，是一种超然，是一种解脱；放下，就是一种'舍得'，有'舍'才有'得'！其实，人世间最难做到的就是这个'放下'，该放下时且放下！"听到这里，戴衢亨不住地点头称是，深为自己向来的自负、狂傲感到羞愧。接着他向老寿星深施一礼，说："晚生领教了！放下，该放下时就放下！"

最后，戴衢亨拜老寿星为师，与老寿星结成了忘年之交。二人诗联往来，相互酬答，成就了一段文曲星与老寿星的"双星会"佳话，长期为人们所称道。

（选自《民间文学》2017 年第 12 期）

一壶不事二茶

故事发生于1942年夏天。

在武汉市内一处清幽雅致的别墅内幽居着一位不寻常的老人，人们称呼他为"宽元先生"。宽元先生六十来岁，每天大门不出二门不迈，除了焚香拜佛就是与好友竹山先生玩壶品茶、谈经论道。

一

这天，宽元先生做完佛事正与好友竹山先生在花园待月亭观景谈天，忽然门房来报，说有一名乞丐赖在门前不走。这个乞丐说他不讨金不讨银，千里迢迢访高人，还说他好长时间没有喝到家乡茶了，今天来就是为了品尝佳茗，切磋茶艺。一个乞丐竟想与世外高人"切磋茶艺"，这也太离谱了吧！两位老友会心一笑，交换了一下眼色，都觉得挺有趣儿，就吩咐门房把乞丐领进待月亭。

乞丐夏穿冬衣，腰勒草绳，脚蹬草鞋，像是经过长途跋涉的乡下人。此人说自己是从河南信阳逃难过来的，名叫何涛，祖祖辈辈酷爱茶艺，世世代代有人玩壶，得知宽元先生一心向佛，茶艺非凡，特来请教。

真是林子大了，什么鸟都有。人都混成乞丐了，还想攀高结贵、附庸风雅！竹山先生面露鄙夷的神色，向宽元先生瞥了一眼。宽元先生觉得此人必有些来历，便笑了一下，吩咐在待月亭设茶待客。

待月亭依山傍水而建，环境优雅，让人赏心悦目。下人小心翼翼地从一个描金匣子里取出贵重的茶壶，并根据何涛的要求取出上等信阳毛尖，冲泡好供几位饮用。

竹山先生不忘自己是清客的身份，一边品茶，一边不停地称颂宽元先生。他不屑地也斜着何涛，带有挑衅意味地发表感慨："宽元先生平素是'谈笑有鸿儒，往来无白丁'，真乃世间高人也！是您把儒、释、道融入茶艺之中，提炼出'心治则国治，心安即国安'的妙语心得。与先生一起品茗，茶香与佛法相映生辉，令人陶醉！"竹山先生说完又轻蔑地瞥了一眼何涛，心想：不知何涛这个"白丁"，能说出个什么来。

不料何涛缓缓呷了一口茶，轻轻皱了皱眉头说："茶是好茶，壶也是好壶，只是……这样吧，我带来了一只祖传茶壶，请二位先生品鉴一下。"说着从破包袱里取出一把紫砂壶放在茶几上。众人的眼光齐刷刷投向那只茶壶，全都惊呆了！只见这只紫砂壶光泽古润、晶莹剔透，壶身题有字：半壁山房待明月，一杯清茗酬知音。龙飞凤舞的草书风流潇洒，与古朴典雅的壶身浑然一体，可见这是一把保养得很好的古壶。

当宽元先生看到壶身题字的落款是"大复山人"时，更是大吃一惊。他清楚地知道，明朝弘治年间的大文豪何景明就是自号大复山人！一问何涛，何涛说自己是何景明的第十六代孙，这把紫砂壶就是从明朝一代一代传下来的！

从明朝弘治年间到今天已有五百多年，其间，改朝换代、灾荒战乱不计其数，这把古壶是如何保养、流传下来的呢？它究竟还暗藏着什么不同凡响的故事呢?

<h1 style="text-align:center">二</h1>

两位先生急着想品品这古壶泡出的茶,但是何涛一句话也不说,也不像常人那样先淋刷茶具,投放茶叶。只见他表情虔诚,庄重严肃,双手将祖传宝壶高高擎起,捧置于待月亭的最高处,面向正北方向,对着茶壶恭恭敬敬地祭拜。三拜之后,方才开始泡茶。

也真是奇怪了:茶叶还是原来的茶叶,开水还是原来的开水,只是换了一把壶,茶水的味道竟然大不相同!古壶泡出的茶水,完全保留了茶叶的原汁原味。茶水入口微苦,但有一种自然的清新,味道鲜爽醇香。数杯之后,更使人感觉如临清泉、似坐花间,有一种绝尘独立、飘飘欲仙的韵味。

宽元先生与竹山先生在陶醉之余,都惊异地询问何涛这祖传宝壶是如何保养的,何家世代有什么养壶的奥秘。何涛说:"我家祖祖辈辈都继承了先祖何景明嗜茶养壶的习惯,世代传承宝壶。要想养壶就得先与壶结缘,赋予宝壶灵性。首先要做到'敬壶',敬壶除了用前焚香祭拜,平时也要注重养壶。养壶有七诀:泡、淋、净、刷、晾、停、摆。其中最后一诀——摆,尤其重要,就是要将茶壶摆放于绝尘通风之处,切不可放在匣子里,否则会闷出异味和霉斑,甚至毁掉包浆。刚才宽元先生的茶壶是从密闭的匣子里取出的,实在是犯了养壶之大忌!"

听了何涛的一番话,两位先生都佩服得五体投地,他们想不到一个山野乞丐竟有这等见地!宽元先生沉思良久,突然站了起来,拉住何涛的手,感慨地说:"了不得,了不得呀!真是山外有山,天外有天,今日我与竹山先生算是遇到高人了!能结识何老弟,实在是三生有幸，受益匪浅！人生在世，春秋一场梦，日月两盏灯，光阴如此短暂，我愿与何老弟一起，用宝壶烹煮岁月，观落英缤纷，赏竹影流动，不知何老弟是否有此雅兴？"何涛深施一礼："我本是山野粗人，凭着祖宗留下的古壶受到宽元先生厚爱，实感羞愧！小弟愿意拿宝壶与先生分而享之！"

听到何涛愿与宽元先生"分壶"，竹山先生在一旁偷偷地冷笑——扯淡，茶壶又不是茶叶蛋，茶叶蛋可以与人"分而食之"，何涛该如何拿宝壶与人"分而享之"呢？

三

何涛告诉宽元先生："这宝壶早已与我融为一体，如影随形，没有在别处放过一夜。我愿意天天携壶来府上与先生相聚，聆听教诲，分享壶趣！"从此，何涛果真天天带着茶壶，来到别墅与宽元先生一起"烹煮岁月"，但辞别时必定携壶离去。每一次泡茶前，何涛也照旧会对茶壶焚香祭拜。

令人不解的是，看不起何涛的竹山先生却异乎寻常地迷上了宝壶，他从不缺席，好像他是宽元先生的影子似的。三人每天在宽元先生府上打坐，在茶烟琴韵之中品茶论道，其乐融融。

有一次，何涛与竹山先生竟因为这把宝壶产生了激烈地冲突。

那天，何涛在对宝壶祭拜之后，临时到门外给用人交代事儿。竹山先生趁此机会，越俎代庖，替何涛进行泡茶操作。他把自己特意带来的进口茶叶投进了何涛的宝壶里，想给何涛一个惊喜，让他尝尝域外极品茶叶的滋味，也想着让何涛这个有点不知天高地厚的穷小子长长见识。不料何涛一见茶壶内放的不是信阳毛尖，就知道是竹山先生所为，于是冲着竹山先生大发雷霆，斥责他"简直不可理喻！"何涛怒气冲冲地把进口茶叶倒在待月亭外花丛中，用清水一遍又一遍地清洗自己的宝壶，仿佛要洗去自己巨大的怒气与怨气！

竹山先生在旁边捶胸顿足地说："哎呀，这叫玉露茶，是日本的茶中极品，要知道，在日本，只有皇室以及内阁军部才能喝到这种茶呢！"宽元先生也埋怨何涛不该暴殄天物，倒掉这来自日本的极品茶叶。

面对二位先生的埋怨，何涛却不以为然，他说："二位先生要知道玩壶贵在养壶，而养壶的关键又在内养。内养首先就要记住'一壶不事二茶'，紫砂壶有特殊的气孔结构，善于吸收茶汤。一把'不事二茶'的茶壶冲泡出来的茶汤，才能保持住茶的原汁原味。如果随意更换茶叶，相互混杂，便无个性可言，养出来的壶，品性绝不会高雅！"

听了何涛的话，竹山先生仍不服气，不住地抱怨何涛，不该糟蹋自己费了九牛二虎之力才弄到的日本极品玉露茶。

宽元先生却好似颇受启发，他情不自禁地喃喃道："一壶不事二茶，一壶不事二茶……"

四

这天，何涛又携带宝壶来到宽元先生的花园别墅。不知为什么，平时像影子一样跟着宽元先生的竹山先生今天却不在场。何涛见客厅内外没有其他人，急忙放下古壶，掩上房门，对宽元先生"啪"地行了一个标准的军礼："前清湖北新军第八镇第十五协三十标三营后队正兵何涛，拜见吴长官！"

宽元先生吓了一跳，盯着何涛问："你……你认错人了吧？"

"报告吴长官，我并没有认错！您就是在武昌首义之夜，指挥我们攻下武昌都署的总指挥吴兆麟将军，字畏三，号宽元，没错吧？"

"我怎么不认识你？"

"当时您是叱咤风云的总指挥，我只是一个小兵卒，您怎么会认识我呢？"

宽元先生——吴兆麟一惊，站起身来逼近何涛，压低声音厉声问："你来这里究竟想干什么？"

何涛回答："家破人亡，无处可依，特来投奔吴长官！"

"不会就这么简单吧？"

"还想搭救吴长官离开虎穴狼窝，撤离武汉！"

一阵剧烈的咳嗽使得吴兆麟不由自主地弯下腰去，久治不愈的哮喘病最近又犯了，他连连摆手说："何老弟呀，没必要，也不可能了！"

何涛着急地告诉吴兆麟，那个竹山先生名叫竹山义雄，是个日本人。吴兆麟平淡地说："我知道的，1913年我在北京将军府任职的时候就认识他了！"

"可他现在是日本驻武汉特高课的特务！"

"那又怎么样，我们毕竟是多年的老朋友了！"

面对心如止水的吴长官，何涛激愤地说："吴长官，记得当年您多次对我们训话，教导我们要驱除鞑虏、恢复中华，教导我们'汉贼不两立'，现今您却整天与日寇黏附在一起，信奉'心安即国安，心治则国治'的鬼话，您可知道，在日寇铁蹄下挣扎的国人根本没有安宁，我们这些家破人亡的辛亥志士也无法心安。"

吴兆麟的眼眶潮湿了，他盯着何涛，着急地询问他"家破人亡"是怎么一回事。何涛悲愤地向吴兆麟讲述了发生在自己家乡信阳的吴庄惨案：

那是腊月二十七，人们正在准备过春节，驻信阳日军一千多人突然下乡"扫荡"，行至吴庄后，日军手持火把，放火烧村，未逃出的数名男女被日军抓住后即施行大屠杀。那天，吴庄和临近的小余庄共约二十户，有四户被杀绝，遭杀害的共有四十八人。讲到这里，何涛声泪俱下地告诉吴兆麟，自己一家五口也全部被杀死！

令人难以置信的是，鬼子制造吴庄惨案，明里打着搜捕国军二十七师伤兵的幌子，暗里竟然是为了找这把紫砂壶！因为有一个日本少佐，听说何家有一把从明朝传下来的宝壶，特地来吴庄杀人寻宝。何涛的父亲冒死把紫砂壶藏在红薯窖里才保住了宝壶，可怜七十多岁的何老爹被日本少佐投进火里活活烧死！

说到这里，何涛对吴兆麟说："吴长官，您现在应该明白我每次泡茶前，总要对宝壶焚香祭拜的缘由了吧？这把壶上凝结了四十八腔热血，特别是有生我养我的老父亲的英灵！"

听何涛讲到这里，吴兆麟眼眶里噙满泪水，他握住何涛的手小声说："何老弟呀，就连紫砂壶都有'一壶不事二茶'的气性，何况是我吴兆麟！"接着，吴兆麟告诉何涛，1938年日本人占领武汉，自己因为患有严重的哮喘病，行动不便而滞留武汉。日寇想利用吴兆麟在社会上的巨大影响，就对他诱以高位，承诺只要他参与汪伪政权，就让他担任保安军总司令，被他严词拒绝。之后，日本人只好把吴兆麟软禁起来，由竹山义雄专门来监视、软化他。吴兆麟告诫何涛："别墅里的门房、杂役中，有许多是竹山义雄招募的特务，趁着竹山义雄还没有对你产生怀疑，你快快离开此地，以后绝不可再来这危险之处。"说着，吴兆麟麻利地从佛像底下取出一个牛皮纸信封，让何涛藏好，接着又向何涛交代了一项特殊任务，就催他火速离开。

五

自此以后，何涛果然有好长时间没有出现在吴兆麟的面前。湖滨的石榴花谢了，湖里的荷花开了，何涛与宝壶却好像从这个世界蒸发了。竹山义雄时常感慨地对吴兆麟说："唉，真是可惜了那一把明代宝壶啊！"

这天，竹山义雄好像很随意地问起吴兆麟："宽元先生，听下人说，那天我恰好因事没来，何涛称呼您为'吴长官'，不知道可有此事？"

吴兆麟淡然一笑："确有此事，辛亥年武昌起义时，这小子在我手下当过兵，也算是我们'首义同志会'的会员啦，不过我这个会长确实不认识他这个会员，也不知他是怎么找到这里的。"

竹山义雄马上警觉起来，情不自禁地连连发问："啊，我怎么不知道你们还有这层关系？我在场时他为什么不说破？看来，何涛这小子不简单啊。不对，他一定是一个危险分子！"

吴兆麟还是那样不温不火地说："喜欢怀疑是竹山先生的职业习惯，不过这些问题你去问何涛才对呀！"

竹山义雄的情绪有点失控："我一定要尽快抓到何涛夺回那把宝壶！不对，你一定知道他的下落，快告诉我，何涛现在究竟在何处？"

吴兆麟忽地站了起来，一阵剧烈的哮喘涨得他满脸通红，待喘过气之后，他指着竹山义雄的鼻子激愤地说："竹山先生，为了一把茶壶，竟然不放过一个乡野乞丐，至于吗？抓人是你们特高课的特权，干脆你连我也抓去吧！"

竹山义雄想不到平时十分谦和的吴兆麟，今天竟然发这么大的脾气！他顿时为自己的失态感到尴尬，连忙赔着笑脸转换话题："哪里哪里，宽元先生说的是哪里话！您是我们大日本帝国的重点保护对象，为了您的安全，许多事我不得不防。"

正在这时，门房来报，竹山义雄的儿子竹山次郎少佐，刚刚从前线回到武汉，前来拜见父亲竹山义雄。竹山义雄高兴极了，要门房快快领儿子到客厅来。不一会儿，一身戎装的竹山次郎来到客厅，他先向父亲行了一个军礼，接着又转身向吴兆麟行鞠躬礼，亲切地问候："吴伯伯好！"竹山次郎对两人说："我在河南信阳得到可靠情报，信阳反日分子何老爹的儿子何涛，是国民党第二集团军的谍报人员。何涛手持明代宝壶，只身潜入武汉，继续从事间谍活动，危害大东亚圣战。上峰这次派我回武汉的目的就是抓住何涛，彻底消灭反日分子，夺回明代宝壶。"

吴兆麟没有说话，只是双目微闭，双手合十，连声念叨："阿弥陀佛，阿弥陀佛……"恰在这时，最不该发生的事发生了！随着门房一声通报："何先生到！"只见何涛捧着紫砂壶，若无其事地走进了客厅！

六

何涛完成了吴兆麟那天交给自己的秘密任务，他急于把结果告诉吴兆麟。同时他也在心里反复盘算：盛夏季节，吴兆麟的哮喘病情应该有所缓解，行动应该灵便多了。他决心利用这个有利时机，拼死救出吴兆麟，彻底粉碎日寇利用吴兆麟的阴谋。何涛本来打算今天先把自己的计划告诉吴兆麟，没想到，天下竟会有这么巧的事：杀害自己全家的仇人、吴庄惨案的刽子手——日本少佐竹山次郎，此刻就站在自己的面前，真是冤家路窄。看来自己的生死关头到了！

果然竹山次郎一见到何涛和宝壶就拔出军刀架在何涛的脖子上。竹山义雄大声呵斥儿子："次郎，今天在座的都是朋友，不得鲁莽！"接着他命令竹山次郎收起军刀，拉何涛坐下叙话。坐定以后，竹山义雄开始摊牌。他郑重地告诉吴兆麟，他今天不是来品茶玩壶的，而是来传达南京汪伪政府军事委员会的命令：军委会已经正式通知，要委任吴兆麟为湖北省政府主席兼保安司令。

　　原来，太平洋战争爆发以后，日军又大举入侵东南亚，因战线过长，顾此失彼，所以就加紧实施"以华制华"的策略。他们迫切地想借助吴兆麟的威望，把他拉入汪伪政权，借以抬高日伪的声势。

　　吴兆麟告诉竹山义雄："我患有严重的哮喘病，已经是朝不保夕，且早已皈依佛祖，请竹山先生另请高明吧。"竹山义雄嘿嘿一笑，得意地告诉吴兆麟："不论您同不同意都得干，军委会的任命马上就要在报纸、电台公布，到时候全世界都会知道，大名鼎鼎的辛亥元勋吴兆麟，已经与皇军携手合作了！"

　　吴兆麟坐着没动，还是心如至水般的神态，他淡淡地笑着，满怀信心地说："如果阁下硬要将此事在媒体上公布，那么，到时候最难堪的一定是阁下！"

　　竹山义雄一愣，随后恢复了得意的神态，他嘲讽地说："阁下得承认懦弱和盲从是你们中国人的特性！当年武昌起义的一幕幕阁下不会忘记吧——既然您手下的小班长能把你这个小连长推出来充任武昌起义的总指挥，既然您能把您的恩师逼出来充当湖北军政府都督，我们为什么就不能如法炮制呢？要知道，历史总是在颂扬胜利者！"

　　吴兆麟气得说不出话来。竹山义雄正在扬扬得意，猛不防何涛站起来指着竹山义雄说："小鬼子，别再做你的春秋大梦了！我已经把吴长官亲笔写的《吴兆麟严正声明》交给了上级，如果你胆敢造谣中伤吴长官，强行发布吴长官任伪职的消息，那么，中国所有的大报小报，都会刊登《吴兆麟严正声明》，到时候才叫热闹轰动呢！"

　　听了何涛的话，竹山义雄露出狰狞的面目，他一把抓过何涛的紫砂壶，交给儿子竹山次郎，转身对何涛说："咱们也不用再演戏了，其实，一开始我就认定你是共产党新四军五师的间谍！我明白地告诉你，要不是因为你的紫砂壶，这么长时间以来你能直进直出这座别墅吗？你的宝壶今天终于归我啦！"

不料何涛却哈哈大笑起来："小鬼子，我也明白地告诉你，我是共产党还是国民党并不重要，重要的是，我是中国人！睁开你的狗眼看看，这把壶是你想要的紫砂壶吗？"

竹山义雄赶忙抓起茶壶，仔细一看才发现这是赝品——虽然这壶与宝壶外表颜色一模一样，但是没有"大复山人"的题款。他气得哇呀呀直叫，只听"砰"的一声，这把紫砂壶被竹山义雄摔碎在地上。紧接着，竹山义雄掏出手枪，气急败坏地对准了何涛，竹山次郎的军刀也又一次架在了何涛的脖子上。

在这千钧一发之际，吴兆麟大喊一声："住手！竹山先生，看在我们多年老友的分儿上，你放过我的老部下，其他的事咱们再商量。"

竹山父子都把目光转向吴兆麟。

"与刽子手没的商量！"只听何涛一声怒吼，"看招！"说时迟那时快，只见他飞起一脚，踢飞了竹山次郎的军刀。竹山义雄听到军刀落地的"哐当"声，急忙转身把手枪对准了何涛。

只听两声枪响，竹山父子应声相继倒下。原来在这万分危机的时刻，吴兆麟飞快地从佛龛下面抽出手枪，连开两枪，击毙了竹山父子，救下了何涛。接着，吴兆麟把手枪交给何涛，要他快逃，他说："我目标太大，行动也不利索，是绝对逃不掉的！"何涛坚持拉吴兆麟一起走，可是已经来不及了，别墅里的特务听到枪响，一齐涌了过来，包围了客厅。

何涛举枪撂倒了两个特务，脱身来到待月亭，居高临下地与众特务对峙，他故意把敌人吸引到这边，就是希望吴兆麟能够趁乱逃脱。最后，何涛又打倒了三个特务，自己也身中四枪，他两眼喷火，面向河南信阳老家的方向，摇摇晃晃地倒了下去……

1942年6月28日，就在何涛牺牲几天之后，日寇终于放弃了逼迫吴兆麟任职的阴谋，公开宣布由汉奸杨揆一出任汪伪湖北省政府主席兼保安司令。但是他们也没有放过哮喘病越来越严重的吴兆麟，采用了更严厉的措施来监禁、折磨他。

1942年10月，吴兆麟在日寇的迫害中含恨去世。别墅里的用人回忆说："当天吴长官在待月亭何涛牺牲的地方反复盘桓，不听喃喃着'一壶不事二茶……'最后一头倒地，与世长辞！"按照吴兆麟的遗言，既然日寇最终没有在报上发布吴兆麟任伪职的消息，由何涛传出来的《吴兆麟严正声明》也没有问世的必要。国民政府为了褒扬吴兆麟的民族气节，追授吴兆麟为陆军上将，为吴兆麟举行了盛大的公祭活动。抗战胜利后，又在武汉市的首义公园内，为吴兆麟举行了隆重的公葬仪式。

因战乱时期地下工作人员多用化名，且何涛全家都被日寇杀害，何涛壮烈殉国后，人们无法得到关于他的更详细的信息，只知道他是河南信阳人，参加过辛亥革命。他究竟是新四军五师敌工部的成员，还是国民党军统武汉站的成员，谁也说不清楚。至于他的那把祖传的明代宝壶，随着何涛的壮烈牺牲，也不知流落到什么地方去了。

（选自《民间文学》2017 年第 3 期）

云台山韵事

东汉建安二十五年，曹操去世，他的儿子曹丕篡汉，把汉献帝刘协贬为山阳公，自己当上了大魏皇帝。曹丕命令废帝刘协离开都城到自己的封地去，不经宣召不准回京，且不准他带走皇后（曹丕的妹妹）。刘协孤零零地到山阳后，曹丕还不放心，又派他的心腹李固驻守山阳浊鹿城监视刘协。这个李固原是个声色犬马之辈，依靠阿谀奉承讨得了曹丕的信任。万万没想到这个名不见经传的李固，竟然在山阳云台山上撞上了一个绝色美女，演绎了一段啼笑皆非的风流韵事，同时也演化出了中原大地流传千年的特殊习俗。

1. 云台神女

李固到山阳之后，听说"下台皇帝"刘协在山阳老实规矩，也就乐得自个儿逍遥，整天到云台山游山玩水，寻访猎奇。

端午节这天，人们饮雄黄、吃粽子，云台山一带充满了节日的喜庆氛围。昨晚李固梦见云台神女与他相偕游红石峡，共上茱萸峰，心里格外高兴。于是，天一亮，他就带领三五随从，直奔云台山，以期偶遇云台神女。

在一处山花烂漫的坡岭上，一个村姑正在忙活着。待村姑转过脸来，李固只觉得眼前一亮。虽然那村姑荆钗布衣，但是那容貌身段，就是在花团锦簇的都城里，也难以寻着！回想到昨晚的美梦，李固心想，莫非她就是云台神女的化身？李固已经完全被这个美貌村姑勾了魂魄，他没话找话地问："请问大姐，你在这荒山野岭干啥呢？"

村姑笑吟吟地回答："奴家正在采药呢。"

"我常常头昏脑涨，不知大姐有没有采到对症的草药？"

"哎呀，奴家不是郎中，哪敢随便给人用药？前边百家岩上正有郎中给人瞧病哩。"

"在下道路不熟，烦请大姐带路。"

"对不起啊，隔着河水，奴家也无能为力。"村姑说着纤手一指，热诚地说，"不用问路，沿着这条河，上坡转弯就到百家岩，就能看见郎中，那可是正儿八经的神医华佗的嫡传弟子啊！"

李固觉得，这个常年生活在云台山的村姑，不但有云台山的灵气，而且有山民的纯朴。他还想继续"套磁"，不料那村姑飘然隐入花丛，倏忽间不见了身影。李固怅然若失，莫名其妙地搬起一块大石头，狠狠地砸向河水，激起了一丈高的水花。李固对自己看中的美貌村姑绝不罢休，他想，只要找到看病的郎中，还怕找不到采药的村姑？他满怀希望地直奔百家岩，寻找号称华佗弟子的郎中去了。

2. 华佗弟子

百家岩上有一座茅屋，屋前石壁上一挂泉水淙淙流下，泉水旁一块大石头边，坐着一位四十来岁的郎中。郎中面庞黝黑，胡须老长，正在为大家瞧病。

李固挤进人堆里就想向郎中打听村姑的底细，不料一个老太太站到郎中面前，声称她一天到晚不停地打嗝，连饭都吃不成。郎中听罢，微微一笑，拉着老人太来到山泉卜面，接了半碗泉水就让老太太喝下去。老太太刚喝下沁凉的泉水，郎中猛然大喝一声："哎呀，脚下有蛇！"老太太吓得一个趔趄："蛇在哪儿？"郎中哈哈大笑："蛇在您心里！"奇了怪了，喝了半碗凉水又遭一番惊吓的老太太，竟然立马不打嗝了！

这时又有一个龇牙咧嘴的打柴汉子说他牙疼得要命。郎中二话不说，抓住汉子的双手，拇指按在他虎口上用劲发力，汉子杀猪似的"哎哟哟"直叫唤。郎中微笑着问道："疼吗？"汉子连声叫道："疼，疼！"郎中又问："我是问你牙还疼不？"汉子惊异地说："嘿，奇怪！牙怎么不疼了？"郎中松开双手解释："这个穴位是专治牙疼的合谷穴。"接着郎中掏出银针，在汉子的合谷、颊车、下关等穴位上轻运银针，不一会儿，汉子就欢天喜地地嚷嚷："好了，一点儿也不疼了，真是神啦！"

郎中太忙了，李固想打听村姑的事，干着急却插不上嘴，于是就干脆傻站着看。只见郎中又用那小小的银针，治好了一些人的腿痛、腰痛、肩膀疼，众人无不竖起拇指："先生真不愧是华佗弟子啊！"郎中谦虚地说："与华佗先生相比，在下的医术实在是不值一提。"

看了一会儿，李固感到非常新鲜：这位郎中治病的妙招儿，确实太神奇了！更使他不解的是，郎中治好病以后，病人只是连声道谢，却没有一个人向郎中付钱。他心里嘀咕：山里人就是实诚厚道，连郎中看病都不收钱。得，先搁下打听村姑的事儿，不如先来个"蹭医"，让郎中给自己治治头昏眼花的老毛病。于是，他哭丧着脸向郎中说明病情。郎中把脉良久，眉头紧皱："细察足下脉象，当属肝虚火旺，定是酒欲过度，伤及肝脏，日久必将祸及全身！眼下需要止酒节欲，再以中药缓缓调理。"一席话说得李固不住地点头称是。他接过郎中精心包好的十余服中药，连声道谢后，就趁空儿向郎中打听采药村姑的事。

郎中和气地说："请将军留下中药资费纹银五两再说不迟。"

李固有点恼火："你既然知道我的身份，还敢向我讨要银两？"

"我眼中只有病人，从不论什么身份！"

"前头那几位平头百姓为何分文不取？"

"针灸推拿，举手之劳，我从不收费。草药是从采药人那里购得，岂可相提并论？"

"五两银子太贵了！"

"中药不还价，针灸不收钱，这是规矩。"

虽然郎中不温不火，但是李固却感到特别跌份儿！他怒火中烧："这是啥劳什子规矩？分明是针对我这朝廷命官！去你的，我不治啦！"说着，他抓起中药包子，一包一包地向郎中狠狠砸去。郎中站起来用双手护脸，不停地闪避着。围观的人都敢怒而不敢言，放任凶神恶煞的李固欺凌郎中。恰在这时，采药的村姑突然出现，用身体护住郎中，厉声质问李固："大胆狂徒，知道你是在谁面前撒野吗？"

李固一见袅袅婷婷的村姑，顿时骨软身酥，结结巴巴说不出话来。村姑仍在厉声数落李固："一个下人，竟敢对前朝皇上无礼，你该当何罪？"

3. 前朝皇上

李固原是一个小人物，只在去年的"禅让大典"上老远瞧见过汉献帝，到山阳后，因为他根本瞧不起这个"下台皇帝"，只当刘协是一棵无用的小草，一块任人踢来踢去的小石头，所以他与刘协从未谋面。李固万万想不到，在短短的半年里，一个白白净净的皇帝，竟然变成了一个黑黢黢的山野郎中！

这个郎中确实是前朝皇帝刘协。去年他来到山阳后，日夜想念留在京城的皇后、皇子，孤苦伶仃，倍感屈辱，万念俱灰。日子一久，刘协又渐渐生出一种龙归大海、鸟离牢笼的自由之感。这里没有威吓，没有蔑视，刘协真正感受到了做人的尊严。刘协当皇帝的时候，华佗经常进宫，与他交往甚密，把诸多医学妙方传给了他，现在他又把这些妙方奉献给了山阳大地。在云台山行医，刘协确实如鱼得水，感受到无穷无尽的人生乐趣。

李固想不到，这个一辈子窝窝囊囊的皇帝，在山阳还挺有人缘儿。这不，来山阳才几天，就黏糊上了山里的美人儿。李固为了讨好美人儿，不得不涎着脸拜见了山阳公刘协。

刘协大度地说："将军军务繁忙，刘某不便打扰，烦请将军见谅。"李固根本没有心思理会刘协，两眼直勾勾地盯着村姑。村姑不理会李固，亲昵地依偎着刘协，帮刘协理理散乱的发髻，拍拍他身上沾上的草屑。李固被晾在一边，觉得气闷。他忍不住对着村姑喝道："大胆村姑，山阳公尚有原配留在宫中，你竟敢乘虚而入，勾引山阳公，你可知罪？"

不料村姑一点儿也不害怕，她莞尔一笑，微启朱唇："你说我是村姑？你看我哪一点儿不像留在宫中的大汉皇后？"

4. 大汉皇后

听到这儿，李固完全愣住了，他只知道曹操的二女儿曹节是刘协的皇后，但皇后久居深宫，李固不曾见过。可是，李固记得，刘协被贬后，曹丕只许他独自离开京城，而把皇后曹节留在了宫中。再说像曹节这样的金枝玉叶，如何能流落到荒山野岭当采药的村姑？这村姑一定是不知天高地厚的山野女子，妄想攀高结贵，厚着脸皮来过一把当"皇后"的瘾！想到这一层，李固有了底气，他大喝一声："来呀，把这个冒充皇亲国戚的村姑押回去治罪！"

几个如狼似虎的随从上前就要捉拿村姑。想不到一生逆来顺受的刘协，这时竟然也发飙了！只见他忽地站起身来，向前跨一步，横挡在村姑与李固中间，他双手高高举起药箱子，两眼喷火，怒视李固等人："我看你们谁敢上前！"

李固冷笑一声："山阳公，咱们就说开了，在我眼中，你与囚犯无异！走开，不要妨碍我们公干！"说着，他一把夺下刘协的药箱掼在地上，接着一掌把刘协扇得跌倒在地。殷红的鲜血从刘协的嘴角流下来，他一边擦着嘴角的血迹，一边绝望地仰天长叹："天哪！我刘协当不好皇帝，难道当个郎中还不成吗？"

"你总算是明白了！你想干什么不要紧，要紧的是看我高兴不高兴。今儿个我不治你个拐带良家女子的罪，就算是便宜你了，滚一边儿去！"李固正在狂笑，没想到那村姑早已忍无可忍，只见她柳眉倒竖，突然扬起粉臂，"啪"地还了李固一巴掌："今儿个就让你认识我这个大汉皇后！"

挨了一巴掌的李固，彻底蒙了。

原来这村姑不是别人，正是曹操的二女儿曹节。曹节是刚烈之人，当初哥哥曹丕篡位逼宫，曹节气得将玉玺摔到栏杆外，大骂曹丕大逆不道。刘协离宫之后，曹节整日以泪洗面。她整天与哥哥曹丕吵，与母亲卞太后闹，吵着闹着要到山阳去照顾刘协。卞太后拗不过女儿，只得由自己做主，同意曹节到山阳与刘协团聚。这些宫廷内曲曲弯弯的事儿，李固如何会晓得？他还在美滋滋地思谋着，如何把这个村姑美人弄到手哩！

李固用手摸摸自己火辣辣的脸，大声嚷道："反啦！一个村姑，竟敢以下犯上！来呀，把这个朝廷要犯拿下！"

恰在此时，百丈岩下有人高声叫道："大魏皇家卞太后娘娘驾到！"

5. 当朝太后

大家扭头一看，百丈岩下走来一队人马，车驾銮舆、黄罗伞盖，异常威严豪华。一个黄门太监扶着卞太后，颤巍巍地下了銮舆。曹节飞奔过去，扑到卞太后怀里号啕大哭。刘协也慌忙整理衣服，给卞太后见礼。卞太后看看女儿，望望女婿，禁不住老泪纵横，不住声地骂儿子曹丕造孽。

曹丕把刘协贬为山阳公，不让他与妻子孩子相见，对他百般折磨，是盼其早亡，以消除自己的心腹大患。曹丕的这一招，卞太后看在眼里，恼在心上。接着曹魏宫中又发生了一连串的大事：曹丕当上了皇帝后，分外宠幸郭贵嫔和李、阴两位贵人，慢慢地疏远了皇后甄氏，之后曹丕听信谗言，下诏"赐死"了甄皇后。甄皇后是一位少有的贤德皇后，她对卞太后非常孝顺，婆媳二人情同母女；对曹丕极尽妇德，还生下了太子曹叡。曹丕不但不念及几十年的夫妻情分，还在甄氏殡葬时下令对其"披发覆面，以糠塞口"，用尽了侮辱的手段。曹丕还对同胞弟弟曹植无情打击，威逼流放。这些有悖亲情人伦的事令卞太后忍无可忍，她常常指着曹丕的鼻尖怒斥他为了权位私欲，不顾血脉亲情。后来在女儿曹节的再三恳求之下，卞太后同意让女儿和外孙到山阳与刘协团聚。曹节走后，卞太后仍不放心，于是趁着今日端午佳节，特意来山阳看望女儿一家。

李固见二人相拥而哭，早已吓得魂飞天外。他万万想不到，自己一见钟情的云台神女，竟然真的是刘协的皇后曹节。他更想不到，年老体迈的卞太后，竟然会驾临山阳。李固吓得面色如土，踉踉跄跄地跌上前去，"扑通"一声跪倒在卞太后面前。他正要开口说话，突然嘴唇一哆嗦，手脚一抽搐，两眼一瞪昏过去了。

见平时作威作福的李固昏倒，众人咋呼着："干脆把这个混蛋扔到峡谷里喂狼去！"刘协却急忙俯身去为李固检查、把脉，他命令李固的随从把李固抬到阴凉之处，然后掏出银针在李固的人中等穴位上运针，不一会儿李固就慢慢地缓过气来。卞太后埋怨女婿刘协："似这等肖小不义之徒，救他何用！"接着她厉声喝令随行的御林军："来呀，把这个作恶多端的李固拖出去，乱棍打死！"

6. 云台流韵

刘协慌忙跪在卞太后面前替李固求情："李固虽然品行不端，但是他平时也没为难我，况且他有王命在身，求太后降恩饶他一命。"卞太后见女婿为李固苦苦求情，也就做个顺水人情，边用龙头拐杖捣着李固的头，边威严地说："看在山阳公的面上，且饶你一条狗命。来年端午节，我还要来山阳。如你还敢对山阳公不敬，定斩不饶！"

李固磕头如捣蒜："谢太后不杀之恩！谢谢山阳公救命之恩！"最后他长跪在曹节面前，再三请求她宽恕他的轻佻不敬之罪。

这时，卞太后朝随从使了个眼色，一个黄门太监挺身而出朗声宣读大魏皇帝的圣旨："汉祚不继，朕常戚戚，况汉魏早结秦晋，血浓于水。朕念及此，不胜唏嘘！遂决计以天下之奇珍，与山阳公共享！兹封山阳公永镇山阳之地，子子孙孙，世袭罔替！……"

善于揣摩上意的李固，完全听明白了曹丕的旨意，原来曹丕与刘协已经冰释前嫌了！也就是说，以后不但刘协是他的"顶头上司"，而且刘家的子孙也是他的主子！李固两眼眨巴了几下，在向刘协表示恭贺以后，又与随从共同凑出几十两纹银，恭恭敬敬地交给刘协，以答谢他的治病救命之恩。不料刘协只收下中药资费五两，把其余的银两全部退还给了李固，一再说明针灸治病是不要钱的。后来，"中药不还价，针灸不收钱"这样的习俗，就一直沿袭了下来。

以德报怨的刘协，深深感动了李固，从此他对刘协感恩戴德，至死效忠。刘协与曹节在山阳无忧无虑地生活了十四年，他们夫妇俩治病救人无数，被誉为"龙凤医家"。当地老百姓称刘协为"大人"，称曹节为"美人"，尊奉他俩如父母，简呼他俩为"大"、为"美"。久而久之，民间形成了通呼：称呼父亲为"大"，称呼母亲为"美"，这一称呼一直沿袭至今，这大概也是后世所谓"医者父母心"的来历。人们为了记住这事，在云台山百家岩上刻绘"山阳公行医图"昭示后人！

刘协与曹节感念曹操及卞太后的恩德，教育儿女们要牢记外公、外婆的情义，要求子女们尊称外公、外婆为"魏爷""魏婆"。直到如今，在豫西大部分地域，仍然沿用着这样的称呼。

可是，谁也想不到的是，那一道圣旨，实际上是卞太后瞒着曹丕假造的。闹心的事儿太多，曹丕焦头烂额，根本无暇过问此事，加之曹丕很快就一命归西，"圣旨"的事儿就更成了千古之谜。俗话说："儿女是娘亲的挂心钩。"卞太后时刻记挂着住在山阳的女儿，所以她践行诺言，每年端午节都到山阳看望女儿。后来民间纷纷效仿，直到如今，在云台山一带还盛行着"端午节娘瞧闺女"的习俗。

（选自《乡土·野马渡》2018 年第 6 期）